Research on the Theory of
Cultural Criticism of Jonathan Dollimore

乔纳森·多利莫尔文化批评理论研究

王丽 著

U0952520

经济日报出版社

序 言

王丽博士在杜克大学做过我的博士后研究员，她是个非常勤奋好学的年轻学者。杜克大学文学系是全美文学研究重镇，有弗里德里克·杰姆逊等人领衔，更是西方左翼马克思主义文艺批评的旗舰。王丽博士在杜克期间认真汲取了许多西方左翼文学研究的前沿成果，她的努力也充分反映在专著《乔纳森·多利莫尔文化批评理论研究》之中。乔纳森·多利莫尔（下称“多利莫尔”）是英国人，现在美国的霍普金斯大学任教。他在文学理论与西方文学研究上是卓有成就的学者，更兼有英国文化唯物主义批评的底子和跨学科研究的视野。在当代西方文学研究领域他多有建树，涉及面很广，思维也很活跃。王丽选择了多利莫尔的学术观点，做了很翔实深入的研究，是很有意义的。多利莫尔在西方学术界是一个观点很多也变化很多的人，难得的是一直都不停地思考文学与文化的问题。他的思考常常带有哲学的高度，对于西方当代思想和文化的批评，是很犀利和独创的。他的学术生涯肇始于20世纪60年代，深受当时的左翼文化思潮的影响。他早期的莎士比亚研究偏重政治文化，是王丽特别关注的。近年来，多利莫尔对于许多当下流行的高深批判理论都有许多新的反思，其中包括了他自己曾经很热衷的各式理论，对于历史主义批评（特别是在美国的英国文艺复兴文学研究中曾经大行其道的“新历史主义”）有了新的更深刻的认识。多利莫尔是研究文艺复兴时代英国文学起家的，他从过来人的角度对当年的激进思潮有所自我反省，这点很难能可贵。欧美学者对于多利莫尔关注，多半在他的文艺复兴文学研究和性问题的研究上，并无全面、有条理的分析。王丽从西方马克思主义谱系的角度，对多利莫尔做了较为全面的介绍与分析，这是一件填补学术空白的事情，由年轻的学者来做，值得称赞。

最后我想说的是，优秀的西方理论、西方学者的严谨和自我批判与反思精神、不断求新、与时俱进的态度，对于我们中国学术将有重要的启迪。

美国杜克大学终身教授　刘康

目 录

第一章 政治文化及代表人物

一、概念界定与视角探析

（一）概念界定：什么是“政治文化”？

什么是政治文化？马克思、恩格斯的著作中虽没有明确提出这一概念，但对与政治文化密切相关的“意识形态”却进行了广泛而深入地探讨，马克思在对历史唯物主义所作的经典表述中，从经济基础与上层建筑、社会存在与社会意识的关系出发，对意识形态在整个社会结构中的位置、功能和理论构成进行了完整而清晰地阐释：

> “人们在自己生活的社会生产中发生一定的、必然的、不以他们的意志为转移的关系。即同他们的物质生产力的一定发展阶段相适应的生产关系。这些关系的总和构成社会的经济结构，即有法律的和政治的上层建筑竖立其上并有一定的社会意识形式与之相适应的现实基础。物质生活的生产方式制约着整个社会生活、政治生活和精神生活的过程。不是人们的意识决定人们的存在；相反，是人们的社会存在决定人们的意识。……随着经济基础的变更，全部庞大的上层建筑也或慢或快地发生变革。在考察这些变革时（指整个社会变革），必须时刻把下面两者区别开来：一种是生产的经济条件方面所发生的物质的、可以用自然科学的精确性指明的变革，一种是人们借以意识到这个冲突并力求把它克服的那些法律的、政治的、宗教的、艺术或哲学的，简言之，意识形态的形式。……这个意识必须从物质生活的矛盾中，从社会生产力和生产关系之间的现存冲突中去解释。”①

---

① 马克思 . 政治经济学批判序言；马克思恩格斯选集：第二卷，北京人民出版社，1972：82-83.

以上马克思对意识形态本质的论述为我们以后有关意识形态或者相关意识形式的研究确立了马克思主义理论研究的基本原则，并为政治文化研究提供了明晰的指导方向和思路。

列宁在1920年底所作的《在全俄省、县国民教育委员会工作会议上的讲话》中，首次提出马克思主义的“政治文化”这一概念，他说：“从原则上说，对于应该有共产党的领导这一点，我们不应有任何怀疑。政治文化、政治教育的目的是培养真正的共产主义者，使他们有本领战胜谎言和偏见，能够帮助劳动群众战胜旧秩序，建设一个没有资本家、没有剥削者、没有地主的国家。”[①]尽管，列宁在上述讲话中并没有对政治文化做出明确的定义，但涉及到政治文化是特殊的政治现象，主要指人们对政治生活的主观意识倾向。

马克思主义是在社会存在与社会意识的关系中揭示政治文化的实质。马克思主义唯物史观认为社会存在决定社会意识，社会意识对社会存在具有能动的反作用。作为社会意识中的一个主要方面的政治文化是因为社会存在从根本上是由社会实践决定的，政治文化是对社会存在的能动的反映和抽象，揭示了政治文化的本质。换句话说，政治文化是由社会存在（主要是社会实践）决定的、又反映和能动地反作用于社会存在的、被人民所接受的思想政治上层建筑。也就是说，在本质上，政治文化既来源于以生产社会化为主导的实践，又必须进行被人们所接受这一社会化过程才真正成为政治文化。[②]马克思于1859年在《政治经济学批判序言》中明确指出：“物质生活的生产方式制约着整个社会生活政治生活和精神生活的过程。不是人们的意识决定人们的存在，相反，是人们的社会存在决定人们的意识。”[③]“我们判断这样一个变革时代也不能以他的意识为根据；相反，这个意识必须从物质生活的矛盾中，从社会生产力和生产关系之间的现存冲突中去解释。”[④]当然社会存在的决定作用在形式上也不一定是直接决定的，马克思曾论述道：“思想、观念、意识的生产最初是直接与人们的物质活动，与人们的物质交往，与现实生活的语言交织在一起的。人们的想象、思维、精神交往在这里还是人们物质行动的直接产物。表现在某一民族的政治、法律、道德、宗教、形而上学等的语言中的精神生产也是这样。人

---

① 列宁全集．第39卷．人民出版社，1986：368.

② 赖黎明．马克思主义政治文化的社会化探析；华中农业大学学报（社会科学版），2007.2.

③ 马克思．政治经济学批判序言；马克思恩格斯选集．第二卷，北京人民出版社，1995年版，第32页。

④ 马克思．政治经济学批判序言；马克思恩格斯选集．第二卷，北京人民出版社，1995年版，第33页。

们是自己的观念、思想等等的生产者，但这里所说的人们是现实的、从事活动的人们，他们受自己的生产力和与之相适应的交往的一定发展——直到交往的最遥远的形态——所制约。意识在任何时候都只能是被意识到了的存在，而人们的存在就是他们的现实生活过程。”①

马克思主义认为，政治文化对社会存在具有反作用，这一反作用是在人们认识到了政治文化的作用之后才发生的。恩格斯指出：“任何意识形态一经产生，就同现有的观念材料相结合而发展起来，并对这些材料再进一步的加工；不然，它就不是意识形态了。”②“德国工人同欧洲其他各国工人比较起来，有两大优越之处。第一，他们属于欧洲最有理论修养的民族……如果工人没有理论感，那么这个科学社会主义就决不可能像现在这样深入他们的血肉。”③列宁早在 1902 年就指出：“马克思写信给党的领袖们说，如果需要联合，那么为了达到运动的具体目标，可以缔结协定，但是决不能拿原则来做交易，决不要作理论上的‘让步’。马克思的意思就是这样，而我们这里却有人假借马克思的名义来竭力贬低理论的意义！没有革命的理论，就不会有革命的运动。”④“我们说，工人本来也不可能有社会民主主义的意识。这种意识只能从外面灌输进去。”⑤

可见，马克思主义政治文化观不仅揭示了政治文化的本质特征，而且揭示了政治文化研究的科学方法。这一方法要求对于任何社会政治文化的研究，都不能仅停留在政治文化这一层面上，而应深入到政治实践中去，进而深入到社会物质生产和社会关系的领域中去进行探索，从政治文化的来源和反作用两方面进行辩证分析，这即是马克思主义的辩证方法论。⑥并对我们全面理解和把握“政治文化”概念具有重要指导意义。

具体到“政治文化”这一概念的界定，则可以追溯到 19 世纪的社会学，或者甚至启蒙运动时期，但它真正成为政治和文化研究中的一种理论视野，却是二次世界大战以后的事。

---

① 马克思，恩格斯．德意志意识形态；马克思恩格斯选集：第 1 卷．北京：人民出版社，1995：72.

② 恩格斯．路德维希·费尔巴哈和德国古典哲学的终结［M］// 马克思恩格斯选集：第 4 卷，北京：人民出版社，1995：254.

③ 恩格斯．德国农民战争：序言［M］// 马克思恩格斯选集：第 2 卷［M］．北京：人民出版社，1995：635.

④ 列宁．怎么办？［M］// 列宁选集：第 1 卷，北京：人民出版社，1995：311.

⑤ 列宁．怎么办？［M］// 列宁选集：第 1 卷，北京：人民出版社，1995：334.

⑥ 赖黎明．马克思主义政治文化的社会化探析；华中农业大学学报（社会科学版），2007.2.

第二次世界大战后，随着世界政治经济的发展变化和行为主义比较政治学的兴起和传播，西方国家政治学界开拓了政治文化比较研究的新领域，形成了以加布里埃尔·阿尔蒙德、卢西恩·派伊等比较政治学家为代表的政治文化论。在20世纪50年代到60年代中期的西方政治文化研究中，阿尔蒙德（Gabriel Almond）和伏巴（Sidney Verba）是首先利用政治文化理论从事学术研究的学者，并在学术界掀起了政治文化研究热潮。“政治文化”在阿尔蒙德的观念中，是属于“文化体系”的一部分，指涉对政治行为和政治评价的主观趋向。这个时期的“文化”概念意义相当狭隘，而且它的研究过分偏重实证方法，这和当时的学术趋向有关。20世纪50年代、60年代模式的政治文化研究自60年代末期渐渐失去影响，但是自80年代以来，随着文化研究的深入和人们对文化的兴趣和认识的增长，尤其是一些重要的当代理论像后现代理论、后殖民理论和批判理论都为确定新的文化观念提供了条件，这些理论本身具有很大的跨学科性，对当今各种人文学科具有广泛的影响，从而使政治文化研究重新引起了人们的重视。①

当然，在具体使用“政治文化”这一概念时，不同的学者在理解上是存在差异的。对“政治文化”这一概念的种种阐释，包含着不同的研究者自身对此的理解，以及表明了他们各自是在何种意义上使用这一概念的。有些学者对国内外政治文化的定义作了归纳，并指出，关于政治文化的看法，大致有三种：一是把政治文化主要归结为政治心理方面（狭义说），美国的政治学者基本上持这一种观点；二是将政治文化广泛到政治心理、政治思想和政治制度（广义说）；最后一种看法是“把政治文化既看成是主观方面的现象，但又不仅仅指政治心理方面，而是包括政治心理方面，还包括政治思想方面，或者说是上层建筑的观念形态部分”。②这一概括具有高屋建瓴的作用，对我们全面理解和把握“政治文化”的概念具有重要启发。

在20世纪的英国文学批评家当中，乔纳森·多利莫尔（Jonathan Dollimore）具有一种特别的启发力。作为英国著名的文学史家，多利莫尔将文艺复兴时期的文学研究（尤其是莎士比亚研究）作为自己的主导领域，探讨20世纪的生存问题与17世纪文艺复兴时期文学研究之间的关系，以此发掘文化

---

① 徐贲．重提政治文化．世纪中国－学人书库 http：//www.comment-cn.net/data/2006/0604/article_7605.php.

② 徐大同．政治文化民族性的几点思考．天津师范大学学报．1998年第4期．转自王炜．试论政治文化的概念及其要素，科教文汇．2007.1.

冲突和文化变革时代的文化精神；作为文化唯物论的重要开创者，多利莫尔指明了一种新的文学取向：即在对文学文本进行历史的阅读和分析中，需要揭示意识形态遏制过程的复杂性，同时注重研究对颠覆权力的抗争方式，从而使文学文本的解读内蕴一种深层社会历史文化精神的阐释。可见，多利莫尔不仅在文艺复兴文学和莎士比亚研究中做出了突出贡献，也对我们正确认识文学与政治、文学与意识形态、文学与文化、文学与历史之间的多重复杂关系，有重要的参照和反思意义。

因而，研究多利莫尔的思想是我们全面理解英国文化唯物论流派的思想和当代西方的文化现状的关键，也对我们当前寻求文学研究的方法和探索文艺的本质特性问题具有重要的现实启发意义。多利莫尔作为英国当代著名的文学批评家和左派理论家，以其独特的论战风格主张在文学和社会历史文化的关系结构中探究文学的功能和文学对现实的涉入，他的理论具有一种宏观的文化视野和对现实的政治关怀；并且多利莫尔学识渊博，其思想涉及文学、哲学、社会学、政治学、历史学等诸多学科领域。在这种情况下，我们应该以什么视角和方法来准确而全面的理解和把握多利莫尔的思想呢？这就成为我们最大的研究难题。

本文尝试从多利莫尔独特的“政治文化”批评视角来探究多利莫尔博大精深的文学批评思想。80年代末以来，多利莫尔的政治文化批评方法逐渐引起西方学术界的关注，这不仅是因为他重提了“政治文化”，更重要的是，多利莫尔将这种政治文化视角新颖地运用于文学批评研究中。虽然多利莫尔没有对“政治文化”进行非常系统的缜密解说和论述，但是我们可以发现，他的批评理论是始终围绕这一角度展开的。

作为英国“文化唯物论”的重要开创者和积极实践者，多利莫尔是一位具有马克思主义理论修养的英国新左派理论家。多利莫尔始终坚持马克思历史唯物主义的基本原则，倡导“超越唯心主义的文艺批评”，是当代英国杰出的文化批评家和马克思主义理论家。因此，多利莫尔的政治文化批评思想必然与马克思主义政治文化研究密不可分。

在这里，我们并无意于对“政治文化”这一概念作更为具体的研究甚至解释，因为，“政治文化”目前事实上已成为一个相对宽泛的学术领域。按照目前学术界的理解，“政治文化”这一概念可以有广义和狭义之分。广义的政治文化是指，在一定文化环境下形成的民族、国家、阶级和集团所建构的政治规范、政治制度和体系，以及人们关于政治现象的态度、感情、心理、习惯、价值信念和学说理论的复合体。而狭义的政治文化则主要是指由政治心理、政治意识、政治态度、政治价值观等层面所组成的观念形态体系。①本文在使用“政治文化”这一概念时，是基于对上述概念的辩证吸收基础上的，即“政治文化”就是指由处于一定的历史——社会——文化条件下的主体对政治体系、政治活动过程等各种政治现象以及自身在政治体系和政治活动中所处的地位和作用的态度与倾向所构成的复合的观念体系。值得注意的是，本文在研究政治文化与多利莫尔的文学批评之间的关系时，尤为强调了“政治文化”概念所内蕴的辩证关系，主要表现在：其一，政治文化是人类社会政治实践活动的阶段性成果，始终处在不断变化发展的运动之中，本身具有变化和发展性。因而对政治文化的研究和把握，必须坚持动态分析的原则；其二，“政治文化”的概念本身揭示这样一种辩证关系：由于受政治统治体系的影响，在一定的社会政治实践活动中，形成了一定的、观念形态的活动成果，即政治文化；而这种观念形态的活动成果，又能动地作用于政治统治体系，并为后者烙下了深刻的文化痕迹，从而建立起一种互动的辩证关系。②可见，“政治文化”概念本身所包孕的丰富的内蕴，以及与之相关的动态的辩证分析方法，必然给我们对多利莫尔的政治文化批评研究带来重要的启发意义。

（二）视角探析

本文尝试从独特的“政治文化”视角来探究多利莫尔博大精深的文学批评思想，主要原因在于：

第一，多利莫尔对文学批评思想的建构和对文化唯物论的阐释，始终围绕“政治文化”这一独特的角度展开。80年代末以来，多利莫尔的政治文化批评方法逐渐引起西方学术界的关注，这不仅是因为他重提了“政治文化”，更重要的是，多利莫尔将这种政治文化视角新颖地运用于文学批评研究中。虽然多利莫尔没有对“政治文化”进行非常系统的缜密解说和论述，但是我们可以发现，他的批评理论是始终围绕这一角度展开的。

在这里，必须强调的是，在多利莫尔的文学批评与研究中，他所谓的“政治文化”只是一种研究的视角，即通过这一视角去接近对象的实际，从而对相

① 朱晓进等.非文学的世纪：20世纪中国文学与政治文化关系史论.南京师范大学出版社，2004年4月第一版：第6页.

② 吴健.视域融合中的判断与选择，马克思主义与现实.2006年第3期.

关的文学现象做出更为合理的解释。

多利莫尔的政治文化批评继承并发展了以往的政治文化研究传统，但是，多利莫尔的政治文化批评有其自身的独到之处，即多利莫尔不同意阿尔蒙德将“政治文化”仅仅定义为主观的价值取向，他认为“政治文化”本身是一个复杂的动态的概念，他主张在文化与社会历史结构的动态辩证关系中，探究文化与政治、文化与权力、文化与社会历史的复杂关系，并强调文化的“政治性”和“实践性”特征。[①]可见，在文学批评和研究中，多利莫尔的“政治文化”视角是一种强调文学与社会历史文化双向建构的动态的结构式思维方式，这种关系结构的核心主要体现为政治文化对主体的影响和主体对政治文化语境的呼应。并且，多利莫尔对“政治文化”概念的理解本身就体现了动态的辩证关系思维。

多利莫尔首先在文学与历史互动的关系结构中，阐释了他的文学史观，正如他在《激进的悲剧》导言中所说：“每一个重大的文艺批判分歧的背后都存在着那一社会历史时期巨大的政治文化立足点的差异。”[②]通过对文艺复兴时期的英国文学和 18 到 20 世纪英国文学及文学批评传统的变迁进行宏观的历史回顾和分析，多利莫尔指出：文学是一个复杂的系统，文学与影响文学的政治权力有着密切的关系，文学的观念、文学本身的结构和审美因素以及文学的存在本身都受到社会历史因素的制约。[③]这就为“政治文化”视角的提出论证了一个合理的前提背景，使政治文化视角顺理成章地从英国文学复杂的历史情境中生发出来，成为具有历史穿透力的“视点”。同时，也避免了其在选择“政治文化”作为方法依据时，出现对当前西方流行的政治文化研究所产生的穿凿附会的毛病。多利莫尔把“政治文化”作为一个研究的切入点和研究视角，首先考虑的是文学史观与研究视角的契合度，在研究视角适合于研究对象本身的独特性的前提下，这一研究视角就不再仅仅是一个切入点，而是不可避免地具有文学研究意义上的方法论价值。[④]

在独特的“政治文化”视野里，多利莫尔首先在文学与社会历史文化互动的关系结构中，着重探讨了文学文本与意识形态之间的动态的复杂的结构关系，然后通过详尽阐释多利莫尔文学批评的两个核心概念——“主体”和“政

① Jonathan Dollimore. “Radical Tragedy”. Duke University Press，1984，p.9–28.

② Jonathan Dollimore. “Radical Tragedy”. Duke University Press，1984，xli.

③ Jonathan Dollimore. “Death，Desire and Loss in Western Culture”.London：Penguin Books，1998，P1.

④ 杨霞．独特视角下的中国现当代文学史研究，中国现代文学研究丛刊．2005 年第 3 期．

治文化”结构，动态地诠释了“文本生产（作者）——政治文化批评方法（作品）——文本重塑（读者）”这一过程的双向逆反建构的过程，坚持主张在“政治文化”这一动态关系结构视野中阐释文学与政治、文学与意识形态、文学与权力、文学与文化、文学与历史的多重复杂关系以寻求文学研究的方法和途径。政治文化既是多利莫尔总结文学批评规律的主线，又时刻渗透到他对文学现象和作家作品的具体感悟之中，成为多利莫尔文学批评思想中贯穿始终的研究视角和论证线索。

可见，我们若想全面把握和准确理解多利莫尔的文学批评体系，就必须切入“政治文化”这一视角，以便深入探求多利莫尔文学批评的实质和意义。

第二，多利莫尔独特的“政治文化”批评视角，对我们正确理解和把握文学与政治、文学与意识形态的关系问题具有重大启发意义。文学与政治的关系问题，是中外学术界论争的一个重大论题。在以往的文学研究中的确存在着对文学与政治关系的误解，或者以政治标准替代审美标准，或使审美标准离开特定历史时期的政治语境，这两种研究模式都容易导致研究结论的肤浅和片面，主要原因在于他们并未真正弄清两者之间的关系方式。要避免这种极端的研究倾向，就必须真实、客观地来看待政治与文学的关系问题。

多利莫尔尝试将“政治文化”这一政治学的研究方法引进并运用到文学批评研究中来，他在“政治文化”这一政治学概念向文学研究的转换过程中，通过对不同观念的比较和分析，力求全面而客观地寻找文学与政治的具体联系。这一独特的视角既没有以政治代替审美，也没有抽空政治而陷入“纯文学”的视角，而是基于英国社会、政治、文学发展的特殊历史背景，以“政治文化”作为切入文学批评和文学研究的主要方法。这一研究视角避免了单纯的基于政治立场的是非之争、意气之争，也避免了“纯文学”视角容易失去历史质感的褊狭，而将研究视域延伸到创作主体的精神世界与思想状态之中，为客观上扑朔迷离的文学现象找到了主观的原因，在文学与社会历史文化构成的动态结构关系中为文学与政治、文学与意识形态的关系问题提供了令人信服的阐释。

“意识形态”无疑是中国当代文论中的一个关键词，文学理论界持续不断的学术论争总是与它有着千丝万缕的联系。新近一段时期以来，文艺与意识形态的关系问题再度成为文艺理论界的一个学术研究热点，成为一个值得关注的理论动向。究竟应该如何理解“文学批评”与“审美批评”的关系？如何理解文学与审美、意识形态之间的关系？即如何认识文学的本质问题？学术界对此争论不休。然而，众多学者却对此达成一致，即：文学与意识形态的关系，是个极为重要的文学理论问题。它不仅涉及对基本概念的理解，而且关系到对文学本质的认识。①

“意识形态”是多利莫尔批评话语里的一个重要范畴，是他的政治文化批评的标志性符号。多利莫尔始终围绕着“意识形态”这个概念，以政治批判意识深入具体的文学理论问题和文学现象个案之中，他在社会历史文化背景中理解文学的意识形态性和文学的特殊价值属性，并对各种文学理论问题和文学批评问题作政治文化意义上的解读，其文学批评体现了鲜明的意识形态性特征。在多利莫尔展开政治文化批评过程中，文学与意识形态的关系问题始终是他思考的重点。多利莫尔强调文学与意识形态、文学与政治、文学与权力、文学与历史的多重复杂关系，他指出任何文学艺术都是社会意识形态的一种“表现形式”，②任何文学都是在一定的社会历史文化视野中产生和发展的，任何批评阐释都离不开社会和历史的根基。

多利莫尔在文学与政治、文学与历史、个人与群体、权力话语与非权力话语等各种力量相撞击的“政治文化”结构中，对“主体性与社会进程”③间的关系进行深刻阐释，并指出文学主客体关系的形成，始终要受到这种关系结构的各种因素的制约。这正是多利莫尔政治文化批评所着力阐释和揭示的内容，也是他的政治文化批评思想的价值所在，这无疑对当前我国学术界所关注的文艺与意识形态关系的争论具有重要启示。

第三，多利莫尔以自己所呈现的独特的政治文化批评研究的新成果，触动了我们对目前学术界有关文化和文学批评的一些基本问题的思考。我国学术界对这种从文化批判角度研究文艺的思想在认识上充满了分歧，并展开激烈的论争。进入新世纪以来，我国乃至整个世界的文学研究（包括文学理论、文学批评、文学史）都面临深刻的转型，其中最引人注目的是文化研究与文化批评的迅速兴起，20 世纪 90 年代以来当代西方文化研究的理论与实践的引入给我国传统的文学观念和文学研究方法带来极大冲击，学术界掀起了文化研究热潮，并引发了文学研究（批评）和文化研究（批评）关系的论争，其中文化批评和文学批评的关系成为这场争论的焦点。究其实质，他们争论的根本问题在于：

---

① 董学文 . 文学与意识形态关系辨析 . 曲靖师范学院学报，2006.1.

② Jonathan Dollimore.“Radical Tragedy”. Duke University Press，1984，p.9–12.

③ Jonathan Dollimore.“Radical Tragedy”. Duke University Press，1984，p.73–78.

这种“从文化批判角度”进行研究的文学批评，到底属于所谓的“泛文化”的研究还是文学领域的研究？究竟什么样的文化批评才是真正的文学批评？①

多利莫尔将这种独特的“政治文化”视角运用于文学批评研究中，虽然他非常关注文本之外的社会语境以及复杂的人类政治生活，但是他坚决拒绝脱离文学本体立场来研究文学，而是将文学批评对象置于宏大的社会历史文化语境中，以其独特的政治文化视角对文学文本和文学现象展开批评研究。可见，多利莫尔政治文化的文学批评把社会变革要求和实践当作文化的一个重要部分，它关心文化和政治之间的互动关系，但其目的不在于建立某种政治理论，而在于用政治文化的独特视角对文学文本提供一个宽广的解释角度和分析语境。因而，多利莫尔政治文化的文学批评是一种建立在文学本体论基础上的具有政治意识和社会变革要求的文化批评。

显然，从“政治文化”视角挖掘多利莫尔独特的文学批评思想，对当前学术界有关文学和文化批评的争论具有强烈的理论指导和现实启发意义。

综上，研究多利莫尔基于“政治文化”视角中的文学批评思想必然具有重要的理论价值和现实启发意义，这也就是本文选题的原因和价值所在。

二、代表人物与研究状况

（一）代表人物：乔纳森·多利莫尔

乔纳森·多利莫尔（Jonathan Dollimore, 1948—）是英国当代著名的文学批评家、思想史家和社会学家，是英国“文化唯物论”的重要开创者和积极实践者，也是一位具有马克思主义理论修养的英国新左派理论家，在当代西方人文学术领域和左派政治领域占有重要地位。

作为英国“文化唯物论”的重要开创者和积极实践者，乔纳森·多利莫尔与“文化唯物论”结下了不解之缘。文化唯物论是20世纪80年代在英国兴起的一支文学批评流派，“文化唯物论”是雷蒙·威廉斯（Raymond Williams）在《马克思主义和文学》中首先提出的，是对马克思历史唯物论的文化改造，多利莫尔和辛菲尔德就以此称谓英国反人文传统的新型批评理论“文化唯物论”。这一时期的文化唯物论批评，以英国文学研究的重头戏，即文艺复兴时期文学、尤其是莎士比亚为主攻对象。该派代表人物主要有多利莫尔（Jonathan

① 陶东风，徐艳蕊．当代中国的文化批评．北京大学出版社，2006年1月第一版，第31页．

Dollimore）、辛费尔德（Alan Sinfield）、霍德尼斯（Graham Holderness）、兑卡奇斯（John Drakakis）、贾汀（Lisa Jardine）等，这些批评家不断推出专著和论文集，迅速在批评界和大学内部站稳了脚跟，至今方兴未艾。

文化唯物论在 80 年代出现，首先离不开当时英国新左派势弱、保守势力崛起的社会背景。正如一些学者所强调的，那时英国阶级之间的分野差异非常突出，而英国激进政治的传统也极其深厚激烈，与此同时，当时英国对于教育制度和教育实践所施加的强制性压力也非常直接和强大，这些因素，无疑给学院内的文化唯物论者以很大刺激，促使他们去关注和深入调查那些经典作家和作品是如何巩固当前的主导意识形态的。其次，文化唯物论的产生也与它的思想渊源密切相关。“文化”和“唯物论”的扣接，暗示了艺术或意识形态的领域与物质性的社会或经济力量难分难舍、密切相联。可见，该流派体现了辩证与历史唯物论的回音，离不开马克思主义和意识形态理论的谱系。另外，这一流派汇集了文化研究中人类学、女权主义、西方马克思主义、结构主义和后结构主义等多种理论，尤其是阿尔都塞、马歇雷、葛兰西和福科的理论。值得强调的是，除了以上理论的影响之外，文化唯物论更多地秉承了威廉斯的英国左派衣钵，威廉斯的思想更注重人的主观能动作用，其中抗争的意味更加浓烈，因而使文化唯物论呈现出比较强烈的政治乐观主义。

在多利莫尔与辛菲尔德合编的《政治莎士比亚》前言[①]中，多利莫尔简要地交代了文化唯物论者的基本主张和思想渊源，表明了其政治立场，可以说是文化唯物论者的理论宣言。多利莫尔倡导的“文化唯物论”是对威廉斯的继承和发展，“他的最大贡献在于他一直在努力将威廉斯和霍尔的阐释精神延伸到文艺复兴文本中去”[②]。多利莫尔将其“文化唯物论”的宗旨定于从文化、历史和政治角度研究文学的功能和文学对现实的涉入，并指出“文化唯物论”具有“四要素”：历史的发展脉络、理论的方法意向、政治的权力参与和文本的分析框架。多利莫尔指出，“文化唯物论”主要研究倾向是同文学的文本相联系而关注以下问题，诸如：国家权力和对权力的抵抗问题，重新评估一定时期居于统

① J Dollimore. “Introduction：Shakespeare，Cultural Materialism and the New Historicism”. Political Shakespeare：New Essays in Cultural Materialism，eds. Jonathan Dollimore and Alan Sinfield，New York：Cornell University Press，1985：7.

② Peter Erickson. “Review of ‘Political Shakespeare’”. Shakespeare Quarterly，Vol.37，No.2.（Summer，1986），pp.251–255.

治地位的意识形态和针对这些意识形态的激进倾向问题，边缘的意识话语对主流话语的挑战和遏制，女权主义观点中女性的真实存在状况和其对文学权力的新理解，国家内部各阶级集团间的冲突和各种权力概念的当代阐释等问题。①

可见，多利莫尔倡导的文化唯物论是对“互文”（intertextuality）的政治分析，并坚持主张在文学与社会历史文化构成的动态的结构关系中探究文学的本质。在理论建构上，它既强调社会历史语境对于文学写作和接受的重要，又突出文学对于社会意识的塑造作用；在批评实践中，它直接切入当时社会历史语境，不仅揭示文学作品中渗透的主导意识形态，还不遗余力地挖掘作品中隐含的、与主导意识形态对立的内容。对“文化唯物论”这一文学流派的系统阐释和积极创新，使多利莫尔成为文化唯物论的重要开创者和努力实践者，因而，多利莫尔在当代文学批评领域和左派政治领域的突出贡献和重要地位不容忽视。当代英国杰出的文学理论家、文化批评家和马克思主义理论家特里·伊格尔顿（Terry Eagleton，1943–）如此评论多利莫尔：“作为坚定的文化唯物主义者，他对西方文化进行了大胆的、跨越历史的、全方位的显著研究，值得我们关注。”②

（二）研究状况

1. 国外研究状况

国外对多利莫尔的研究起步较早，涉及的理论问题也比较丰富，为我们提供了许多可供借鉴的理论思路和生动成果。主要表现在以下三个阶段：

第一阶段是从20世纪70年代末至80年代中期，国外理论界主要把以多利莫尔为代表的“文化唯物论”与新历史主义相提并论。70年代末80年代初，带有左翼色彩的英国文化唯物论和美国的新历史主义，在大洋两岸几乎同时兴起，自创设之初，二者在理论和批评实践上就藕断丝连，并在一定程度上具有相互兼容的一致性，因此国内外的文论选读和批评理论著作总是将它们相提并论。国外理论界在这一时期对多利莫尔的研究，主要是将他归入“新历史主义”在英国的代表人物，并将他的理论放在“新历史主义”视域中进行评

---

① J Dollimore. “Introduction：Shakespeare，Cultural Materialism and the New Historicism”. Political Shakespeare：New Essays in Cultural Materialism，eds. Jonathan Dollimore and Alan Sinfield，New York：Cornell University Press，1985：7.

② Jonathan Dollimore. “Death，Desire and Loss in Western Culture”. London：Penguin Books，1998，P1.

析。这一时期的研究成果主要有安德森所著《对西马的思索》①、威廉姆斯所著《唯物主义和文化问题》② 以及霍华德所著的《文艺复兴文学研究中的新历史主义》③。

第二阶段是从 20 世纪 80 年代中期到 90 年代，理论界开始发掘多利莫尔文学和文化批评的价值，肯定他对英国文学所做出的独特贡献。一些西方学者曾以杂志文章、论文集等方式从生平、创作和影响等角度对多利莫尔进行研究，使国外理论界逐渐意识到“文化唯物论”与“新历史主义”的区别，并开始对这种区别展开详尽阐释。这一时期出现了两部对两大流派进行比较研究的专著——约翰·布兰尼根的《新历史主义和文化唯物论》④以及柯南·莱恩的《新历史主义和文化唯物论》⑤，这两部专著探讨了两大流派的历史渊源，介绍了具体的批评方法，并对它们在基本理念上的契合与分歧进行详尽分析。有许多评论家像 Paul Werstine 、 John F，Andrews 等等都对多利莫尔的著作和两个派别的关系做出了详细评述，并指出了两大理论派别的根本区别。随着对两大理论派别认识的加深，国外学者也开始尝试从不同角度思索和阐释乔纳森·多利莫尔的理论。主要有以下评论著作：卓肯斯的《标新立异的莎士比亚》⑥、威尔逊的《文化唯物主义：理论与实践》⑦、还有理查德和杜特合著的《新历史主义和文艺复兴戏剧》⑧。

第三个阶段是从 20 世纪 80 年代末 90 年代初以来，一些西方学者开始发现多利莫尔批评著作中的“政治文化”批评倾向和特征，他们不再局限于研究多利莫尔在文学领域某一层面上的影响力，转而探讨多利莫尔对更大范围里的英国学术所作的贡献。这时期的研究成果主要包括：克利福德《文化的阐释》⑨、辛菲尔德所著《错误路线：文化唯物论与政治歧见》⑩、米尔纳《文化唯物主

① Perry Anderson “Considerations on Western Marxism” . London：New Left Books，1976.

② Williams “Problems in Materialism and Culture” . London：Verso，1983.

③ Jean Howard. “The New Historicism in Renaissance Studies” . English Literary Renaissance 16，1986.

④ John Brannigan. New Historicism and Cultural Materialism .St. Martin’ s Press Inc.1998.

⑤ Kiernan Ryan，ed. New Historicism and Cultural Materialism. A Reader.London：Hodder Headline Group，1996，如书名所示，是一部精选的文集，它与上本书是姐妹篇。

⑥ John Drakakis，ed. “Alternative Shakespeare” . London：Methuen，1985.

⑦ Scott Wilson “Cultural Materialism：Theory and Practice” ，Oxford U K：Blackwell，1995.

⑧ Richard Wilson and Richard Dutton. “New Historicism and Renaissance Drama” . Harlow：Longman，1992.

⑨ Clifford Geertz. “The Interpretation of Culture” . London：Fontana，1993.

⑩ Alan Sinfield. “Fault line：Cultural Materialism and the Politics of Dissident Reading” . Oxford：Oxford University Press，1992.

义》[1]、伯特《文学理论：基础本质》[2]。

此外，90年代以后，除了继续重视文艺复兴时期文学外，同性恋和后殖民问题也开始纳入多利莫尔的视线，作为性别歧见研究中心（the Centre for the Study of Sexual Dissidence）的名誉会员，他的理论在性学和女性研究领域也受到很大关注。

2. 国内研究状况

国内对乔纳森·多利莫尔的关注是比较晚的，我国学术界自20世纪90年代末才开始介绍多利莫尔的著述，在《普鲁斯特论》[3]一书中选录了多利莫尔的《莎士比亚，文化唯物主义和新历史主义》（张玲译），另在王逢振主编的《2000年度新译西方文论选》[4]以及随后的《2001年度新译西方文论选》[5]中都选录了多利莫尔（Jonathan Dollimore）的《莎士比亚，文化唯物主义和新历史主义》（张玲译）这篇文章，并且这三部文论选读都是将多利莫尔置于对“新历史主义”理论简介中引进的。此后，在国内有关“新历史主义”或“文化唯物主义”的许多论文中多利莫尔的理论被广泛引用，但对其学术进行较为全面、深入研究的却是相当有限，我能查阅到的仅仅是在对新历史主义文学批评进行宏观研究时所做的篇幅不过是一个章节的介绍，[6]至于更为细致、深入的针对其个人的研究却是相当稀少。并且，在对多利莫尔的理论进行引用中，研究者也大多各取所需，仅仅是想当然地引用多利莫尔的思想观点，却难以对他的思想有一个全景式的把握和理解，从而导致了理解的片面化。

可喜的是，随着国外90年代以来对多利莫尔思想研究的深入，我国学术界对多利莫尔思想的认识也取得很大进展，一些年轻学者通过对西方理论研究现状的调查以及对多利莫尔思想的深刻认识，开始探索以多利莫尔为代表的“文化唯物论”与以格林布莱特为代表“新历史主义”的根本区别。正如我国一些年轻学者（赵国新、李英等）所认为，多利莫尔自己和约翰·布兰尼根也多次强调的，两大派别的根本区别在于：“新历史主义”主要关注怎么遏制一切不利于主导意识形态的颠覆力量；而以多利莫尔为代表的“文化唯物论”则不仅揭

① Andrew Milner.“Cultural Materialism”. Victoria：Melbourne University Press，1993.

② Hans Bertens.“Literary Theory：The Basics”. London：Routledge，2001.

③ 塞·贝克特等. 普鲁斯特论. 沈睿、黄伟等译. 社会科学文献出版社，1999.

④ 王逢振主编. 2000年度新译西方文论选. 漓江出版社，2001年版.

⑤ 王逢振主编. 2000年度新译西方文论选. 漓江出版社，2002年版.

⑥ 王岳川主编. 后殖民主义与新历史主义文论. 山东教育出版社，1999：190.

示主导意识形态在作品中的悄然渗透，还竭力搜寻颠覆因素反驳主导意识意识形态的蛛丝马迹，强调新生意识形态对主导意识形态的颠覆，更注重人的主观能动性。相对而言，意识形态在文化唯物论中用得更多，而权力和话语，则在新历史主义中出现的频率较高。[①]

从 90 年代以来，一些西方学者开始发现多利莫尔批评著作中的“政治文化”批评倾向和特征，转而探讨多利莫尔对更大范围里的英国学术所作的贡献；而中国学者却缺乏对多利莫尔文学批评的政治文化倾向和特征的关注。然而，多利莫尔的政治文化批评方法，是我们正确辨析当代西方两大理论派别“文化唯物论”与“新历史主义”并对多利莫尔的思想进行全面科学的评价和准确定位的前提和关键。

鉴于此，不论是否赞赏多利莫尔的批评观点，我们都应回到对其批评本身的探讨上来。本文不是对乔纳森·多利莫尔及其思想体系的全面探讨，而集中于对多利莫尔独特的“政治文化”的文学批评体系进行系统和深入研究，并力求站在辩证唯物论的高度对其方法体系做出力争客观的辨析，希望填补国内对此研究的空白。

三、研究意义和创新之处

（一）研究意义

乔纳森·多利莫尔以其独特的研究视角对当前的批评界和学术界做出了重要贡献，其政治文化的文学批评思想对当代的文学批评界具有重大的理论指导和现实启发意义。主要表现在：

第一，作为英国当代杰出的马克思主义文学批评家，多利莫尔“政治文化”的文学批评思想某种程度上体现了对马克思主义批评理论的继承和发展。作为英国“文化唯物论”的重要开创者和积极实践者，多利莫尔始终坚持马克思历史唯物主义的基本原则，倡导“超越唯心主义的文艺批评”，是当代英国杰出的文化批评家和马克思主义理论家。因此，研究多利莫尔批评思想的价值必须首先要在马克思主义谱系中来衡量。

多利莫尔高度重视马克思主义的意识形态批评，他通过重温马克思对历史

---

① 赵国新 . 文化唯物论，外国文学 .2003 年第四期；另参考：李英 . 新历史主义和文化唯物论在文化批判上的分歧与契合，国外文学 .2006 年 01 期 .

唯物主义所作的经典表述，强调马克思从经济基础与上层建筑、社会存在与社会意识的关系出发，清晰地阐明了意识形态在整个社会结构中的位置和功能。同时，多利莫尔对60年代以来兴起的西方马克思主义也给予了客观评价，他指出西方马克思主义的代表人物卢卡契、本雅明、阿多诺、阿尔都塞等理论家能够从文艺作品的“形式因素”看到其中内蕴的社会关系、权力结构等物质历史，他们的批评空前展示了马克思主义批评的巨大活力和可能性。但是，多利莫尔指出这一派在总体上并没有获得很大的政治成效。批评理论的真正生命力在于紧密结合政治实践，为实践带来某种不同的格局，而这一点正是西方马克思主义和其他一些激进批评理论的致命缺陷，也是多利莫尔政治文化的文学批评理论力图弥补的地方。多利莫尔指出“文学就是实践”，[①]将文学作为某种历史的实践加以关注，注意文学在当时历史条件中的“社会效果”正是多利莫尔“政治文化批评”的重要特征。

另外多利莫尔的贡献还要进一步放在英国马克思主义批评的语境里考察。在文学批评理论上，英国有着悠久的经验主义传统，重视从心理学方面对个体的审美经验进行研究；到19、20世纪，这一研究演变为更广泛的文化研究，强调在社会生活的总体性基础上把研究对象如文学作品置于一定的社会文化语境中加以分析，从而形成了具有英国本土特色的文化研究。作为文化唯物主义的重要开创者和积极实践者，多利莫尔的文学批评不可避免地具有这种批评历史的印记。但是，多利莫尔的文学批评思想更多地显示出在文学与社会历史文化动态结构关系框架内进行的富有个性的拓展。首先，他表现出浓重的社会主义倾向，表现出更高的政治热情，从这个意义上说，他一开始就走着一条政治文化的路线；第二，注重英国现代批评史和英国文学实践的批评研究，提供了扎实的个案分析和实证文本，从理论和实践上丰富和拓展了“文化唯物主义”；第三，突出表现了与欧陆以及美国不同的理论与实证并重的英国文化批判传统；第四，多利莫尔坚持各层面相互关联、互相阐发的整个文化视野，其政治文化批评方法为我们审视文学、理解政治、把握文学与政治、文学与历史、历史与文化、文学与文化等范畴之间的复杂关系提供了新观念与新视角，并对我们当前的文学研究具有重大的现实启发。正如多利莫尔所说：“正是由于对文

① J Dollimore. Introduction: Shakespeare, Cultural Materialism and the New Historicism. Political Shakespeare: New Essays in Cultural Materialism, eds. Jonathan Dollimore and Alan Sinfield, New York: Cornell University Press, 1985: 7.

化、文学与政治、历史相关性的追问和要求，也帮助我们认识这一要求自身的局限性，以及关注文化和历史的差别性问题。这种存在于相关性和差别性之间的争论促使英国的研究转向大范围的政治文化和跨学科知识角度，并迅速实现了与方法论的、政治的和伦理道德角度的结合。”①

多利莫尔始终旗帜鲜明地坚持政治文化批评的方法论问题必须与实践政治紧密联系起来，他的政治文化的文学批评带给我们最大的启发就是：要立足于自己的民族特色，从自身的历史处境中提出问题，而不是一味地畏惧或盲从“权威的”或“最新的”理论。同时，多利莫尔的这种现实关怀和理论与实践相统一的原则，又使他在自己的批评话语活动中保持了最大限度的开放性和吸纳性。正是在这个意义上，多利莫尔及其文学批评思想才体现出对马克思主义文学批评思想的继承和发展，并凸现出对建设具有中国特色的当代美学文艺学体系的重要现代价值。

第二，多利莫尔坚持在一个由多因素、多层次、多维度构成的动态的“政治文化”关系结构中探究文学的本质，为我们把握文学与政治、文学与文化、文学与意识形态、文学与历史等范畴之间的复杂关系提供了新观念与新视角，并为我们当前的文学研究提供重大的现实启发。正如多利莫尔所说：“正是由于对文化、文学、政治与历史相关性的追问和要求，也帮助我们认识这一要求自身的局限性，以及关注文化和政治、历史等的差别性问题。这种存在于相关性和差别性之间的争论促使英国的研究转向大范围的政治文化和跨学科知识角度，并迅速实现了与方法论的、政治的和伦理道德角度的结合。”②

多利莫尔指出“政治文化”本身不是一个用来分类的静态概念，他强调文化的形式是来自社会的互动，应该将文化置于整个社会脉络中去了解，在政治文化批评中更应该考虑到社会关系的互动。③可见，在文学批评和研究中，多利莫尔的“政治文化”视角是一种强调文学与社会历史文化双向建构的动态的结构式思维方法。多利莫尔在其独特的“政治文化”视野里，通过详尽阐释文学与历史的互动关系，为其独特视角的提出奠定了语境前提；他在文学与社会历史文化互动的关系结构中，着重探讨了文学与意识形态之间的动态的复杂的结构关系，并将“政治文化”的视角贯穿始终，动态地诠释了“文本生产（作

---

① Jonathan Dollimore. Radical Tragedy. Duke University Press，1984，xli.

② Jonathan Dollimore. Radical Tragedy. Duke University Press，1984，xli.

③ Jonathan Dollimore. Radical Tragedy. Duke University Press，1984，p.9–28.

者）——政治文化批评方法（作品）——文本重塑（读者）”这一过程的双向逆反建构的过程，坚持主张在文学与社会历史文化的动态结构关系中阐释文学与政治、文学与意识形态、文学与权力、文学与历史的多重复杂关系，以寻求更好的文学研究方法和途径。

多利莫尔政治文化的文学批评把社会变革要求和实践当作文化的一个重要部分，他关心文化和政治之间的互动关系，但其目的不在于建立某种政治理论，而在于用政治文化的独特视角对文学文本提供一个宽广的解释角度和分析语境。因而，多利莫尔政治文化的文学批评是一种建立在文学本体论基础上的具有政治意识和社会变革要求的文化批评。

多利莫尔强调从政治文化的视角在文学与社会历史文化之间的动态双向建构中探究文学与意识形态的关系，多利莫尔反对在文学研究中追求“纯粹性”的做法，他既反对那种不重视文本分析的传统的文化社会学批评，同时，多利莫尔对所有版本的形式主义都表示了明显的不信任，而且使用“审美的”（aesthetic）一词来形容那种将注意力过分指向形式的批评方法，[①]可见多利莫尔政治文化的文学批评不同于所谓的“审美批评”或“内部批评”。相反，多利莫尔总是将文学批评对象置于宏大的社会历史文化语境中，从一个宏观的社会历史语境中阐述文学文本与社会现实的互动关系。他强调文学与政治、文学与意识形态、文学与权力、文学与历史的矛盾运动，在文学与政治、文学与历史、个人与群体、权力话语与非权力话语等各种力量相撞击的“政治文化”动态关系结构中展开批评，以政治文化视角关注人类社会的存在方式及其意识形态范式。可见，多利莫尔把对“文化批评”与“审美批评”的关系问题的思考与更广泛的社会历史文化联系起来，更加注重文学与现实政治的关系，从而将“文艺”“审美”与“意识形态”的关系问题上升为对文艺本质性的思考。

第三，多利莫尔的政治文化批评在后现代主义语境中的实现和发展，对我们了解和评析种种后现代主义问题，并对我们准确把握多利莫尔政治文化批评的特性有极大启发和帮助。

20 世纪 80 年代以后，随着后结构主义和后现代主义的兴盛，多利莫尔又开始在这一语境中重新思考马克思主义的理论价值。《激进的悲剧：莎士比亚及其同代人戏剧的宗教、意识形态和权力》自 1984 年出版以来就被誉为非同寻

---

① Jonathan Dollimore. Radical Tragedy. Duke University Press，1984，p.137.

常的著作，其根本动力来自马克思主义的革命原理与本雅明的历史哲学和后结构主义的反形而上学理论的狂欢式的结合，这种结合为突破英国批评无所作为、陈陈相因局面的努力带来了新的活力和希望。多利莫尔还从布莱希特的史诗剧中重新思考社会主义的文化理论与文化实践之间的关系，越来越重视艺术的政治作用。在多利莫尔的巨著《西方文化的死亡、欲望和迷失》中，多利莫尔进一步强调批评的社会实践和政治作用，通过对英国现代批评史的回顾，发现“批评”一开始就具有“政治性”，并强调批评的社会功能和实践性。这些著作中出现的政治文化倾向和特征，表明多利莫尔基本完成了他的“政治文化批评”的体系建构。

自 20 世纪 80 年代以来，后现代主义成了多利莫尔“政治文化批判”的主要对象。同时，主张从政治文化视角剖析后现代主义的多利莫尔认为，后现代主义实际上是激进政治运动的失败所引起的思想和情绪反应。但是，生活在后现代的多利莫尔不可能完全站在后现代主义之外，在他的著作中，我们仍然可以发现后现代主义对他的深刻影响。值得关注的是，多利莫尔还把女权主义和性别批判看作两块很有希望的批判和抵抗后现代主义的阵地。多利莫尔对性别批判和女性主义批评给予高度重视，他认为女性主义和性别批判是一种很有意义的政治形式，主要体现在他有关性别研究的一些著作中。如 1991 年出版的《性别歧见：从奥古斯汀到王尔德，从弗洛伊德到福科》，以及 2001 年出版的《性别，文学与合法性》等。可见，多利莫尔与后现代主义问题构成多利莫尔文学批评观研究的不可忽视的重要方面，并对我们理解种种后现代问题带来重大启发和帮助。

第四，从方法论上讲，多利莫尔这种动态性与整合性相统一的辩证思维方法对我国当前理论界探索文艺的本质特性问题无疑具有重要的启发意义。在多利莫尔看来，文学是一个复杂的系统，它是一个由多因素、多层次、多维度构成的动态的结构关系体系，因此，要把握如此复杂的结构体系，单凭某一种方法，仅仅关注文学的某一方面、某一层次、某一部分、某一要素的研究，只能是对文学的某一属性特征的认识，注定只能获得“片面的真理”。[①] 多利莫尔通过从政治文化视角揭示文学与社会历史文化之间的辩证关系，突破了实证主义思维的指称性设定，主张在文学与社会历史文化之间的动态双向建构中阐释文

---

① 马龙潜 . 方法论意识和问题化意识；甘肃社会科学 .2002 年第 4 期 .

学与意识形态、文学与政治、文学与权力、文学与历史的多重复杂关系以寻求文学研究的方法和途径，并将文本、主体和社会历史文化有机统一起来。

20世纪90年代初期，多利莫尔基本完成了他的“政治文化批评”的建构，为重新思考、审视文学与社会历史文化问题提供了新视角。多利莫尔独特地阐释了“政治文化”这一概念，认为“政治文化”是审美文化批评和社会政治批评的桥梁，并指出政治文化的复杂关系结构在本质上表现为一种物质关系；他坚持批评应看到诸多层面互相叠合、互相阐发的整个政治文化视野，坚持在一个由多因素、多层次、多维度构成的动态的关系结构中探究文学的本质；并且动态地诠释了“文本生产（作者）——政治文化批评方法（作品）——文本重塑（读者）”这一过程的双向逆反建构的过程，主张以“政治文化”这一动态的结构思维方法来阐释文学与意识形态、文学与政治、文学与权力、文学与历史的多重复杂关系以寻求文学研究的方法和途径。尤为值得关注的是，多利莫尔始终坚持政治文化批评的方法论问题必须与实践政治紧密联系起来，由于该批评有明确的目的性和实践性，使其在方法论上保持了最大限度的开放性和吸纳性。无疑，这种动态性与整合性相统一的辩证思维方法对我国当前理论界探索文艺的本质特性问题必然具有重要的启发意义，并且多利莫尔对理论的现实关怀和批判实践的批判精神也是值得当前我国学术界借鉴并深思的。

（二）创新之处

相对于对多利莫尔以往和现今的研究状况，本文的创新之处主要体现在以下几个方面：

第一，本文力求避免有关多利莫尔属于“文化唯物主义”还是“新历史主义”的派别争论（在文中也涉及一些客观的比较分析），主要突出研究多利莫尔的文学批评思想，并对其独特的政治文化批评思想进行比较深入和系统的论述，这在以往对多利莫尔的研究中是没有的。

第二，本文的立意并非是详尽的论述多利莫尔的所有思想，而是聚焦于多利莫尔独特的“政治文化”视角，围绕多利莫尔的文学批评思想与“政治文化”的关系，探讨多利莫尔从政治文化视角研究文学的独特见解和思维方式，从而系统而深入地阐释多利莫尔的政治文化批评体系。这样更利于加深对多利莫尔以“政治文化”为主线而贯穿起来的全面的有机批评体系。

第三，本文对多利莫尔政治文化的文学批评思想进行了层次分明的阐释，动态地论述了多利莫尔批评思想的政治文化语境及其政治文化批评体系的建构和批评思想的实现和发展的过程；并在具体论述中，首先通过详尽探讨多利莫尔的文学史观，即他关于文学与历史互动关系的思考，为其“政治文化”视角的提出建立了强有力的历史语境和前提背景；然后，在文学与社会历史文化互动的关系结构中，多利莫尔着重探讨了文学与意识形态之间的动态的复杂的结构关系；并将“政治文化”的视角贯穿始终，通过动态地诠释“文本生产（作者）——政治文化批评方法（作品）——文本重塑（读者）”这一过程的双向逆反建构的过程，详尽阐释了主体性与政治文化结构之间的关系。因此，在历时与共时的统一思维中更利于系统理解多利莫尔的政治文化批评思想。

第四，在具体论述多利莫尔的政治文化批评思想时，采用了宏观比较和微观比较相统一的方法，既对后现代语境中多利莫尔“政治文化”批评与相关批评（新历史主义、文化批评和文化研究、意识形态终结论等）进行了宏观比较，又通过对与多利莫尔相关的代表性专家学者（阿尔都塞、葛兰西、福柯、威廉斯、霍尔、格林布赖特等）的理论观点的具体比较，加深了对多利莫尔独特的政治文化批评思想的认识和评析。

第二章　政治文化与时代语境

乔纳森·多利莫尔（Jonathan Dollimore）是英国当代著名的文学批评家、思想史家和社会学家，是英国“文化唯物论”的重要开创者和积极实践者，也是一位具有马克思主义理论修养的英国新左派理论家，在当代西方人文学术领域和左派政治领域占有重要地位。

我国学术界尽管在90年代末才开始介绍多利莫尔的著述，并且对其是否属于“新历史主义”成员争论不休，以致学术界至今仍缺乏对多利莫尔的学术思想进行更为全面和深入的研究；但显而易见的是，国内学者在有关“文化唯物论”或“新历史主义”的论述中非常重视并广泛引用多利莫尔的理论，对多利莫尔的学术思想给予很高的评价：“在文学研究中，多利莫尔并不从文学文本、文学语言、文学结构、文学自身的内在规律去发掘文学意义和文学存在的依据，相反，总是从一个更大的历史语境、社会文本、政治价值取向，去看待文学的现实‘效果’和文学对现实的反应。因此，其理论具有一种宏观的文化政治视野和对现实的深切关注，其言说往往更能切中时弊，更能把握文学发展和文学存在状况的真正问题。”①本文不是对乔纳森·多利莫尔及其思想体系的全面探讨，而集中于对多利莫尔独特的“政治文化”的文学批评思想进行系统和深入研究，并力求站在辩证唯物论的高度对其方法论体系做出力争客观的辨析。

那么，多利莫尔的文学批评思想是如何形成并发展的呢？正如他在《激进的悲剧》导言中所说：“每一个重大的文艺批判分歧的背后都存在着那一社会历史时期巨大的政治文化立足点的差异。”②多利莫尔文学批评思想的形成与发展必然也离不开一定的政治文化语境，首先体现在其独特的人生体验中。

---

① 王岳川．新历史主义：话语与权力之维；益阳师专学报．1999，1.

② Jonathan Dollimore. Radical Tragedy. Duke University Press，1984，xli.

第一节　贫穷、反叛的社会历史背景

乔纳森·多利莫尔在学术界取得如此成就，不仅与20世纪英国的社会现实状况密不可分，更与其本人的独特的人生经历存在着无法割舍的关系，而这种人生经历与现实状况的结合便构成了多利莫尔学术思想产生与发展的历史背景。

第二次世界大战结束初期，战争所遗留的“硝烟”仍然弥漫在英国人民周围，经济疲惫、政治混乱、教育落后……二战给英国带来巨大创伤，使人民生活苦不堪言。1948年，英国在长时间的动乱中初步稳定下来后，开始进行全方位的调整，但同时也引发了一系列的社会混乱和道德秩序的失衡。同年，乔纳森·多利莫尔（Jonathan Dollimore）出生在英格兰中部名叫贝德福德郡的一个普通的贫困家庭中。

多利莫尔的童年生活非常穷困，他的父母都是平民百姓，靠做劳工养活家庭和孩子，无力供养所有孩子顺利完成学业。作为长子，多利莫尔非常懂事，他知道自己家境的贫寒，也理解父母的艰难和苦衷，生活的贫苦促使多利莫尔极早成熟起来。1962年，在多利莫尔十多岁时，他中断学业，去做劳工，在农场当工人；1963年至1964年，他在一个汽车工厂当学徒。在工作中，他与社会各阶层都有广泛的接触，这就大大丰富了他的生活经验。多利莫尔十五岁时开始尝试着做新闻记者和自由作家，这段做劳工的阅历为他提供了旁人难以获得的素材，他描写下层劳动人民的生活，对20世纪60年代初英国的社会状况进行生动形象的描述，既表达对统治阶层的尖锐讽刺，也抒发对穷苦人民悲惨生活的同情。下层百姓困窘的生活经历使多利莫尔养成了理智、敏感和自立的个性，他努力在生活中寻求人生机遇，不断探求穷人贫困的原因和摆脱贫穷的途径。1964年在做过自由作家和新闻记者之后，多利莫尔成为基尔（Keele）大学 的学生，并在1974年获得学士学位。随后他在伦敦大学学习并于1984年获得博士头衔。70年代初多利莫尔在苏塞克斯作为人文研究中心的教授，开始了他的教学生涯。他后来离开苏塞克斯大学，成为约克（York）大学的当选教授，从此全身心投入到学术研究中。

多利莫尔学术研究的原始动力之一正是来自他的这种试图认识个人经历和摆脱现状的努力，正如当代西方著名的文化理论家格雷厄姆·默多克先生所说，进行学术研究既是对个人生活轨迹变化的一种反应，同时也是学者对战后英国社会所经历的巨大的、曲折的社会变迁的一种反思。[①] 多利莫尔，这一位平民百姓家庭出身的知识分子，走出了自己生长的贫穷环境，社会地位也随之发生变化，同时他还经历了当时英国社会整体上的一些变迁，如政体上的非殖民化和消费社会的形成等。可见，多利莫尔的学术思想的产生和发展，也必然有其内在的逻辑，它是多利莫尔艰难奋斗的个人经历和英国当时社会变化交织在一起产生的合力的结果。

在多利莫尔的童年时代，当时英国社会最明显和首要的变化就是从战争时的物质贫乏到战后的相对富裕。二战后，英国很快恢复了资本主义工业生产，经济开始复苏，中产阶级化或资产阶级化的工人阶级逐渐成为社会主体。与此同时，非殖民化运动在世界范围内轰轰烈烈地展开，英国因失去了它众多殖民地，已经不再是原来意义上的庞大的殖民宗主国。非但如此，原来殖民地的庶民开始迁移到英国本土，殖民地已经不再是英国本土之外的东西，它变成了英国城市生活的一部分，也是人们日常邻里社区生活的一部分，英国开始向一个多民族、多文化的社会转变。

乔纳森·多利莫尔就生活在英国这样的社会转型时期，值得关注的是，他的学术研究与英国当时的政治变动有着尤为密切的关系。英国战后选举了社会主义的工党政府，确切地说是社会民主主义的工党政府，工党上台以后便采取了一系列社会改良举措，包括公益事业、教育和社会福利改革。之后，保守党替代了工党，执政长达 13 年之久。1964 年，工党再次执政，社会民主派内部的激进派重整旗鼓，同时各种新兴的社会运动风起云涌，特别是 20 世纪 60、70 年代风行英国一时的"新左派"运动。

1956 年发生了两件震惊世界的大事：一是苏军入侵匈牙利，二是英法联军入侵苏伊士运河。这两件事直接诱使了英国新左派的产生，它们给左派知识分子造成了巨大的思想冲击，让他们对西方资本主义民主制和苏联的社会主义产生了双重幻灭。并且，战后的西欧资本主义国家呈现出迥异于战前的新形势，主要表现在：经济得到发展，社会普遍富裕，社会福利政策得到了巩固和发展，工人阶级的生活条件也得到大幅度提高；同时，随着 50 年代后期定量供给制的解体，形成了一个新的消费体系，消费主义膨胀，阶级意识淡化。这一切都向传统左派所持守的社会主义理论和实践提出了巨大的挑战，然而，当时的英国

① 赵斌．文化分析与政治经济：与默多克关于英国文化研究的对话［J］．视界，2002（5）．

共产党思想僵化、故步自封，他们因袭旧有的观念，不承认、更不敢面对资本主义发生的新变化；并且，英国工党也没有对这种新形势做出令人满意的解释和分析。甚至，英国共产党在匈牙利事件上紧跟苏联，导致党内严重分化，三分之一的党员出走。[①]

英国新左派运动就是在这种背景下兴起的，它是一场激进的思想文化运动，参加运动的主体是知识分子和青年学生，他们不满资本主义社会的现实，注重个体性和马克思思想中的人道主义，强调文化和学术斗争。他们不再像20世纪初那样拿着武器、筑起街垒、采取直接的政治行动，而是用笔杆子代替枪杆子来批判当代资本主义社会，塑造激进的社会意识。新左派思想使英国六70年代以来的文学、史学、社会学等领域都受到不可避免的冲击和改造，并且学术界诸多理论家和学者都与新左派有着千丝万缕的联系。

作为一场思想文化运动，新左派主要坚持其文化阵地《新左派评论》，通过发掘本国民众历史上的反抗传统，并结合欧陆新的社会思想，来发扬马克思主义学术，达到批评时政、揭露资本主义社会现实的目的。对于当时正在学术追求道路上攀爬的多利莫尔来说，他的学术历程和思想必然也离不开新左派的影响。

1964年多利莫尔通过多年刻苦自学，终于步入基尔（Keele）大学的校门，成为基尔大学的一名学生。他的大学生活平静而又充实，他全身心投入到知识的海洋里，广泛阅读，极大地扩展了自己的视野和思路。他大量阅读古希腊罗马神话、中世纪神学、文艺复兴时期文学作品，并且对文艺复兴时期的文学非常感兴趣，较为深入地阅读和研究了莎士比亚的著作。多利莫尔曾多次强调："我第一次阅读詹姆士一世时期的悲剧是在我大学学习期间，后来就一直在读。它的一种反叛精神吸引了我，这种精神与当时大学里所传授的枯燥狭窄的文学观点相抵触。这一戏剧似乎跨越了传统的界限，或者说在我阅读的时候它要求我这样做……我寻求改变现实的愿望似乎在从文学方面寻找一些方向。"[②]

20世纪60年代中期到70年初期英国大学在体制上发生了巨大变化，首先，大学的数量剧增，在八年内，翻了一番。结果，大学里人文和社会科学的空间也随之大大扩展了。针对60年代的社会变迁，一些大学开始开设一些新的课程，历史、文学、社会学等人文社科学者们也开拓了新的研究领域。

---

① 赵国新．新左派；外国文学．2004年5月．文中注释到：参见 Nick Stevenson，1995：93.

② Jonathan Dollimore，"Radical Tragedy"，Duke University Press，1984，p.xli.

传统人文学科——如历史学，开拓了社会史和文化史等新的研究领域，改变了以往对政治史、军事史和外交史的过分侧重。新的历史研究从人们的口述入手，记录日常生活及社会物质条件的变化。汤普森（E.P.Thompson）和塞缪尔（R.Samuel）就是当时这种新史学研究的代表人物。人文社科学界开始关注当代社会问题，一些文学系也有史以来第一次开设了当代文学的课程。[①]

正是在这种大学体制和学术变革的影响下，多利莫尔除了潜心于英国文学史的研究，也开始积极关注20世纪的欧陆新理论，以全面剖析英国的社会状况和文学特性。20世纪以来的形式主义文学批评方法对他的学术思索颇有启迪，尤其是语言学、结构主义、后结构主义以及西方马克思主义的研究成果更是引起多利莫尔的高度重视。多利莫尔的勤恳努力和勇于探索使他得以拥有坚实的专业基础和渊博的知识背景，这也是他以后步入学术研究必不可少的条件和资本。在学习和研究过程中，多利莫尔自觉地将自己的生活经历与历史的发展历程结合起来。他非常关注英国本土工人阶级文化与新兴的美国式的消费文化间的关系，以及它们与官方倡导的、大学里推行的"高雅"（consecrated）文化的关系。个人轨迹的变化和社会历史的变迁交织在一起，以往任何单一的人文社会学科都无法独自把握和解释这一系列错综复杂的变化，跨学科研究便势在必行，当时在英国大学里，许多学生都接受了跨学科的大学教育，多利莫尔在学术研究中也涉及到政治学、文学、经济学、社会学、艺术史和哲学等多种学科领域知识，这种跨越学科的教育不但成为英国大学中普遍的现象，也被认为是十分必要的。

在这种学术环境的熏陶下，多利莫尔经过多年坚持不懈的努力，他的文学修养得以不断增强和提高，并使他在以后的学术研究中拥有独特的跨学科的学术视野和强烈的政治批判精神。1974年，多利莫尔以优异的成绩从基尔（Keele）大学毕业，并获得学士学位。随后他到伦敦大学学习，继续攻读硕士、博士学位，并于1984年获得博士头衔。70年代初，多利莫尔在苏塞克斯大学担任人文研究中心的教授，开始了他的教学生涯，他的学术研究历程也从此拉开了序幕。他最后离开苏塞克斯并成为约克（York）大学的当选教授。除了在苏塞克斯和约克大学任教，多利莫尔还是世界各地大学和研究中心的访问学者，包括美国的马里兰大学、哥伦比亚的英语大学、澳大利亚堪培拉人文研

① 赵斌.文化分析与政治经济：与默多克关于英国文化研究的对话［J］.视界，2002（5）.

究中心以及南非人文科学研究理事会等。

从 80 年代中期至今，多利莫尔已经出版了文学批评著作近十多种。这些著作可大体分为两类：一是运用政治文化批评方法对文艺复兴时期文学的审视和反思。如 1984 年的《激进的悲剧：莎士比亚及其同代人戏剧的宗教、意识形态和权力》；还有他与 Sinifield 合编的《政治的莎士比亚：文化唯物论新评论》《历史与意识形态：亨利五世的例证》；以及有关约翰·韦伯斯特的书籍《约翰·韦伯斯特的精选戏剧》；另外，多利莫尔还是 John Drakakis 所编的《选择性莎士比亚》和 Martin Orkin 与 Ania Loomba 合编的《选择性莎士比亚 3》的重要著者。第二类主要是对西方现当代各种美学和文学理论批评流派的评析。主要包括多利莫尔 1998 年出版的《西方文化的死亡、欲望和迷失》，它分析了人物像莎士比亚、弗洛伊德、马克思和瓦格纳等在作品中表现出的死亡和欲望的关系。此外值得关注的是，多利莫尔对性别批判和女性主义批评给予高度重视，他认为女性主义和性别批判是一种很有意义的政治形式，主要体现在他有关性别研究的一些著作中。如 1991 年出版的《性别歧见：从奥古斯汀到王尔德，从弗洛伊德到福科》，以及 2001 年出版的《性别，文学与合法性》。《西方文化的死亡、欲望和迷失》自 1998 年出版以来就被誉为非同寻常的著作，评论家 David Gordon 称此书为“杰出的研究”并且认为是“无限广泛的阐释”。当代英国杰出的文学理论家、文化批评家和马克思主义理论家特里·伊格尔顿（Terry Eagleton，1943-）如此评论：“作为坚定的文化唯物主义者，多利莫尔对西方文化进行了大胆的、跨越历史的、全方位的显著研究，值得我们关注。”[①]

20 世纪 80 年代末，在英国学术界已经颇具影响的多利莫尔在回忆他的人生经历时，曾这样说过：“写作或许会有很多原因，当时我尝试写作，最主要的原因还是一种天真的写作激情，这种激情使我走上一个峰回路转的艰苦的历程，它使我从一个 15 岁就离开学校到工厂里辛苦劳作的车床工人，变成另外一个人。这种写作的冲动紧密联系着对自己的持续不满意，一种对其他事物的渴望，一种对现存状况的反叛……”[②]显而易见，多利莫尔所说的那种“天真的写作激情”即是内蕴在他内心深处的对现实生存境遇的反叛精神，也正是他年少时的贫穷经历与他勇敢、坚强、独立的性格以及面对现实窘状时强大的危机感和反叛精神，使他毅然走向了批判之路。并且，这种对生活现状的危机感迫使

---

① Jonathan Dollimore. Death, Desire and Loss in Western Culture. London：Penguin Books，1998，P1.

② Jonathan Dollimore. Radical Tragedy. Duke University Press，1984，p.xli.

多利莫尔积极探索摆脱贫困和压迫的途径，在学术研究上更多地关注文学与现实生活、文学与政治关系问题，从而为他的政治文化的文学批评思想的形成奠定了坚实的历史基础。

第二节　理论的传承与发展

多利莫尔不仅是英国当代著名的文学批评家，同时他也是重要的思想史家和社会学家，因而多利莫尔的学术思想离不开深厚的哲学基础和客观的现实语境，并且二者互相补充、密不可分。如同多利莫尔自己所说："正是由于对文化、文学、政治与历史相关性的追问和要求，也帮助我们认识这一要求自身的局限性，以及关注文化和历史的差别性问题。这种存在于相关性和差别性之间的争论促使英国的研究转向大范围的政治文化和跨学科知识角度，并迅速实现了与方法论的、政治的和伦理道德角度的结合。"① 因而，多利莫尔的批评思想呈现出鲜明的开放性和多元化特征，在他的理论深处既蕴含着经典马克思主义理论、特别是唯物史观的精髓，又孕育着西方马克思主义、新左派的思想火花。这些因素的存在，必然注定多利莫尔的学术思想不仅是对马克思主义文学理论的继承和发展，还离不开英国本土的政治文化批评传统的滋养和历练；不仅与西方马克思主义、后现代主义、后结构主义等学术思潮等密切相关，还与西方的"政治文化"研究密不可分。

一、当代政治文化研究的借鉴与革新

（一）思想追溯

政治文化研究历史久远，经历了漫长的历史发展过程。从思想历史的渊源看，政治与文化的相关性一直是学者们关注的问题。古希腊的行吟诗人曾吟唱过民族的文化特征与政治体制的关系。柏拉图在其《理想国》一书中描述了人性与政府结构的关系。柏拉图把现实政治分为四种，他对这四种政治的批判是理想国思想的真正根源。这四种政治的种种弊病经过柏拉图魔镜的照射之后，全都在理想国中倒映了出来。弊病变成了与之相反的优点。理想国就是现实城邦的倒影。这种对现实政治的逆反构思是柏拉图乌托邦主义的基本思路，也是

① Jonathan Dollimore. Radical Tragedy. Duke University Press，1984，xli.

后来许多乌托邦思想所遵循的共同思路。柏拉图政治哲学的突出特征是整体主义或集体主义。它把社会整体（当时即城邦）视为唯一目的，个人是为整体服务的工具。个人没有任何独立的价值和意义，他的价值只能是作为整体的有机组成部分。个人完全被消溶于整体之中。柏拉图把城邦的统一强盛作为压倒一切的目标，把城邦内部高度完美的一致和谐作为最终理想，把个人全身心地奉献给国家作为公民的最高道德。他据此声称，他已"铸造出一个幸福国家的模型。"[①] 柏拉图诚然失败了，城邦也无可挽回地解体了，但他比所有其他失败者都更有洞察力，都更准确地把握了问题的实质。[②] 亚里士多德（Aristotle）则是真正意义上的政治学家，曾专门研究政治革命和政治变迁的心理因素。他在《政治学》一书中，不仅清晰地论述了有关政治与文化的关系的各项要素及其变化，而且还正确地分析了它们与社会结构各项参数、特别是与政治结构各项参数之间的关系。他自觉运用了历史的和经验的研究方法。他与他的学生对158个城邦进行了大规模的历史与现实的调查，并在此基础上进行比较研究、进行综合并上升为具有普遍意义的抽象理论。虽然这种调查远没有达到现代精确的定量水平，但在当时确实是极有创见的做法。他在对政治理论的阐述中，还运用了独特的分析方法。他认为，政治学的研究对象是城邦，为了理解城邦的特性，就必须将其分析为非组合的单纯元素，分析到无可再分析的最小分子，一一考察各基本元素的特性，然后，以此为基础分析整体（城邦）的特性。[③] 亚里士多德与柏拉图一样，在个人与社会整体的关系上持整体主义的立场。与柏拉图一样，他将公民的家庭、婚姻、子女抚育、教育、音乐、文学等，都赋予政治意义，纳入城邦事务的范围。主张由城邦进行统一规划与控制，不承认个人独立与自由的权利。他明确否定"公民可以私有其本身"，认为"任何公民都应为城邦所公有""成为城邦的一部分"。[④] 不过，亚里士多德的整体主义是比较温和的，并没有像柏拉图那样走向极端。在他的整体主义的基本框架里，为个人留下了一些余地。希腊城邦中，尤其是民主生活比较发达的城邦中，某种个人独立和自由的因素在他的体系中得到了承认。亚里士多德在总结多样化的希腊政治文明的时候，否定了在实践上以斯巴达为代表，在理论上以柏拉图

① 柏拉图 . 理想国 . 商务印书馆，1986：133.

② 丛日云 . 西方政治文化传统 . 黑龙江人民出版社，2002：网络版 .

③ 亚里士多德 . 政治学 . 商务印书馆，1981：4、9.

④ 亚里士多德 . 政治学 . 商务印书馆，1981：407.

为代表的极端整体主义，也排除了雅典民主极盛时期的极端化倾向。他代表的是希腊城邦的主流传统，他的政治哲学也塑造了西方政治文化的主流倾向。他的治学方法和思维方式，使他成为西方理性与科学传统的先驱；他植入整体主义结构中的个人主义胚种后来发育为近代个人主义意识形态；他为民主法治以及自由平等所做的强有力的辩护，更是启发了一代代西方人。通过罗马的政治思想家、中世纪基督教思想家和近代自由民主主义思想家代代传承，他所阐述的政治哲学成为永葆活力的政治文化之源。[①]

近代思想家孟德斯鸠（Montesquieu）的《论法的精神》和《罗马盛衰原因论》，马克斯·韦伯（Max Weber）的《新教伦理与资本主义精神》，托克维尔（Tocqueville）的《旧制度与法国大革命》和《论美国的民主》等著作都可以被看作政治文化研究的典型案例。法国启蒙哲学家孟德斯鸠系统的论述了国民特性的重要性。他的论《影响思想与个性的原因》一书首次提出了当代讨论的一些主题。他的论法的精神充分说明了国民特性理论。杜克海姆强调文化解释的多原因方法和功能主义，他把孟德斯鸠看作为现代社会科学之父。孟德斯鸠认为就像牛顿把客观性和精确性带入到天文学研究一样，自己把这两个特征带入到历史和人文事物之中。孟德斯鸠的思想影响了托克维尔，他对 18 世纪的法国和 19 世纪的美国的研究也许是政治文化的最经典的著作。[②]在政治文化研究的建立上，马克思·韦伯无疑是所有欧洲社会学家中最有影响的人物。在韦伯看来，社会学是有关“移情的”科学，或者说是理解的社会学，其中态度、感觉和价值都是重要的解释变量。韦伯可能是第一个真正现代意义上的社会科学家。他的概念都是以经验研究为基础的。在方法论上，他富于创新，同时又复杂深邃。他自己采用问卷调查，发明了一种内容分析方法，同时又擅长系统地实地观察。韦伯有关宗教社会学的著作比较研究了同世界几大宗教相联的经济生活的精神特质，他试图说明价值与思想能够成为改变经济结构与政治制度的催化剂。此外，韦伯对社会行动类型的基本分类法——传统、效能、工具理性和价值理性，也深刻地影响了发展理论和现代化理论，后来这些都进入了政治文化研究的领域。[③]

---

① 丛日云．西方政治文化传统．黑龙江人民出版社，2002：网络版．

② 于宏源．政治文化研究的缘起及其新发展．详见：中国高校教师教学博客——知之网 http：//yespring.cctrblog.net/archives/2007/7432.html.

③ 王乐理．政治文化导论．中国人民大学出版社，2000：4.

另外，心理学的出现和发展也是一股影响政治文化研究领域的重要知识潮流。社会心理学出现在20世纪最初几十年，主要同社会学家和心理学家的工作有关。这些学者力图理解和解释当时的几大社会和政治灾难，如第一次世界大战的死难与破坏、大萧条、意大利法西斯主义和德国国家社会主义的崛起、种族对抗等等。社会心理学旨在理解和解释当个人的态度和行为面对其他个人和社会群体的存在和接触时，所受限制和所受影响的方式与原因。一些早期的社会心理学家更多地以习惯和情感作为基本的分析单元，但是社会心理学的主流是以态度作为分析单元的。按照社会心理学的定义，态度是个人以特有方式感觉、解释并趋向特定目标的倾向。到40年代和50年代，社会心理学越来越强调经验和试验，同时也变得更加严密，这时期产生了一部具有重要意义的著作，即T.W.阿多诺等人合著的《权威人格》(1950年)。这是一项交叉学科的合作研究成果，混合采用了心理学、社会学和精神分析的方法及理论，揭示了民族与种族偏见的缘由。

尤为值得关注的是，人类心理学对政治文化研究具有举足轻重的作用。人类心理学发源于弗洛伊德及其弟子们的精神分析工作，20世纪30年代又汇入人类学，后来成为文化心理研究途径。30年代和40年代的心理文化在很大程度上是对魏玛共和国和国家社会主义衰落的反应。在20世纪初，弗洛伊德和他的追随者开始用力比多和心理机制理论来解释国家、政治、战争与宗教。魏玛共和国令人震惊的衰落和国家社会主义的丑恶暴行挑战和质疑了政治进步的普遍信念。德国政治现象似乎需要把无理性和非理性引入科学以便于解释它们。由于文化心理学的诞生离不开人类学家与精神分析学者的工作，所以它采用儿童的社会化模式、潜意识动机和心理机制等概念来解释政治文化的特性。但是在解释幅员广大、构成复杂的民族的政治状况与公共政策时，简单地采用力比多理论、家庭权威、小村落或部落社会假想的同质性的做法，已经引起怀疑与争议，从而被更复杂的理论构想取代。①

以上历史渊源为当代政治文化论的勃兴提供了良好的知识源头和理论传统，为多利莫尔的政治文化批评思想初步奠定了基本的哲学基础。

（二）当代政治文化论

具体到“政治文化”这一概念的界定，虽然可以追溯到19世纪的社会学，

① 王乐理．政治文化导论．中国人民大学出版社，2000：6.

或者甚至启蒙运动时期，但它真正成为政治文化研究中的一种理论视野，却是第二次世界大战以后的事。

第二次世界大战后，随着世界政治经济的发展变化和行为主义比较政治学的兴起和传播，西方国家政治学界开拓了政治文化比较研究的新领域，形成了以加布里埃尔·阿尔蒙德、卢西恩·派伊等比较政治学家为代表的政治文化论。从 40 年代起，美国政治学中行为主义学派开始占统治地位。行为主义学派并不限定于抽象地分析宏观的政治思想、政治体制和政治运行，而是着重于政治行为的研究，并将政治过程与人们的行为普遍联系起来。行为主义强调，政治行为是社会行为的一部分，因此分析政治行为，必须密切联系对整个社会的、文化的、心理和个人的各种因素的考察。于是，从行为主义政治学的角度看，需要改变传统政治学的研究重点，把人们从只注重宏观政治体制引到更加实证性地注意个体政治行为上来。正如行为主义的著名代表、也是“政治文化”学派的开创者阿尔蒙德（G.Almond）所论述的，研究政治体系首先就是研究这个体系是如何运行的，个人和群体在这个体系中的行为表现是什么。这样，研究的焦点就演变成了从反向的角度来剖析人们的心理导向对人们政治行为的影响，并由此进一步影响到宏观群体政治行为的过程。过去的政治学对此不仅涉及甚少，而且缺少可资使用的基本概念和方法。政治学家们意识到有必要进行新的开拓，这就是 20 世纪 50—60 年代“政治文化”作为一种学科新起点发端的基本学术背景。[①]

在 20 世纪 50-60 年代中期的西方政治文化研究中，阿尔蒙德（Gabriel Almond）和伏巴（Sidney Verba）是首先利用政治文化理论从事学术研究的学者，并在学术界掀起了政治文化研究热潮。“政治文化”在阿尔蒙德的观念中，是属于“文化体系”的一部分，是指对政治行为和政治评价的主观趋向。这个时期的“文化”概念意义相当狭隘，而且他的研究过分偏重实证方法，这和当时的学术趋向有关。50、60 年代模式的政治文化研究自 60 年代末期渐渐失去影响，原因是多方面的，其中包括西方新兴的社会运动对既有的自由民主制度合理性的挑战，以传统 / 现代对立为基础的现代发展理论在学界受到质疑，学术实证研究方法和社会改革目的的矛盾，多种激进人文学科理论的兴起，等等。但是自 80 年代以来，随着文化研究的深入和人们对文化的兴趣和认识的增

---

① 王卓君 . 政治文化研究的缘起、概念和意义评价；南京大学学报（哲社版），1997 年第 4 期 .

长，尤其是一些重要的当代理论像后现代理论、后殖民理论和批判理论都为确定新的文化观念提供了条件，这些理论本身具有很大的跨学科性，对当今各种人文学科具有广泛的影响，从而使政治文化研究重新引起了人们的重视。新的政治文化研究把社会变革要求和实践当作文化的一个重要部分，它关心文化和政治之间的互动关系，但其目的不在于建立某种政治理论，而在于用文化的独特视角对文本提供一个宽广的解释角度和分析语境，可见政治文化研究是一种具有政治意识和社会变革要求的文化批评。[①]

当然，在具体使用“政治文化”这一概念时，不同的学者在理解上多少是有差异的。

最经常被使用的政治文化定义是阿尔蒙德（Gabriel Almond）和伏巴（Sidney Verba）在其《公民文化》（The Civic Culture）一书中所下的定义。他们认为政治文化是系统中的成员对于政治的态度和取向的模式，此种态度和取向代表政治系统中成员的一种主观的心理取向，是政治行动的基础，并赋予政治行动以意义。接着，他们又把个人取向（orientation）分为三部分：认知取向（cognitive orientation）、感情取向（affective orientation）以及评估取向（evaluational orientation），分别表示个人对政治系统的知识、感觉与评价。假如政治文化包含认知的、感觉的与评价的三部分，那么当探讨文化的结构间的关系时，此三个面向之间的交互关系，以及它们分别与政治结构之间的关系皆应被考虑进去。[②]然而最后阿尔蒙德（Gabriel Almond）和伏巴（Sidney Verba）把主要焦点放在主观的政治能力感（political competence），换言之，只强调心理的或感情的取向层面。[③]他们强调的是系统中个人特色的整体分配状态，此种定义经常被批评为一个人特性之集合来观察文化整体，犯了方法上的个人谬误（individualistic fallacy）。[④]另外阿尔蒙德（Gabriel Almond）和伏巴（Sidney Verba）的文化概念也经常被质疑。阿尔蒙德和伏巴指出，“文化有维持和改变政治系统的作用，在五国政治文化研究中发现，政治系统中成员的态度与该系

① 徐贲．重提政治文化．来源：世纪中国－学人书库 http：//www.comment-cn.net/data/2006/0604/article_7605.php.

② Gabriel Almond and Sidney Verba.The Civic Culture：Political Attitudes and Democracy in Five Nations. 1963，P15.

③ 黄秀端．政治文化：过去、现在与未来；东吴政治学报，1997 年第八期，第 50 页．

④ Dittmer，Lowell.，1977a，Poiltical Culture and Political Symbolism：Toward A Theoretical Synthesis. World Politics 29：555.

统的特色和运作有关，特别是参与型的政治文化，有助于民主的稳定。”① 然而，佩特曼认为，该书中对于民主应如何定义并为加以着墨，同时民众支持的价值如何影响他们所居住的政治系统，也并未预期地受到阿尔蒙德和伏巴的关注。②尽管有如此多的批评，阿尔蒙德和伏巴的定义却是最被普遍使用的定义，因为此种定义的适用于用调查访问的方式来比较不同社会的政治文化。

除了从政治心理的取向来定义政治文化外，另一重要的分支是从政治沟通或符号的角度来定义政治文化。迪特姆（Dittmer）企图将符号与沟通结合来界定政治文化，他认为以政治符号（political symbol）来定义政治文化者，往往不易将政治文化与语言或政治结构区分开来，因此他重新将政治文化界定为，政治文化是“一个政治符号的系统，而此种系统是构筑于一个更具有包容性的系统，我们称之为政治沟通”。③ 政治符号是政治文化分析的基本单位，而政治文化可以经由符号语言体系（semiological system）来加以了解。既然符号的政治对话在沟通过程中被使用，因此就定义而言，迪特姆的政治文化不再只是指个人的特性或态度。④ 然而若如迪特姆所言，每一种符号只有在一个较大的符号系统中才具有意义，那么文化与文化间之比较便相当困难；同时迪特姆虽然提到我们仍可用调查访问来测量政治文化，不过他并未提出一个客观可以测试的标准，因此仍留给我们如何测试政治文化的疑问。⑤

威尔达斯奇（Wildavsky）企图提出一个更具有简约性和解释力的文化理论，他认为政治偏好（political preferences）乃植根于文化之中，亦即文化可以解释不同范畴之偏好。此种偏好不是外生的，亦即来自系统之外，相反地，偏好是内生的（endogenous），是来自于为了保护和反对不同生活方式的社会互动。在文化理论中，共同的价值和社会关系总是在一起的，没有任何空洞的价值脱离他们所合理化的社会关系，没有任何社会关系是人类不给他任何的理由或不企图去辩论他们的行为；人们在决策过程中建立起他们的文化，在不断的加强、修正和拒绝现存的权威关系中，教导他们偏好什么。同时，威

① Gabriel Almond and Sidney Verba.The Civic Culture：Political Attitudes and Democracy in Five Nations. 1963，P74.

② Pateman，Carole.，1971.Political Culture，Political Structure，and Political Change. British Journal of Political Science 1–3（July）：67–68.

③ Dittmer，Lowell.，1977a.Poiltical Culture and Political Symbolism：Toward A Theoretical Synthesis. World Politics 29：566.

④ Chilton，Stephen.1988.Defining Political Culture. Western Political Quarterly 41：425–426.

⑤ 黄秀端．政治文化：过去、现在与未来；东吴政治学报．1997 年第八期，第 51 页．

尔达斯奇将文化分为四种类型：阶层的文化（hierarchical culture）、平等的文化（egalitarian culture）、个人主义的文化（individualistic culture）和宿命的文化（fatalistic culture）。[①]威尔达斯奇强调文化的形式是来自社会的互动，同时文化认同的产生是来自于文化与文化间的冲突。政治文化本身不再是一个用来分类的静态概念，而且不像阿尔蒙德和伏巴把文化视为个人态度的集合。但是，威尔达斯奇着重于理论发展，并未提供太多的暗示谈论如何测量政治文化的问题，如何将此概念定义加以操作将是一个难题。[②]

尽管自80年代以来，由于学者认识到文化和价值等的重要性，重新燃起了对政治文化的研究兴趣；然而截至目前，我们仍无法克服如何定义政治文化的问题。[③]有些学者试图对国内外政治文化的定义进行归纳，并指出，关于政治文化的看法，大致有三种：一是把政治文化主要归结为政治心理方面（狭义说），美国的政治学者基本上持这一种观点；二是将政治文化广泛到政治心理、政治思想和政治制度（广义说）；最后一种看法是"把政治文化既看成是主观方面的现象，但又不仅仅指政治心理方面，而是包括政治心理方面，还包括政治思想方面，或者说是上层建筑的观念形态部分"。[④]这一概括具有高屋建瓴的作用，对我们全面理解和把握"政治文化"的概念具有重要启发。

对"政治文化"这一概念的种种阐释，包含着不同的研究者自身对此的理解，以及表明了他们各自是在何种意义上使用这一概念的。通过以上对政治文化概念不同界定的分析，我们来反思一下造成这种分歧的原因所在。显然，"政治文化"虽然不等于文化在政治领域的简单延伸，但是却无论如何都不能离开文化来谈政治文化。而"文化"恰恰就是一个"本质上引起争议"的概念，因此对"文化"的不同界定肯定会影响"政治文化"的定义。[⑤]不过"文化"的不同定义并不意味着达不成一定的共识。当前比较有共识的部分是学者们多不同意将政治文化等同于人们的心理取向，而其趋势为文化必须置于整个社会脉

---

① Wildavsky，Aaron.，1987. Choosing Preferences by Constructing Institutions：A Cultural Theory of Preference Formation American Political Science Review 81：6–7.

② 黄秀端 . 政治文化：过去、现在与未来；东吴政治学报 .1997 年第八期，第 53 页 .

③ Gibbins，John R.，1989. Contemporary Political Culture：An Introduction. In Contemporary Political Culture：Politics in a Postmodern Age，pp.13. Edited by John R. Gibbins. London：Sage.

④ 徐大同 . 政治文化民族性的几点思考；天津师范大学学报 .1998 年第 4 期 . 转自王炜 . 试论政治文化的概念及其要素；科教文汇 . 2007.1.

⑤ 王炜 . 试论政治文化的概念及其要素；科教文汇，2007.1.

络中去了解，因此在政治文化定义上应考虑到社会关系的互动。①

在这里，我们并无意于对“政治文化”这一概念作更为具体的研究甚至解释，因为，目前“政治文化”已成为一个相对宽泛的学术领域。按照目前学术界的理解，“政治文化”这一概念可以有广义和狭义之分。广义的政治文化是指，在一定文化环境下形成的民族、国家、阶级和集团所建构的政治规范、政治制度和体系，以及人们关于政治现象的态度、感情、心理、习惯、价值信念和学说理论的复合体。而狭义的政治文化则主要是指由政治心理、政治意识、政治态度、政治价值观等层面所组成的观念形态体系。②本文在使用“政治文化”这一概念时，是基于对上述概念的辩证吸收基础上的，即认为，“政治文化”就是指由处于一定的历史——社会——文化条件下的主体对政治体系、政治活动过程等各种政治现象以及自身在政治体系和政治活动中所处的地位和作用的态度与倾向所构成的复合的观念体系。值得注意的是，本文在研究政治文化与多利莫尔的文学批评之间的关系时，尤为强调了“政治文化”概念所内蕴的辩证关系，主要表现在：其一，政治文化是人类社会政治实践活动的阶段性成果，始终处在不断变化发展的运动之中，本身具有变化和发展性。因而对政治文化的研究和把握，必须坚持动态分析的原则；其二，“政治文化”的概念本身揭示这样一种辩证关系：由于受政治统治体系的影响，在一定的社会政治实践活动中，形成了一定的、观念形态的活动成果，即政治文化；而这种观念形态的活动成果，又能动地作用于政治统治体系，并为后者烙下了深刻的文化痕迹，从而建立起一种互动的辩证关系。③可见，“政治文化”概念本身所包孕的丰富的内蕴，以及与之相关的动态的辩证分析方法，必然给我们对多利莫尔的政治文化批评研究带来重要的启发意义。

80年代末以来，多利莫尔的政治文化批评方法逐渐引起西方学术界的关注，这不仅是因为他重提了“政治文化”，更重要的是，多利莫尔将这种政治文化视角新颖地运用于文学批评研究中。虽然多利莫尔没有对“政治文化”进行非常系统的缜密解说和论述，但是我们可以发现，他的批评理论是始终围绕这一角度展开的。

---

① 黄秀端．政治文化：过去、现在与未来；东吴政治学报．1997年第八期，第54页．

② 朱晓进等．非文学的世纪：20世纪中国文学与政治文化关系史论．南京师范大学出版社，2004年4月第一版，第6页．

③ 吴健．视域融合中的判断与选择；马克思主义与现实，2006年第3期．

在这里，必须强调的是，在多利莫尔的文学批评与研究中，他所谓的“政治文化”只是一种研究的视角，即通过这一视角去接近对象的实际，从而对相关的文学现象做出更为合理的解释。

多利莫尔的政治文化批评继承并发展了以往的政治文化研究传统，但是，多利莫尔的政治文化批评有其自身的独到之处，即多利莫尔认为，在社会科学，特别是在文化学中，“文化”是一个做分析用的概念，它“旨在描述完整的意义系统——社会或社会的某一部分通过它认识自身以及同世界的关系”①。由此，多利莫尔不同意阿尔蒙德将“政治文化”仅仅定义为主观的价值取向，他指出“政治文化”本身是一个复杂的动态的概念，他主张在文化与社会历史结构的动态辩证关系中，探究文化与政治、文化与权力、文化与社会历史的具体关系，并强调文化的政治性和“实践性”特征。②可见，在文学批评和研究中，多利莫尔的“政治文化”视角是一种强调文学与社会历史文化双向建构的动态的结构式思维方式。多利莫尔以这种独特的“政治文化”视角投入到文学研究和文学批评中，正如他在《激进的悲剧》导言中所说：“每一个重大的文艺批判分歧的背后都存在着那一社会历史时期巨大的政治文化立足点的差异。”③多利莫尔强调在文学与社会历史文化双向建构的动态关系结构中，探究文学与历史、文学与政治、文学与意识形态、文学与文化之间的复杂关系，这种动态结构关系的核心主要体现为政治文化对主体的影响和主体对政治文化语境的呼应。可见，多利莫尔对“政治文化”概念的理解本身就体现了动态的辩证关系思维。

政治文化既是多利莫尔总结文学批评规律的主线，又时刻渗透到他对文学现象和作家作品的具体感悟之中，成为多利莫尔文学批评思想中贯穿始终的研究视角和论证线索。因而，我们若想全面把握和准确理解多利莫尔的文学批评体系，就必须切入“政治文化”这一视角，以便深入探求多利莫尔文学批评的实质和意义。

---

① J Dollimore.Introduction：Shakespeare，Cultural Materialism and the New Historicism. Political Shakespeare：New Essays in Cultural Materialism，eds. Jonathan Dollimore and Alan Sinfield，New York：Cornell University Press，1985，P7.

② Jonathan Dollimore.Radical Tragedy. Duke University Press，1984，p.9–28.

③ Jonathan Dollimore.Radical Tragedy. Duke University Press，1984，xli.

二、马克思主义意识形态批评理论的吸收与发展

多利莫尔始终坚持马克思历史唯物主义的基本原则，倡导“超越唯心主义的文艺批评”①。作为一位具有马克思主义理论修养的英国新左派理论家，多利莫尔的批评理论必然会受到马克思批评理论的影响。“意识形态”是多利莫尔批评话语里的一个重要范畴，是他的政治文化批评的标志性符号。多利莫尔始终围绕着“意识形态”这个概念，以政治批判意识深入具体的文学理论问题和文学现象个案之中，他在社会历史文化背景中理解文学的意识形态性和文学的特殊价值属性，并对各种文学理论问题和文学批评问题作政治文化意义上的解读。多利莫尔强调两种对“意识形态”范畴的界定：一是马克思早期的“虚假意识”说；二是阿尔都塞对意识形态的界定和陈述。②可见，多利莫尔的政治文化批评，既继承了经典马克思意识形态批评理论的精华，又融合了“新马克思主义”意识形态批评理论的特色，体现了对马克思主义意识形态批评理论的辩证吸收和发展。

（一）经典马克思主义意识形态批评理论

多利莫尔高度重视经典马克思主义的意识形态批评理论，多利莫尔强调两种对“意识形态”范畴的界定：一是马克思早期的“虚假意识”说；二是阿尔都塞对意识形态的界定和陈述。③多利莫尔认为，马克思虚假性的意识形态界定是“最直接的意义”④，他认为马克思从经济基础与上层建筑、社会存在与社会意识的关系出发，清晰地阐明了意识形态在整个社会结构中的位置和功能。

作为现代意识形态理论的奠基人，马克思恩格斯在《德意志意识形态》等著作中，将“意识形态”概念引进社会历史领域，使之成为唯物史观的一个基本范畴。意识形态理论作为马克思主义的理论基石，是马克思主义研究文学艺术的基础性理论，是马克思主义文艺学的一个基本思想原则。从根本上讲，马克思主义的意识形态理论主要关注的是经济基础与上层建筑、存在与思维、社会存在与社会意识的关系问题。

早在150多年前，马克思就从当时资本主义发展的现实世界总结出关于

---

① Jonathan Dollimore.Radical Tragedy. Duke University Press，1984，p.249.

② Jonathan Dollimore.Radical Tragedy. Duke University Press，1984，p.9–12.

③ Jonathan Dollimore.Radical Tragedy. Duke University Press，1984，p.9–12.

④ Jonathan Dollimore.Radical Tragedy. Duke University Press，1984，p.10.

经济基础和上层建筑的作用与反作用的关系，1859 年，他在《〈政治经济学批判〉序言》中进一步对唯物史观作了经典性阐述："人们在自己生活的社会生产中发生一定的、必然的、不以他们的意志为转移的关系，即同他们的物质生产力的一定发展阶段相适合的生产关系。这些生产关系的总和构成社会的经济结构，即有法律的和政治的上层建筑竖立其上并有一定的社会意识形式与之相适应的现实基础。物质生活的生产方式制约着整个社会生活、政治生活和精神生活的过程。不是人们的意识决定人们的存在，相反，是人们的社会存在决定人们的意识。社会的物质生产力发展到一定阶段，便同它们一直在其中运动的现存生产关系或财产关系（这只是生产关系的法律用语）发生矛盾。于是这些关系便由生产力的发展形式变成生产力的桎梏。那时社会革命的时代就到来了。随着经济基础的变更，全部庞大的上层建筑也或慢或快地发生变革。"① 这一理论为日后马克思主义的形成，为历史唯物主义的最终建立，奠定了坚实的基础。

马克思主义最伟大的贡献也是最具根本性的特征，是创立了唯物史观。其基点就是认为存在决定思维、社会存在决定社会意识。思维与存在的关系即思维与存在的同一性问题，用恩格斯的话说，就是"我们的思维能不能认识现实世界？我们能不能在我们关于现实世界的表象和概念中正确地反映现实？"② 恩格斯在这里是把人与对象的主客体关系，作为人类从事认识和改造世界活动的基础和前提来加以肯定的。恩格斯还认为，包括唯心主义哲学家在内的大多数哲学家都承认思维与存在具有同一性，只不过是唯心主义哲学家认为思维是第一性的，存在是第二性的，存在统一于思维，从而颠倒了思维与存在的关系。可见，离开了对思维与存在关系的正确理解，就失去了理解人的存在和文学的存在基础，也就难以全面完整地把握文艺的本质特征。③ 马克思明确指出："不是人们的意识决定人们的存在，相反，是人们的社会存在决定人们的意识。"④ 并进一步说明："人们的观念、观点和概念，一句话，人们的意识，随着人们的生活条件、人们的社会关系、人们的社会存在的改变而改变。"⑤

在马克思和恩格斯的经典著作中，最早出现意识形态这一概念是在《神圣

---

① 马克思恩格斯选集 . 第 2 版第 2 卷，第 32–33 页 .

② 马克思恩格斯选集 . 第一卷，第 265 页 .

③ 马龙潜 . 历史唯物主义与当代文艺学建设 . 吉林大学社会科学学报，2002.

④ 马克思恩格斯选集 . 第 2 卷，北京，人民出版社，1995.

⑤ 马克思恩格斯选集 . 第一卷，第 270 页 .

家族》的“对法国革命的批判的战斗”这一节中，以后他们又在《德意志意识形态》的有关论述里具体阐释了这一概念：“思想、观念、意识的生产最初是直接与人们的物质活动，与人们的物质交往，与现实生活的语言交织在一起的。人们的想象、思维、精神交往在这里还是人们物质行动的直接产物。表现在某一民族的政治、法律、道德、宗教、形而上学等的语言中的精神生产也是这样。人们是自己的观念、思想等等的生产者，但这里所说的人们是指现实的、从事活动的人们，他们受自己的生产力和与之相适应的交往的一定发展直到它的最遥远的形态所制约。”①在这里，马克思指明意识形态受到经济形态和政治形态的制约，并认为独立的意识形态的产生与社会分工直接相关。“分工只是从物质劳动和精神劳动分离的时候起才真实成为分工。从这时候起意识才能现实地想象：它是和现实实践的意识不同的某种东西；它不用想象某种现实的东西就能现实地想象某种东西。从这时候起，意识才能摆脱世界而去构造‘纯粹的’理论、神学、哲学、道德等。”②可见，马克思和恩格斯认为意识形态作为意识的社会性质的表现，要想取得独立性的存在，必须寓于某个“形式”中，即特定的社会意识形式——政治法律思想、道德、宗教、哲学和艺术。③对此，马克思还有一段经典阐述：“……随着经济基础的变更，全部庞大的上层建筑也或慢或快地发生变革。在考察这些变革时，必须时刻把下面两者区别开来：一种是生产的经济条件方面所发生的物质的、可以用自然科学的精确性指明的变革，一种是人们借以意识到这个冲突并力求把它克服的那些法律的、政治的、宗教的、艺术的、或哲学的，简言之，意识形态的形式。”④恩格斯还说过：“更高的即远离物质经济基础的意识形态，采取了哲学和宗教的形式。”“中世纪把意识形态的其他一切形式——哲学、政治、法学，都合并到神学中，使它们成为神学中的科目。”⑤在马克思、恩格斯的相关论述中，意识形态是指在一定的社会结构中处于不同阶级地位的人的思想观念的生产方式。⑥它是对应于一定经济基础和设施上层建筑的、由全部意识因素构成的、表现在各个社会意

---

① 马克思恩格斯选集 . 第 1 卷，第 72 页，北京人民出版社，1995.

② 马克思恩格斯选集 . 第 1 卷，第 82 页，北京人民出版社，1995.

③ 李志宏 . 文学本性：“审美意识形态”还是“审美意识形式”？；文艺理论与批评》2006 年第 2 期 .

④ 马克思恩格斯选集 . 第 2 卷，第 82 页，北京人民出版社，1972 年版 .

⑤ 马克思恩格斯选集 . 第 4 卷，第 249、251 页 .

⑥ 马龙潜 . 对文艺、审美与意识形态关系的思考；高校理论战线，2006，6.

识形式或领域中的社会意识的整体样态。①

可见，马克思主义“意识形态”概念的界定过程体现了辩证唯物主义和历史唯物主义的有机结合，体现出历史与逻辑辩证统一的思维方法。主要表现在：一是历史性的思维方法。马克思认为，理解意识形态的概念必须在社会历史中去考察，意识形态的根源应当从人们的物质生产和物质交往以及其历史发展中去寻找。“每个个人和每一代当作现成的东西承接下来的生产力、资金、社会交往形式的总和”，是意识形态的“现实基础”。②所以只有从历史上一定的社会物质生活条件出发，才能对意识形态的概念和特性有全面的了解。二是整体性的思维方法。唯物史观把社会视为一个运动着的有机整体，提出必须通过多样性统一的理性具体来把握社会这个整体。在意识形态理论上，马克思认为，必须把意识形态放在整体中，具体地考察它在整体中的地位以及与其他部分之间的相互关系。他在评述费尔巴哈对宗教的批判时说：“费尔巴哈是从宗教上的自我异化，从世界被二重化为宗教的、想象的世界和现实的世界这一事实出发的。他致力于把宗教世界归结于它的世俗基础。他没有注意到，在做完这一工作之后，主要的事情还没有做哪。”③马克思指出，做这个“主要的事情”，就必须采取整体性的思维方法以达到对象以理性具体的形式在思维中呈现。

作为马克思主义批评家，多利莫尔深刻认识到马克思意识形态理论的重要价值。他坚持马克思主义经济基础与上层建筑的基本原理，坚持从生产方式的矛盾运动中寻找意识形态源头，在“意识形态”概念中注入了阶级关系、权力结构以及话语理论等内涵，恢复并增强了意识形态批判的力量。从此出发，多利莫尔发现“意识形态”本身是一种非常复杂和充满挑战的话语体系，他在文学与社会历史文化动态的辩证的结构关系中，展开了文学的历史意识形态分析，强调文本解读的意识形态性，并进一步关注到“合法性问题”④。

多利莫尔在意识形态与权力的关联中，强调了意识形态的政治性和阶级冲突性。他指出：“特别值得关注的是，文艺复兴时期许多思想家都意识到与错误意识的概念接近的方式，也就是说，错误信念的强大主观性使人们处于敬畏

① 李志宏《文学本性：“审美意识形态”还是“审美意识形式”？》,《文艺理论与批评》2006 年第 2 期 .

② 马克思恩格斯选集 . 第 3 卷，第 43 页，北京人民出版社，1960.

③ 马克思恩格斯选集 . 第 3 卷，第 4 页，北京人民出版社，1960.

④ Jonathan Dollimore.Radical Tragedy.Duke University Press，1984，p.73–78.

中，从而没有意识到生活中的矛盾。”[①]这里，多利莫尔强调了马克思主义矛盾冲突的观点，认为意识形态并非一个统一的整体。

马克思的意识形态论中有一个重要方面，就是引入了矛盾冲突观点。正如马克思在《共产党宣言》里所说的：“任何一个时代的统治思想始终都不过是统治阶级的思想。”[②]多利莫尔认为马克思的矛盾冲突观点“仍然是一个正确的出发点”，他还说“意识形态象征性地确定意义，把它的那些主要形式说成是无可争辩的东西，从而使之自然化和永恒化，并取消社会领域中的矛盾和冲突”。[③]可见，多利莫尔不同意将意识形态看作不可分割的整体，完全为统治阶级所用，不存在内部斗争。多利莫尔认为，除了统治的、主导的、合法的意识形态之外，还有残存的、自发的、从属的、被压制的、边缘的成分，这些成分之间不可避免的有所冲突。

多利莫尔在坚持马克思经济基础与上层建筑、生产力与生产关系之间的总体关系框架基础上，以宏大的“政治文化”视野，将文学置于历史现实与意识形态的两种作用力发生交汇的场所，在文学与社会历史文化动态的辩证的结构关系中，对文学与意识形态的复杂关系进行了详尽阐释。可见多利莫尔的政治文化批评，既是对马克思的意识形态批评理论的继承，也体现了一定程度的发展和创新。

（二）新马克思主义意识形态批评理论

“新马克思主义”是指在第一次世界大战和俄国十月革命所引起的世界局势的大动荡的时期内，由马克思和列宁所奠定的传统的马克思主义理论体系中脱胎而来的新型社会思潮。一些学者指出，它在理论上的主要特点是试图“重新发现”马克思和“重新设计”马克思主义。它不仅包括“马克思学”的学者、“西方马克思主义”者，也包括一切非正统地从事马克思主义研究并想标新立异的人，如50年代后期出现的“新左派”以及其他分类难以包容的，如阿尔都塞得“结构主义的马克思主义”和“奥地利马克思主义”等等。[④]

意识形态理论是西方马克思主义的最为经典的内容。1955年，佩里·安德森在《西方马克思主义探讨》中提出，卢卡奇、科尔施、葛兰西可以被看作西

---

① Jonathan Dollimore. Radical Tragedy. Duke University Press，1984，p.16.

② 马克思恩格斯选集 . 第 1 卷，人民出版社 1995 年版，第 292 页 .

③ Jonathan Dollimore. Sexual Dissidence. Clarendon Press，Oxford，1991，p86.

④ 马驰 . 新马克思主义文论 . 山东教育出版社，1998 年 10 月，第 4 页 .

方马克思主义的先驱。因为这三位具有共同的特点，即他们的观点主要是围绕无产阶级革命这个中心展开的，他们所提出的意识形态理论本质上是革命的意识形态理论，解决的是无产阶级革命中的意识形态问题。尤其是葛兰西，他特别强调无产阶级领导权在无产阶级革命中的作用。他说："一个社会集团在夺取政权力之前，能够甚至应该成为领导者（这是夺取政权的主要条件之一）。"[①]葛兰西从文化霸权角度分析意识形态概念，认识意识形态是人与世界之间想象性关系的再现，意识形态再现了个体与生产方式的关系，是社会行为者与社会之间的想象性关系。[②]葛兰西的霸权理论对多利莫尔批评理论产生重要影响，多利莫尔认识到意识形态与权力的相关性，强调在文学研究中揭露文学文本掩盖下的意识形态和统治阶级合法性问题。[③]

如果说，西方马克思主义的先驱们以社会革命为中心展开其意识形态理论研究的话，以法兰克福学派为代表的社会批判理论则以文化批判为中心建立其意识形态理论的。因为这些理论家本来就外在于无产阶级政党，所以作为左派性质的学术流派的西方马克思主义自然地把马克思主义作学术和文化意义上的理解，并把文化批判和文化革命作为自己的任务。马尔库塞就是这种研究方法的典型代表。自 20 世纪 50 年代起，一些西方马克思主义理论家就对马克思和法兰克福学派的意识形态理论进行反思。多利莫尔认为，"这个时期关于意识形态的界定，最有影响的理论家是阿尔都塞"。[④]

从方法论上看，阿尔都塞对其意识形态理论作了理论和实践两个层面的阐述。从理论层面上看，阿尔都塞认为意识形态是一定阶级基于自己的利益和阶级实践的考虑而构成的问题式。"一切意识形态概念的特点就是被外在于唯一的认识必然性的'利益'所驾驭。"[⑤]这种问题是以"幻相"的方式来看待现实对象，而不能给予人们以正确的思考。阿尔都塞是个典型的意识形态论者，但是，他说："艺术和意识形态之间关系的问题，是个很复杂很困难的问题。然而我能告诉你们研究工作的一些方向。我并不把真正的艺术列入意识形态之中，

① 葛兰西 . 狱中札记 . 人民出版社，1983 年版，第 317 页 .

② 马驰 . 论文学的本质与审美意识形态；学术月刊 .2006，7.

③ J Dollimore. Introduction：Shakespeare，Cultural Materialism and the New Historicism. Political Shakespeare：New Essays in Cultural Materialism，eds. Jonathan Dollimore and Alan Sinfield，New York：Cornell University Press，1985：7.

④ Jonathan Dollimore. Radical Tragedy. Duke University Press，1984，p.11.

⑤ 阿尔都塞 . 读〈资本论〉. 中央编译出版社，2001 年版，第 162 页 .

虽然艺术的确与意识形态有很特殊的关系。”① 在他看来，“艺术的特殊性‘使我们看到’‘使我们察觉到’‘使我们感觉到’某种间接提到现实的东西……艺术使我们看到的，因此也就是以‘看到’‘察觉到’和‘感觉到’的形式（不是以认识的形式）所给予我们的，乃是它从中诞生出来、沉浸在其中、作为艺术与之分离开来并且间接提到的那种意识形态。”②阿尔都塞认为，在意识形态的影响下，人们看到的就不是真实、具体的世界，而只能是意识形态化了的世界“幻想”。从实践层面来看，阿尔都塞把意识形态视为一种与社会超结构相联系的表象体系。他从“意识形态国家机器”角度入手，从意识形态的角度重新定义了国家，认为国家就是意识形态国家机器，它通过意识形态的再生产维持着自身的存在。阿尔都塞在《意识形态和意识形态国家机器》一文中，提出了作为一种“特殊认知形式”的意识形态概念。他认为意识形态具有物质实在性，是为补充“生产力的再生产”和进行“生产关系再生产”而发挥作用的。认为意识形态具有“主体建构”功能，且总是“个人与其实在生存条件的想象关系的‘表述’”③ 阿尔都塞将意识形态视为现实个人生成的基本条件。在阶级社会，人们总是生活在一定的意识形态情境中，所有的实践活动都发生在意识形态工具的范围之内，因而人的主观性（意识）在很大程度上是通过意识形态构成的。他说：“如果永恒不意味着凌驾于全部（世俗）历史之上，而意味着无处不在，无时不在和在整个历史范围内形式不变，我将完全采用弗洛伊德的表述一字不变，并写道：正如无意识一样，意识形态是永恒的。”④

阿尔都塞的意识形态理论对多利莫尔产生了重要影响，主要表现在以下两个方面：一是赋予意识形态一个积极角色，它自身在生产方式中是一种结构性决定因素；二是，与意识形态的积极角色相应，主体被看成是政治的和意识形态的效果。多利莫尔也认为意识形态具有一种动态的生成性，是一种复杂的话语体系，但多利莫尔是在马克思经济基础与上层建筑、生产力与生产关系之间的总体关系框架中来分析意识形态的动态结构，并强调意识形态要受到经济基础和上层建筑的制约。多利莫尔也认识到主体与政治和意识形态的关联，但他是以宏大的“政治文化”视野，将主体置于社会历史文化与政治权力的动态结

① 阿尔都塞．列宁和哲学．杜章智等译．台北远流出版社，1990，第 241 页．

② 阿尔都塞．列宁和哲学．杜章智等译．台北远流出版社，1990，第 242 页．

③ 陈越．哲学与政治：阿尔都塞读本．吉林人民出版社，2004 年，第 321 页．

④ 阿尔都塞．列宁和哲学．杜章智等译．台北远流出版社，1990，第 180 页．

构中来考察的，因而体现出与阿尔都塞的重要差异。并且多利莫尔明确指出，阿尔都塞的意识形态界定具有一定的“局限性”，因为，“他忽略了早期意识形态概念的历史重要性，也忽略了接受更加复杂和辩证表述的必要方法。”①

值得关注的是，在西方马克思主义学者对意识形态理论的研究中，有一些学者通过对资本主义文化社会的社会学批判和后现代探究，开始重新思索马克思主义的意识形态概念并对以往学者的阐释进行反思。雷蒙德·威廉斯在《马克思主义和文学》中就明白的指出：“‘意识形态’这一概念并不是马克思主义首创的，也不限于马克思主义专用。但它显然是马克思主义关于文化——特别是文学和思想观念的整体理论思想的一个重要概念。而难点在于，我们不得不对马克思主义著作中有关这一概念的三种常见的说法加以区分。概括的说来，这三种说法是：1.‘意识形态’是指一定的阶级或集团所特有的信仰体系；2.‘意识形态’是指以中虚幻的信仰体系，即由虚假的观念或虚假的意识所构成的体系，这种体系同真实的或科学的知识相对立；3.‘意识形态’是指生产各种意义和观念的普遍过程。”②可见，威廉斯开始着手从马克思主义经典论述中重新思索和探寻马克思主义意识形态概念的真正内涵，并以他的“文化”理论去融合马克思主义理论和西方马克思主义理论。威廉斯把文化，包括文学，理解为一种物质性的实践活动，这对多利莫尔“文学是实践”的理论具有直接启发意义。并且西方一些评论家指出，“多利莫尔与格林布莱特不同的基础之一就是继承了威廉斯的文化原型，其中重要部分包括残余的、主导的和新生的之间的关系都是不断变动的。”“我们可在多利莫尔著作《政治的莎士比亚》的结语中证明他与威廉斯的联系，在结语中，威廉斯对新一代的著作给以祝福并且其副题“文化唯物主义”也直接来源于威廉斯”，并认为多利莫尔的贡献在于“他一直在努力将威廉斯和霍尔的阐释精神延伸到文艺复兴文本中去”③。

作为威廉斯的学生，伊格尔顿理论的核心概念不是“文化”，而是一个更具有爆发性的概念：“意识形态”。伊格尔顿认为，“意识形态不是一个教义，而是指人们在阶级社会中完成自己的角色的方式，即把他们束缚在他们的社会

---

① Jonathan Dollimore. Radical Tragedy. Duke University Press，1984，p.11.

② Raymond Williams：Marxism and Literature. Oxford University Press，1977，第 55 页 .

③ Peter Erickson（English）. Review of ‘Political Shakespeare. Shakespeare Quarterly，Vol.37，No.2.（Summer，1986），pp.251–255.

职能上并因此阻碍他们真正理解整个社会的那些价值、观念和形象。”[①]伊格尔顿主要借鉴了阿尔都塞的意识形态理论，但同时，他又指出：“在一些关键的地方，阿尔都塞和马歇雷两人的说明是含混不清的。”[②]由此他提出了文学生产方式理论，认为文学艺术是意识形态的再生产，并从社会生产这一更大的理论背景中考察文学与意识形态的复杂关系。伊格尔顿的意识形态理论对多利莫尔有关文学建构性理论的阐释和文学批评政治文化视野的确立具有重大启发意义。在评论由伊格尔顿作序的多利莫尔的著作《激进的悲剧》（第三版）时，有学者指出：“多利莫尔从伊格尔顿那里获得很多有价值的思想，并融合到文艺复兴时期的悲剧中。”[③]

多利莫尔与以上学者的区别正在于此，他把文学看成是历史现实与社会意识形态的一个结合部，在文学与社会历史的动态的整体结构关系中，考察文学生产的复杂过程，并对文学建构过程中各种要素进行具体定位。这主要体现在他对文艺复兴时期文学的研究中。

三、英国本土文化批评传统的继承与创新

（一）英国政治文化传统的特征

英国政治文化的形成与其特定的地理环境和特有的历史变迁存在密切联系，它既要受经济基础的制约，又与经济基础一起共同影响着英国社会的总体发展。在其历史发展过程中，主要体现出以下两个特征：

1. 保守主义与激进主义的斗争与并存

英国具有特定的岛国地理环境，“面对怒涛的大海一连数周等待风浪平息的远航水手，出自于在恶劣气候和贫瘠土地上奋力耕作的农夫，出自于在世界各地活动的冒险家以及在强敌面前毫不退缩的士兵。艰苦的生活和严峻的国际环境（先后与西班牙、荷兰、法国等国交战）使英国人养成了勇敢、机智、耐心、目光远大、坚忍不拔，善于自我克制的美德。”[④]这种地理环境奠定了保守主义的根基。

---

① 特里·伊格尔顿. 马克思主义与文学批评. 文宝，译. 人民文学出版社，1986：20.

② 特里·伊格尔顿. 马克思主义与文学批评. 文宝，译. 人民文学出版社，1986：23.

③ Blevins, Jacob. Radical Tragedy: Religion, Ideology and Power in the Drama of Shakespeare and His Contemporaries.（Book Review）. Intertexts8.2（Fall 2004）：201（3）.Expanded Academic ASAP.Thomson Gale. ENMU Roswell.11 Dec. 2006.

④ 钱乘旦，陈晓律. 在传统与变革之间——英国文化模式溯源［M］. 杭州：浙江人民出版社，1991：348.

随着历史事件和政治制度的发展和变迁，在12~13世纪时，英国封建贵族与国王之间的矛盾日益激化，同时广大公众不堪王权对于私生活的压迫和干涉，所有这些直接导致了英国议会的产生。但是英国议会特别是平民议会的作用非常有限，王权在与议会斗争的过程中，不仅没有得到有效遏制，反而在连年征战的历史背景下变本加厉，查理一世执政时抛开议会，实行专制主义统治，专制王权与议会的矛盾达到顶峰，激进主义的力量在政治高压的情况下不断膨胀，终于导致了世界上第一个有重大影响的资产阶级革命的爆发。自此，资产阶级和新贵族登上了历史的舞台，1649年将查理一世送上了断头台，使得专制主义在英国发生了根本动摇。但是在经历了克伦威尔执政、斯图亚特王朝复辟之后，国王、旧贵族、新贵族、资产阶级和平民等不同力量进行博弈，激进主义的势力并没有毫无节制地发展下去，保守力量仍然具有强大的制约作用。于是，君主得以保留，宪政制度和议会主权得以确立，从而保证了国家的长治久安。①

2. 科学理性与宗教哲学的冲突与融合

政治文化的发展与理论家、科学家和政治家的推动密不可分。对于具有浓厚宗教传统的英国而言，宗教改革运动对于思想的解放和人性的发现尤为重要。

由于天主教会借机扩大自己的影响，僧侣们无恶不作，整个国家处于一片“混沌”状态。托马斯·莫尔（Thomas More）以及马丁·路德（Martin Luther）等人积极主张进行宗教改革。17世纪的英国又诞生了一位科学与理性思想的斗士——弗朗西斯·培根（Francis Bacon），他用革命性声音喊出“知识就是力量”，进而否定了宗教信仰高于人的理性的旧观念。然而给宗教神学致命一击的是经验主义哲学的奠基人约翰·洛克（John Locke），“他毫不迟疑地否定人类有先天的上帝观念，坚持认为人只是通过把我们从经验中获得的智慧、力量和善的观念推至无限而形成了这种观念。”②洛克的经验主义实质上已否定了作为一种宗教最高主宰的上帝的存在，可是他又不想否定上帝的存在，承认宗教在灵魂等问题上的定论。与此同时，科学技术的突飞猛进，这一时期科学家主要有哥白尼、伽利略、牛顿，还有生物进化论的伟大发现者达尔文等，这些杰出的科学家，对破除旧观念、树立新风尚起到了巨大的推动作用。

---

① 徐克，游丽．浅议英国政治文化的形成发展与本质特点；湖北师范学院学报（哲社版）：2007：3.

② 托马斯·潘恩（Thomas Paine）．人权论［A］．潘恩选集（马清槐等译）［C］．北京：商务印书馆，1981：341.

可见，英国的政治文化传统体现出二元主义的和谐变奏过程，即保守主义与激进主义、科学理性与宗教哲学、贵族精神与公民精神相互矛盾、相互融合。其中，最重要的就是保守主义与激进主义的关系，二者相互促进、相互制约。所以有学者指出，“英国激进主义的一个显著特点，那就是在要求变革现状时总喜欢到传统中去寻找根据”①。

作为英国文学史家和文学批评家，多利莫尔“激进的颠覆”理论和政治文化批评研究自然离不开英国政治文化传统的影响，他在对文艺复兴时期文学的审视中，主张在文学与社会历史文化的动态的整体的结构关系中，探究文学与意识形态、文学与政治、文学与权力的多重复杂关系，突破了二元对立的思维，阐释一种既相互排斥又相互联系的建构式关系思维模式，鲜明体现了对英国政治文化传统的继承与创新。

（二）英国现代文学批评与文化转向

多利莫尔还在英国现代文学批评中寻找其政治文化的批评传统。英国现代文学批评具有一个重要传统，即强调文学批评的政治功能和政治意义。这在英国现代文学批评早期的批评家身上就体现出来，如，利维斯就非常重视文学批评的政治功能，他创办的《细察》非常重视英文研究得到的重要性以及英文研究对于整个社会生活质量的重要意义。一些学者指出，《细察》不仅是文学批评的阵地，同时也在传播资产阶级的意识形态。作为文化唯物论的重要实践者，多利莫尔的思想必然与文化唯物论的创始人威廉斯不可分离，威廉斯吸收马克思主义理论，非常关注社会政治问题，并主编过《政治与文学》，强调文学的政治意义。他的思想对多利莫尔的批评研究构成深深的印迹。其后的伊格尔顿，作为当代著名的马克思主义理论家和文学批评家，以其审美意识形态论和文学生产方式理论对文学与政治、文学与意识形态的关系进行了详尽阐释，充分体现出其文学批评的政治批判性特征。威廉斯的文化理论和伊格尔顿的意识形态理论对多利莫尔的文学批评具有直接影响。并且，这种注重文学批评政治功能和政治意义的英国传统不可避免地影响到多利莫尔的文学批评思想和批评实践。

正是在英国文学批评传统注重政治意义影响下，英国马克思主义文学批评家开始探究更好的批评方法以实现其政治功能，从而在方法论上体现出由英文

① 钱乘旦，陈晓律．在传统与变革之间——英国文化模式溯源［M］．杭州：浙江人民出版社，1991：256.

研究（文本细读）到文化批评的转变。在60年代，英国文学批评占统治地位的是主张文本细读的利维斯和瑞恰兹，此后形式主义批评或资产阶级人文主义批评的各种变化形式在西方学术机构中都占据了支配地位。随着新左派运动以及《新左派评论》的产生，欧陆西方马克思主义理论开始源源引入。这些理论的引入推动了“文本细读”式的文学批评向“批评理论”和文化研究的转变。威廉斯就受到了这些理论的重大启发，他早先曾经受到利维斯影响，其《文化与社会》虽是一部理论著作，但也有细读式的痕迹。但在1977年《马克思主义与文学》中，他明确提出了“文化唯物主义”的理论立场。他在马克思主义批评领域的主要贡献之一就是以他的“文化”理论去融合马克思主义理论和西方马克思主义理论。威廉斯说：“当我们说文学创作是‘创造性’，这并不是因为它在思想意识的意义上提出了新的境界（这只是总体中的一小部分）；二是因为它在物质社会的意义上提供了自我创造的具体实践。”[①]威廉斯把文化，包括文学，理解为一种物质性的实践活动，体现出对文学政治意义的极度关注。其后的伊格尔顿以其审美意识形态论来强调文学与政治权力的关系，突出显示了其政治斗争的锋芒。

面对传统的文学批评方法（文本细读）和文化研究理论之间的矛盾，多利莫尔坚决的选择了后者。多利莫尔认为，在社会科学，特别是在文化学中，“文化”是一个做分析用的概念，它“旨在描述完整的意义系统——社会或社会的某一部分通过它认识自身以及同世界的关系”[②]。显然，多利莫尔对“文化”的理解和阐释是与威廉斯的文化研究密不可分的。正如西方一些评论家所指出的，“我们可以在多利莫尔的著作《政治的莎士比亚：文化唯物主义新论》结语中证明他与威廉斯的联系，在结语中，威廉斯对多利莫尔新一代的著作给以祝福并且多利莫尔该书的副标题‘文化唯物主义’也直接来源于威廉斯。”[③]多利莫尔在该书前言中坦率指出，“‘文化唯物主义’一词是从雷蒙德·威廉斯最近的用语中转借来的，它的应用来自英国战后时期一个折衷主义的工作团体，它

---

① 陆梅林．西方马克思主义美学论文选．桂林：漓江出版社，1988：674. 转自王天保．伊格尔顿的审美意识形态论；忻州师范学院学报，2007：6.

② J Dollimore. “Introduction：Shakespeare，Cultural Materialism and the New Historicism”. Political Shakespeare：New Essays in Cultural Materialism，eds. Jonathan Dollimore and Alan Sinfield，New York：Cornell University Press，1985：7.

③ Peter Erickson. “Political Shakespeare：New Essays in Cultural Materialism”（Book Review）. Shakespeare Quarterly，Vol.37，No.2.（Summer，1986），251-255.

的特点大体上可以说是进行文化分析，威廉斯本人的作品在他的成果中占有相当大的比重。”并且，多利莫尔进一步对文化唯物主义进行概括，“它汇集了文化研究中历史、社会和英语的研究、女权运动中的某些重大发展以及欧洲大陆上马克思主义——结构主义和后结构主义的理论，特别是阿尔都塞、马切雷、葛兰西和福柯的理论。”①多利莫尔在其著作《政治的莎士比亚》中，明确指出文化唯物主义具有“四要素”，即：历史的发展脉络、理论的方法意向、政治的权力参与和文本的分析框架。②可见，多利莫尔的文化批评深受与其具有大致相同的工人阶级出生背景的威廉斯的影响。

作为当代英国著名的马克思主义文化理论家，威廉斯对英国当代文化研究和文化批评的卓越贡献首先体现在他通过把研究触角指向大众文化和通俗文学而实现了对利维斯的精英文化思想的超越和批判。在威廉斯看来，大众文化和精英文化之间存在着一种相互依存的价值尺度。由此，他指出文化有三种定义：首先是理想型的文化定义，即就某些绝对或普遍价值而言，文化史人类追求完美的一种心灵状态或过程；其次是文献式定义，即文化是知性和想象作品的整体，这些作品以不同的方式详细地记录了人类的思想和经验；第三是生活类定义，即文化是一种特殊生活方式的描述，这种描述不仅表现艺术和习得中的某些价值和意义，而且也表现制度和日常行为中的某些意义和价值。威廉斯认为这三种定义都具有价值，因为在分析每一种因素时，它们都是能动的：在许多不同的层次上，每一因素都将体现一些真实关系。在描述这些关系的过程中，真正的文化过程将显现出来。

正是在运用马克思主义的研究方法对文化理论进行探讨过程中，威廉斯提出了著名的“文化唯物主义”概念并对其作了全面阐释。按照威廉斯的解释，文化唯物主义是“历史唯物主义之内一种关于物质的文化和文学生产的特殊性的理论”③，它的出发点显然并不简单地是经济基础/上层建筑，而是语言和文化，威廉斯对此的关注和强调，为马克思主义的文化批评在当代英国的健康发展开辟了新的道路。在对威廉斯的“文化唯物主义”借鉴基础上，多利莫尔进

---

① 多利莫尔.莎士比亚：文化唯物主义与新历史主义.转自王逢振.2000年度新译西方文论选.桂林：漓江出版社，2001：215.

② J Dollimore. “Introduction：Shakespeare，Cultural Materialism and the New Historicism”. Political Shakespeare：New Essays in Cultural Materialism，eds. Jonathan Dollimore and Alan Sinfield，New York：Cornell University Press，1985：7.

③ Raymond Williams. Marxism and Literature. Oxford：Oxford University Press，1977：5.

一步指出，“文化唯物主义”主要研究倾向是同文学的“文本”相联系而关注以下问题，诸如：国家权力和对权力的抵抗问题，重新评估一定时期居于统治地位的意识形态和针对这些意识形态的激进倾向问题，边缘的意识话语对主流话语的挑战和遏制，女权主义观点中女性的真实存在状况和其对文学权力的新理解，国家内部各阶级集团间的冲突和各种权力概念的当代阐释等问题。[①]可见，正如一些评论家所说，“多利莫尔把威廉斯的文化唯物主义在文学批评领域制度化”[②]。

多利莫尔指出：“詹姆士一世时期的悲剧在主体的身份中描述社会进程，或者将其描述为主体身份。”[③]这种对主体形成或主体性问题的关注，使多利莫尔将意识形态与“文化”概念联系起来。多利莫尔指出：“为了理解这样迅速转变的一个时期，并且理解在这个时期内对这种文化所做的各种相互矛盾的解释，我们可以求助于雷蒙·威廉斯就文化的残余的、主要的和新起的各个方面之间所提示的十分重要的区别。”[④]对威廉斯来说，所谓“主导文化”就是指在社会上占主导地位的、符合统治阶级的意志和利益并服务和巩固统治阶级政权的文化。威廉斯指出：“我要首先说在任何社会、任何特定阶段，总存在一个实践、意义和价值的核心系统。这意味着它的价值无从推论，我所有的意思是它是核心的。实际上我要称它为一种组合系统（a corporate system）”。[⑤]但这个系统并不是固定不变的抽象的，而是有机的、有血有肉的，这体现在他与另外两种文化之间的复杂关系中。

可见，威廉斯认为主导文化与残余文化、新兴文化之间始终存在着主导与反主导、压制与反压制的斗争，但在这种统治与从属的关系上，显然，威廉斯更多的是强调了主导文化的压制作用及自我调整的功能，也就是说，主导文化在压制的过程中虽然遭受到来自残余文化和新兴文化的挑战，但这种挑战最终

---

① J Dollimore. Introduction：Shakespeare，Cultural Materialism and the New Historicism. Political Shakespeare：New Essays in Cultural Materialism，eds. Jonathan Dollimore and Alan Sinfield，New York：Cornell University Press，1985：7.

② Andrew Milner. Re-imagining Cultural studies：The Promise of Cultural Materialism. London：Sage Publication Ltd，2002：137.

③ Jonathan Dollimore. Radical Tragedy. Duke University Press，1984：19.

④ J Dollimore.Introduction：Shakespeare，Cultural Materialism and the New Historicism. Political Shakespeare：New Essays in Cultural Materialism，eds. Jonathan Dollimore and Alan Sinfield，New York：Cornell University Press，1985：7.

⑤ Raymond Williams. Media and Cultural Studies：Keywords，p157. 胡谱忠，译 .p73-74.

不是颠覆了主导文化，而是促进了主导文化的自我调整和改进。正如威廉斯所说的，在现代社会，主导文化“必须总是如此改变，如果它想保持主导地位，想在我们的活动和关注中仍被看作是真正的核心”。[①]

多利莫尔在对威廉斯文化理论辩证借鉴基础上，也强调文化具有不同的层次，即主流文化、次要文化和边缘文化。并认为“这些非主流的种种因素又同主流的形式相互撞击，有时相互共存，或者相互吸收，甚至相互毁灭，但是也能相互挑战或相互修正，甚至相互取代。”[②]由此，多利莫尔指出，文化决不是单一的整体，而是多种因素相互关联的、动态的、开放的文化社会复杂存在体。并且多利莫尔认为，文化前所未有的具有政治性，并且经常围绕着被人文主义领域所抛弃的神圣的神学、种族、阶级和性别等。[③]从此出发，多利莫尔将文化与意识形态联系起来，并发现，意识形态本身是一种非常复杂和充满挑战的话语体系。除了统治的、主导的、合法的意识形态之外，还有残存的、自发的、从属的、被压制的、边缘的成分，这些成分之间不可避免的有所冲突。多利莫尔指出，意识形态并非固定的单一的整体，而是各种因素纵横交错缠结在一起的动态的结构体系，充满了裂缝和冲突。不仅不同的意识形态之间存在着对抗和冲突，而且每一种意识形态及其每一层次也充满了裂缝和矛盾。多利莫尔指出：“在唯物主义批评中，历史和文化进程的这三个方面令人注目地凸现出来：巩固、颠覆和遏制。第一个方面典型性地涉及某个居于统治地位的秩序为了能使自己万世不绝而在意识形态上采取的办法；第二个方面涉及对那个秩序的颠覆；第三个方面则是对显然属于颠覆活动的压力加以遏制。”[④]多利莫尔指出，在历史和文化过程中，戏剧在现实秩序中具有播撒意识形态的功能，即它把社会等级说成是神的意志的表现，并且就宇宙、自然、社会中不同的等级制度进行类比，强调应该强化某一阶级和性别的利益，使这种世界图景展出的现存秩序好像是神赋的秩序，要求人遵守神或君主以及各种权力的制约，使之

---

① Raymond Williams. Media and Cultural Studies：Keywords. Oxford：Oxford University Press，1977：162. 谱忠，译，77.

② J Dollimore. Introduction：Shakespeare，Cultural Materialism and the New Historicism. Political Shakespeare：New Essays in Cultural Materialism，eds. Jonathan Dollimore and Alan Sinfield，New York：Cornell University Press，1985：7.

③ Jonathan Dollimore. Radical Tragedy. Duke University Press，1984：16.

④ J. Dollimore. Introduction：Shakespeare，Cultural Materialism and the New Historicism. Political Shakespeare：New Essays in Cultural Materialism，eds. Jonathan Dollimore and Alan Sinfield，New York：Cornell University Press，1985：10.

安于现存秩序，成为现实秩序合法性的认同者。然而，在文艺复兴时期的文学中，与这种现实权力“巩固”过程相反，是对权力的一种抗拒和“颠覆”，如坚持对那种家长制压迫的反抗，对女性被压抑的反抗，对社会秩序强迫人接受某些观念、价值和思想的反抗。多利莫尔指出，这种发生在历史进程和文学中对思想话语、政治制度的反抗，表现也多种多样，而“颠覆”是其中主要的表现形态。[①]由此，多利莫尔将戏剧的意识形态功能归纳为抑制与颠覆，并在对莎士比亚戏剧的分析中详尽阐释了二者的关系。

多利莫尔认为“颠覆”与“抑制”之间存在着相互渗透、相互排斥的复杂关系。他认识到文学参与政治实践的复杂性，把颠覆和抑制这两种似乎是对立的政治效应统一在文学介入社会的运动过程之中。多利莫尔认为他主要借鉴了三种经典的矛盾学说的范例来探讨“颠覆”和“抑制”的关系，即黑格尔的“主人”和“奴隶”的辩证法理论；马克思的生产力和生产关系构成社会基本矛盾的学说；弗洛伊德的通过压制被压制者得以恢复的命题。他说：“每一种范例同其他两种都不相同，并且可以证明它们是互不相容的，但是，对于颠覆同违背，它们有某种共同的东西。”[②]

但是，值得关注的是，正是对“抑制”和“颠覆”这种复杂关系中侧重点的不同关注，使多利莫尔的“文化唯物主义”体现出与威廉斯“文化唯物主义”的区别与发展。多利莫尔指出，就文艺复兴戏剧而言，历来对其社会效果存在两种针锋相对的意见：一种意见强调戏剧教育大众的功能，以使人们的精神意识驯化，服从统治阶级的利益和意志。正如海伍德在《为演员辩解》一文中所说，编戏和演戏是“教导臣民服从君王”，以“掀起动乱、骚乱和叛乱的事情终归夭折”来教训他们。[③]另一种意见则恰好相反，强调戏剧具有一种打消人们对权力的神秘感、甚至起来推翻权力的神奇力量。多利莫尔进一步指出，莎士比亚注意到了后一个功能，即戏剧能唤醒人们，使人们蔑视权威、颠覆权力的作用。

---

① J. Dollimore. Introduction：Shakespeare，Cultural Materialism and the New Historicism. Political Shakespeare：New Essays in Cultural Materialism，eds. Jonathan Dollimore and Alan Sinfield，New York：Cornell University Press，1985：7. 转自王岳川 . 后殖民主义与新历史主义文论 . 山东教育出版社，1999：197–198.

② J. Dollimore. Sexual Dissidence，Clarendon Press. Oxford，1991：88. 转自杨正润 . 文学的“颠覆”和“抑制”，外国文学评论 .1994:3.

③ 托马斯・海伍德 . 为演员辩解 . 莎士比亚学会复制，伦敦，1841:153. 转自王逢振 .2000 年度新译西方文论选 . 桂林：漓江出版社，2001：225.

多利莫尔认为文学付诸实践表明是一种“生成或转变的过程”，那么“对压制过程的抗拒可能从一开始就存在，或者它本身就是从这个过程产生出来的”。多利莫尔说，“退一步来说”，即使真像格林布赖特所说“颠覆可能是由权力为自身利用而使用的，但是一旦安排就绪它就即可以为权力所运用，又必然可以用于反对权力。”① 因而，多利莫尔强调，“颠覆性”最终必然超出“抑制”从而产生实际的“颠覆”效果。

可见，多利莫尔从具体的社会历史语境出发，运用文化批评和心理分析等批评手法，以独特的“政治文化”视角透视文学文本，从而使威廉斯的文化思想和文化研究得以在文学批评领域具体化和现实化；并且，特别值得关注的是，多利莫尔在对文艺复兴时期文学文本的详尽分析中，总是能敏锐地挖掘出其隐含的权力关系和政治必然。显然，与威廉斯相比，多利莫尔的文化批评政治介入的愿望更加强烈，更多地带有战斗色彩。② 由此，多利莫尔坚持在文学与社会历史文化相互建构的动态关系结构中，以宏大的“政治文化”视野，强调文学的政治批判性，并阐释了文学的意识形态“颠覆”功能，体现出鲜明的政治色彩。

综上，多利莫尔的批评理论不仅继承了英国文学批评关注社会政治的传统，还促进了英国文学批评方法的转向，体现出一定的创新和发展，对当前我国的文学批评研究具有重要启发意义。

---

① J. Dollimore. Introduction：Shakespeare，Cultural Materialism and the New Historicism. Political Shakespeare：New Essays in Cultural Materialism，eds. Jonathan Dollimore and Alan Sinfield，New York：Cornell University Press，1985：12.

② John Brannigan. New Historicism and Cultural Materialism，Macmillan Press Ltd.，1998：35.

第三章　政治文化与意识形态批评

多利莫尔在对文艺复兴时期文学文本的研究中，尝试将“政治文化”这一政治学概念转换为文学的研究方法并运用到文学批评研究中来。在这里，必须强调的是，在多利莫尔的文学批评与研究中，他所谓的“政治文化”只是一种研究的视角，即通过这一视角去接近对象的实际，从而对相关的文学现象做出更为合理的解释。他认为“政治文化”本身是一个复杂的动态的概念，他主张在文化与社会历史结构的动态辩证关系中，探究文化与政治、文化与权力、文化与社会历史的复杂关系，并强调文化的“政治性”和“实践性”特征。[①]可见，在文学批评和研究中，多利莫尔的“政治文化”视角是一种强调文学与社会历史文化双向建构的动态的结构式思维方式。多利莫尔在其独特的“政治文化”视野里，通过详尽阐释文学与社会历史的互动关系，为其全面而客观地探讨文学与政治、文学与意识形态之间的复杂关系奠定了理论前提；同时，多利莫尔将社会变革要求和实践当作其文学批评研究的一个重要部分，主张在文学与社会历史文化的动态的整体的结构关系中阐释文学与意识形态、文学与政治、文学与权力的多重复杂关系，用“政治文化”的独特视角对文学文本提供一个宽广的解释角度和分析语境，以寻求更好的文学研究方法和途径。

第一节　意识形态：复杂的话语体系

“意识形态”是多利莫尔批评话语里的一个重要范畴，是他的政治文化批评的标志性符号。多利莫尔始终围绕着“意识形态”这个概念，以政治批判意识深入具体的文学理论问题和文学现象个案之中，他在社会历史文化背景中理解文学的意识形态性和文学的特殊价值属性，并对各种文学理论问题和文学批评问题作政治文化意义上的解读，其文学批评体现了鲜明的意识形态性特征。

① Jonathan Dollimore. Radical Tragedy. Duke University Press，1984：9-28.

一、争论与反思

“意识形态”是马克思主义批评的一个核心概念，理解这一概念对我们正确认识和把握文学与意识形态的关系以及探讨文学的本质特征具有重要意义。多利莫尔认为：“从意识形态上开拓研究课题总是确定无疑的事，这一点值得考虑。”[①]为此，多利莫尔在对文艺复兴时期文学文本研究的过程中，对以往有关“意识形态”概念的界定和争论进行了回顾和梳理，并探讨了意识形态概念的复杂性。

多利莫尔首先承认意识形态定义的多样性和复杂性，并认为“开展意识形态概念的几种方式都关联到它那复杂的历史”[②]。“为了探索意识形态概念的复杂历史，我们必须发掘它的必然性（不可缺少）和围绕它的众所周知的困难。”[③]这些界定有的是贬义，有的是褒义，有的是中性，相互之间不无冲突，但是都在一定程度上真实地反映了“意识形态”的某个侧面。多利莫尔强调两种对“意识形态”范畴的界定：一是马克思早期的“虚假意识”说；二是阿尔都塞对意识形态的界定和陈述。[④]通过评析学术界围绕这两个概念的争论，多利莫尔阐释了自己对复杂性的意识形态概念的深刻认识。

意识形态（Ideology）这一概念是由 19 世纪法国经济学家、哲学家特拉西在《意识形态概论》中首先使用的，它指考察观念的普遍原则和发生规律的学说。马克思对意识形态的界定对多利莫尔产生重要影响，马克思认为，意识形态往往是统治阶级在习焉不察的情况下给劳动阶级的一种虚假意识。在马克思和恩格斯的经典著作中，最早出现意识形态这一概念是在《神圣家族》的“对法国革命的批判的战斗”这一节中，以后他们又在《德意志意识形态》的有关论述里具体阐释了这一概念：

> “思想、观念、意识的生产最初是直接与人们的物质活动，与人们的

---

① J Dollimore.Introduction：Shakespeare，Cultural Materialism and the New Historicism. Political Shakespeare：New Essays in Cultural Materialism，eds. Jonathan Dollimore and Alan Sinfield，New York：Cornell University Press，1985：7.

② J Dollimore. Introduction：Shakespeare，Cultural Materialism and the New Historicism. Political Shakespeare：New Essays in Cultural Materialism，eds. Jonathan Dollimore and Alan Sinfield，New York：Cornell University Press，1985：7.

③ Jonathan Dollimore. Radical Tragedy. Duke University Press，1984：10.

④ Jonathan Dollimore. Radical Tragedy. Duke University Press，1984：9-12.

物质交往，与现实生活的语言交织在一起的。人们的想象、思维、精神交往在这里还是人们物质行动的直接产物。表现在某一民族的政治、法律、道德、宗教、形而上学等的语言中的精神生产也是这样。人们是自己的观念、思想等等的生产者，但这里所说的人们是指现实的、从事活动的人们，他们受自己的生产力和与之相适应的交往的一定发展直到它的最遥远的形态所制约。”①

在这里，马克思指明意识形态受到经济形态和政治形态的制约，并认为独立的意识形态的产生与社会分工直接相关。“分工只是从物质劳动和精神劳动分离的时候起才真实成为分工。从这时候起意识才能现实地想象：它是和现实实践的意识不同的某种东西；它不用想象某种现实的东西就能现实地想象某种东西。从这时候起，意识才能摆脱世界而去构造‘纯粹的’理论、神学、哲学、道德等。”②

可见，在马克思恩格斯经典作家看来，意识形态不是与现实的历史进程完全无关的纯粹的意识形态，而是具有深刻的政治内涵。他们不是在中性的或肯定的意义上使用意识形态这个概念，而是在否定和消极的意义上使用这一概念，体现出对意识形态的彻底批判。

值得注意的是，马克思恩格斯经典作家以后的一些西方马克思主义理论家尝试将意识形态的概念中性化。多利莫尔认为，这个时期关于意识形态的界定，最有影响的理论家是阿尔都塞。阿尔都塞对马克思的意识形态论进行了修正，把人类主体的概念引入意识形态。他对意识形态做了这样的表述：“意识形态是个体与其生存状态的想象性的关系的表证。”③也就是把意识形态理解为人们赖以想象和认识自己与自身存在状况之间关系的某种社会惯例。这样，意识形态无处不在，它总是穿越文学，渗透文学。

多利莫尔认为，马克思虚假性的意识形态界定是“最直接的意义”，并指出，文艺复兴时期的剧作家和诗人马洛·克里斯托弗（1564–1593）也具有相似的观点，即认为“意识形态是对统治者进行颠覆以及对被统治地位进行否认

---

① 马克思恩格斯选集 . 第 1 卷，第 72 页，北京人民出版社，1995.

② 马克思恩格斯选集 . 第 1 卷，第 82 页，北京人民出版社，1995 转自马驰 . 论文学的本质与审美意识形态，学术月刊 . 2006 年 7 期 .

③ LouisAlthusser. LeninandPhilosophyandOtherEssays. MonthlyReviewPress，NewYorkandLondon，1971，P.162

的进程”。而阿尔都塞则认为“意识形态不仅成为可以通过正确感知而改变的一套虚假信念，并且在这种信念中我们可以感知整个世界甚至意识本身的境况和背景”。多利莫尔总结道，这种观点就是指，“我们的意识是由意识形态组成的，并且尽管我们自我感觉自己是社会秩序中独立的个体，实际上我们却被社会秩序所左右。”[①]多利莫尔指出，为了论述方便，他将这两种意识形态的界定分别归纳为意识形态的“认识论”概念和意识形态的“物质论”概念。多利莫尔指出，“实际上，无论是意识形态的认识论概念还是物质论概念本身都是不充分的，特别是当超越历史运用时。但是它们对于理解伊利莎白 / 詹姆士一世时期又都是必要的，不仅因为那时候它们突出显现出来，并且因为它们在那时无法避免地相互关联。”[②]

多利莫尔指出，这两种意识形态概念的界定都存在一定程度的局限性。并且，多利莫尔着重对阿尔都塞的意识形态概念提出一定程度上的质疑，他认为，“物质论意识形态概念忽略了早期它的历史重要性，也忽略了接受更加复杂和辩证表述的必要方法。”[③]

多利莫尔对阿尔都塞意识形态概念的质疑，让我们联想到马克思关于社会存在决定社会意识的基本观点，进而与马克思主义关于生产力与生产关系和经济基础与上层建筑的基本理论联系起来。马克思在《〈政治经济学批判〉序言》中对这种关系作了经典性的表述：

> 人们在自己生活的社会生产中发生一定的、必然的、不以他们的意志为转移的关系，即同他们的物质生产力的一定发展阶段相适合的生产关系。这些生产关系的总和构成社会的经济结构，即有法律的和政治的上层建筑竖立其上并有一定的社会意识形式与之相适应的现实基础。物质生活的生产方式制约着整个社会生活、政治生活和精神生活的过程。不是人们的意识决定人们的存在，相反，是人们的社会存在决定人们的意识。社会的物质生产力发展到一定阶段，便同它们一直在其中运动的现存生产关系或财产关系（这只是生产关系的法律用语）发生矛盾。于是这些关系便由生产力的发展形式变成生产力的桎梏。那时社会革命的时代就到来了。随

① Jonathan Dollimore. Radical Tragedy. Duke University Press，1984：10.

② Jonathan Dollimore. Radical Tragedy. Duke University Press，1984：11.

③ Jonathan Dollimore. Radical Tragedy. Duke University Press，1984：11.

着经济基础的变更，全部庞大的上层建筑也或慢或快地发生变革。①

在这里，“社会存在”的主要内涵就是特定的物质生产关系，这些关系必然表现为一定的阶级关系，并表现出鲜明的政治性。从政治性出发界定意识形态，意识形态就成为社会结构中一定集团和阶级利益的观念体系，这种界定，与伊格尔顿的理论很相似。伊格尔顿认为，“意识形态不是一个教义，而是指人们在阶级社会中完成自己的角色的方式，即把他们束缚在他们的社会职能上并因此阻碍他们真正理解整个社会的那些价值、观念和形象。”②可见，二者的意识形态界定都体现对意识形态政治性的强调和重视。

随后，多利莫尔表达了希望将马克思意识形态虚假说与阿尔都塞的意识形态物质论进行辩证借鉴并统一起来的想法。他举例说，当培根阐释他著名的幻象学说时曾详细表述了意识形态的认识论概念，他说：

“人的思想如果不被解放和破坏，它充满了假象……迷信和欺骗”。最显著的假象是“人类的理解何以本性倾向于设想世界上比它所能发现的还要多的秩序和规律性的存在……这样就虚构出所有的神圣的人类都在完美的领域活动。”培根说，其他的假象与语言的混乱用法和错误的哲学体系相关，“依据传统，轻信和疏忽都是可以接受的。”③

多利莫尔认为，在这里，培根将“传统”与“轻信和疏忽”联系起来，“至少表明可以同时思考意识形态的认识论和唯物主义者两个层面的概念”。他进一步指出，“传统，通常被称为习俗，是后者的基础——它实际上体现了维持社会秩序的社会实践权力这一意义深奥的观点。”由此，多利莫尔强调：“当认识论上和伦理学的真理被承认与习俗和社会实践相关时，意识形态的思考不可避免地重要起来。”④

由此，多利莫尔从马克思主义关于生产力和生产关系、经济基础与上层建筑关系的基本立场出发，在对意识形态政治性和阶级性的关注中，展开了对意

---

① 马克思恩格斯选集 . 第 2 版第 2 卷，第 32–33 页 .

② 伊格尔顿 . 马克思主义与文学批评，文宝，译，人民文学出版社，1980：20.

③ Bacon. Works，pp118，265. 转自 Jonathan Dollimore.Radical Tragedy. Duke University Press，1984，p.11.

④ Jonathan Dollimore. Radical Tragedy. Duke University Press，1984，p.11–12.

识形态概念的详细论述。

二、意识形态与权力

以上，多利莫尔通过对意识形态概念界定的梳理和反思过程中，特别强调了两种对意识形态概念的经典界定，即马克思的意识形态“虚假说”和阿尔都塞的意识形态“物质论”。多利莫尔在对阿尔都塞意识形态概念界定进行质疑的过程中，从政治性出发对意识形态的基本属性进行了初步认知。随后，他将目光主要聚焦于文艺复兴时期研究状况，并认为“这一时期发展了对意识形态在认识论和物质（唯物）两个层面的认识，值得我们关注。”[①]

多利莫尔首先通过对一些文学复兴时期思想家有关意识形态论述的评析，举例论证了“文学批评特别是实在论人道主义没有充分说明文艺复兴时期对相对论和意识形态不确定性的关注”[②]。例如，他指出，霍布斯（Hobbes，1588-1679）在《怪物》（Leviathan）中认为：

> “真实和虚假是言语表达特征，而不是事物的特征，并且没有言语表达的地方，也就没有所谓的真实和虚假存在。”（第四章）更争议的是：“善与恶这两个概念只与运用它们的人相关：没有简单和绝对的善与恶，也不能从物质本身的性质上提取关于善恶的共同规则。”（第六章）[③]

多利莫尔指出，霍布斯的思想表明了文艺复兴时期思想家所认可的“认识论和伦理学的真理就是与习俗和社会实践相关”。这种认可的结果就是，“文艺复兴时期的思想家必然以一种不同于当代理论家的方式研究意识形态因素”。[④]为此，多利莫尔指出，“我们通过这时期对作为意识形态形式的宗教自身的关注，尤其可以看出他们对意识形态认识的发展。”[⑤]

---

① Jonathan Dollimore. Radical Tragedy. Duke University Press，1984：12.

② Blevins，Jacob. Radical Tragedy：Religion，Ideology and Power in the Drama of Shakespeare and His Contemporaries.（Book Review）. Intertexts8.2（Fall 2004）：201（3）.Expanded Academic ASAP.Thomson Gale. ENMU Roswell.11 Dec. 2006.

③ Jonathan Dollimore. Radical Tragedy. Duke University Press，1984，p.11.

④ Blevins，Jacob. Radical Tragedy：Religion，Ideology and Power in the Drama of Shakespeare and His Contemporaries.（Book Review）. Intertexts8.2（Fall 2004）：201（3）.Expanded Academic ASAP.Thomson Gale. ENMU Roswell.11 Dec. 2006.

⑤ Jonathan Dollimore. Radical Tragedy. Duke University Press，1984：12.

例如：法裔瑞士新教神学家卡尔文（Calvin，1509–1564）认为：

“为了更好的征服勇敢的人们的思想，聪明的人已经在宗教中计谋了许多东西，并且通过宗教他们用敬畏来鼓舞普通大众，并用恐吓来打击他们。”[①]

多利莫尔指出，“这里的‘政府’”包括在主观性自身层面上的意识形态作用，但是卡尔文让我确信这种探索能够发生，因为上帝已经将真正的宗教印刻在人们思想中。但是这个问题就成为“真实”与“虚假”的区分了。”[②]可见，在这里，多利莫尔通过对意识形态政治性和阶级性等基本属性的认知后，开始对马克思的“虚假意识”说进行反思。一方面多利莫尔指出“卡尔文辨别虚假的标准都是有待补充和不实用的”，他认为并非所有“意识形态”都是虚假的，认为意识形态就等于“虚假意识”是不符合历史现实和我们的实际状况的。另一方面，多利莫尔以对作为意识形态形式的宗教的关注，认为即使是“虚假意识”，也是对人们的真实欲望和需要的反映，也是在真实的现实物质关系基础上产生的，是整个社会物质结构的产物。由此，多利莫尔认为，“意识形态是一种非常复杂和充满挑战的话语体系”。[③]

同时，多利莫尔指出，虽然当今很多学者认为，“以往将宗教看作是政治策略的观点已经过时了”，但马基雅弗利（Machiavelli，1469–1527）有关“宗教不仅是权力工具而且是必不可缺少的”观点仍然引起了学术界的关注和争议。“从那些反对、同意或者仅仅提及到马基雅弗利的所有英国作家中，理查德·霍克（Richard Hooker）的观点值得我们关注”，多利莫尔指出，“尽管他也反对马基雅弗利，但是他对马基雅弗利将宗教看作意识形态表现形式的观点进行了清晰准确地评述”：[④]

“他们认为宗教具有政治用途，并认为宗教本身仅仅是一种政治计谋工

---

① Calcin, Insititutes, I.3.2. 转自 Jonathan Dollimore. Radical Tragedy. Duke University Press，1984：11.

② Jonathan Dollimore. Radical Tragedy. Duke University Press，1984：7.

③ J Dollimore. Introduction：Shakespeare，Cultural Materialism and the New Historicism. Political Shakespeare：New Essays in Cultural Materialism，eds. Jonathan Dollimore and Alan Sinfield，New York：Cornell University Press，1985：7.

④ Jonathan Dollimore. Radical Tragedy. Duke University Press，1984：12.

具…宗教是作为一种控制工具进行服务的。”①

宗教的意识形态功能在霍克后来的论述更加详尽，他说宗教是“政治的工具，并通过艺术在人间创造上帝。”②（P.21）多利莫尔认为，“马基雅弗利通过重视脱离神的意识形态的历史并把它当作激进的代表，从而强化了对这一时期宗教和权力政策之间冲突的认识”。③在这里，多利莫尔将意识形态与权力话语联系起来展开研究，显然是福柯的权力话语理论在文艺复兴文学研究领域中的实践。

福柯的权力话语理论对多利莫尔的批评研究具有直接影响。福柯哲学的核心概念是“权力”概念，福柯认为权力是多重力的关系，它不是某个集团权力，也不是某个集团、某个主体的所有物。相反，权力存在于各处、存在于任何的差异性关系中，“权力无处不在，这并不因为它有特权将一切笼罩在它战无不胜的整体中，而是因为它每时每刻，无处不在地被生产出来，甚至在所有关系中被生产出来，权力无处不在，并非因为它涵括一切，而是因为它来自四面八方。”④

多利莫尔在对福柯权力话语理论的充分吸收下，认为意识形态是一种非常复杂和充满挑战的话语体系，他把意识形态看作权力关系的话语，既然权力关系无处不在，意识形态也可以作为一种符号而到处存在。在多利莫尔看来，意识形态不能脱离语言符号而单独存在，因为语言是思想的直接显示，正如马克思和恩格斯所说：

> “精神”从一开始就很倒霉，注定要受物质的“纠缠”，物质在这里表现为震动着的空气层、声音，简言之，即语言。语言和意识具有同样长久的历史；语言是一种实践的、既为别人存在并仅仅因此也为我自己存在的、现实的意识。⑤

① Richard Hooker. of the Laws of Ecclesiastical Polity，II.19. 转自 Jonathan Dollimore. Radical Tragedy. Duke University Press，1984:12-13.

② Richard Hooker. of the Laws of Ecclesiastical Polity，II.21. 转自 Jonathan Dollimore. Radical Tragedy. Duke University Press，1984:12-13.

③ Jonathan Dollimore. Radical Tragedy. Duke University Press，1984:12.

④ Michel Foucault：The Will to Knowledge. The History of Sexuality，volumel，vpenguin Books，1990:93.

⑤ 马克思，恩格斯 . 马克思恩格斯选集 . 第一卷，第 36 页 .

多利莫尔指出，意识形态必然表现为符号现象，但同时他也认为，意识形态不完全是一个“语言”问题，因为意识形态并非本身固有的属性或纯形式特征。如同伊格尔顿所说：“意识形态是‘话语’问题而不是语言问题……是谁对谁说什么的问题。”①这里就强调了语境与意识形态的关系问题。多利莫尔认为，只有那些与物质生产关系决定的利益和政治权力相关联的话语才具有意识形态性。他反对将宽泛的“权力”和“话语”和意识形态等同起来，主张从社会生活的物质基础出发，强调“话语”和“权力”与意识形态“政治性”的联系。

可见，多利莫尔通过对福柯权力话语理论的辩证吸收，在坚持以物质生产关系为基础的前提下，辩证分析了意识形态范畴中的话语和政治权力的独特关系，突出强调了意识形态的政治性特征，为其意识形态批判提供了有力的理论依据，并鲜明体现了多利莫尔文学批评的政治性色彩。

三、意识形态与文化

多利莫尔在意识形态与权力的关联中，强调了意识形态的政治性和阶级冲突性。他指出：“特别值得关注的是，文艺复兴时期许多思想家都意识到与错误意识的概念接近的方式，也就是说，错误信念的强大主观性使人们处于敬畏中，从而没有意识到生活中的矛盾。”②这里，多利莫尔强调了马克思主义矛盾冲突的观点，认为意识形态并非一个统一的整体。

马克思的意识形态论中有一个重要方面，就是引入了矛盾冲突观点。正如马克思在《共产党宣言》里所说的：“任何一个时代的统治思想始终都不过是统治阶级的思想。”③多利莫尔认为马克思的矛盾冲突观点“仍然是一个正确的出发点”，他还说“意识形态象征性地确定意义，把它的那些主要形式说成是无可争辩的东西，从而使之自然化和永恒化，并取消社会领域中的矛盾和冲突”。④可见，多利莫尔不同意将意识形态看作不可分割的整体，完全为统治阶级所用，不存在内部斗争。多利莫尔认为，除了统治的、主导的、合法的意识

① Terry Eagleton. Ideology：An Introduction，Verso，1991：9.

② Jonathan Dollimore. Radical Tragedy. Duke University Press，1984：16.

③ 马克思恩格斯选集 . 第 1 卷，人民出版社，1995 年版，第 292 页

④ Jonathan Dollimore. Sexual Dissidence. Clarendon Press，Oxford，1991：86.

形态之外，还有残存的、自发的、从属的、被压制的、边缘的成分，这些成分之间不可避免的有所冲突。这种观点主要体现在多利莫尔对意识形态与边缘群体之间关系的论述中。

多利莫尔别出心裁地将阿尔都塞的意识形态观念与蒙田的有关“习俗”的论述相比较，并认为二者对现代边缘群体理论的发展有重要影响：

> 1（a）显而易见，意识形态是必然存在于任何社会的，只要人类产生、转变和装备来适应所生存的社会背景的需求。（阿尔都塞《保卫马克思》，P.235）
>
> 1（b）正式在习俗的调解下，每个人才对自然配置给他们的领域感到满意。（蒙田《散文集》I.230）
>
> 2（a）当我们说意识形态时，我们应该知道意识形态陷入所有的人类活动，也就是说它与人类的生存经历具有同一性。（阿尔都塞《列宁与哲学》P.204）
>
> 2（b）我们认为来源于自然并随着习俗而发展的法律意识…最重要的影响就是它利用我们，并将我们卷入混乱之中，这样它可以欺骗我们，是我们不能解放自己，也不会质疑它的命令…习俗确实迷惑了我们，使我们无法辨认事物的真实面目。（蒙田《散文集》，I.114–15）
>
> 3（a）人们生活在意识形态中，当笛卡尔信徒看见或没有看见——如果他没有看见的话——卫星以200速度倏忽而过。（阿尔都塞《保卫马克思》P.233）
>
> 3（b）没有什么能比一个人知道最少的东西更令人坚决相信。（蒙田《散文集》I.230）①

通过对比，多利莫尔指出：“阿尔都塞和蒙田都将意识形态看作如此强大的内在意识，以至意识形态导致了错误认识：即我们（在我们所看见的范围内）将其理解为永恒和自然的给予而不是社会的产生和分派。”产生这种情况的原因是什么呢？多利莫尔认为对于这个问题，“阿尔都塞和蒙田具有相似的答案。对阿尔都塞来说，那是因为意识形态具有物质存在方式——也就是说，构成意

---

① 转自 Jonathan Dollimore. Radical Tragedy. Duke University Press，1984：17.

识形态的信念系统构成了文化实践和社会机构的一部分。对蒙田来说，他也将习俗嵌入社会实践、机构和仪式中。他列了许多例子，并且这些都倾向于习俗的权力：在从事实践中，我们使那些建构权力的习俗主观内在化。”①

多利莫尔指出，他在这里将历史上相距如此遥远的两个哲学家的观点放在一起比较，主要是为了论证以下观点：“第一，我认为文艺复兴时期意识形态的概念非常复杂深奥；第二，像我们所讨论过的文艺复兴时期的作家都积极地挑战意识形态；第三，（顺便提及）阿尔都塞的独创性被高估了，至少被一些阿尔都塞者们以不充分的哲学和历史观点高估了。”②可见，多利莫尔虽然高度评价了阿尔都塞意识形态理论的价值，同时也反思了他观点的一些局限。在阿尔都塞的理论框架中，意识形态是与政治实践、理论实践以至经济活动相并列的一种社会实践形式。尽管他把物质生产实践看作所有社会实践中的基本活动，但是他的多元决定论的问题框架决定了物质生产实践与意识形态实践之间的决定关系是模糊不清的，这也就造成了人们常说的淡化社会存在决定社会意识，尤其是忽略经济基础与上层建筑的区分和联系的结果，最终将阶级斗争排除在“问题框架”之外。③而多利莫尔则始终坚持物质生产关系对于社会存在性质的规定性和对于社会意识的决定作用，因此他不仅看到了意识形态的阶级属性和政治意义，也强调意识形态与经济基础各层次和上层建筑各区域之间的多重结构的复杂关系以及意识形态本身的复杂组合。

正是在对以上问题的揭示中，多利莫尔论证了“蒙田的怀疑论就像阿尔都塞的意识形态物质论一样，对边缘化人群产生了重大影响”。④主要表现在以下几个方面：

> 首先，两者都反对实在论：他们抛弃了那种认为我们具有既定的永恒的本质才得以成为人的信念。我们看到，这直接与对詹姆士一世时期的戏剧相关，它对上帝主义进行审问：迄今为止，一直是依据人在宇宙计划中心（实际的与形而上的）的特权地位来理解人类；驳斥这一计划必然也使人类边缘化（实际的和意识形态的）。更明确的是，为了推翻故意的目

---

① Jonathan Dollimore. Radical Tragedy. Duke University Press，1984：18.

② Jonathan Dollimore. Radical Tragedy. Duke University Press，1984：19–20.

③ 马海良 . 文化政治美学——伊格尔顿批评理论研究 . 中国社会科学出版社，2004. 11：128.

④ Jonathan Dollimore. Radical Tragedy. Duke University Press，1984：18.

> 的论的由上帝主义者所设想的整体宇宙，这些剧作家必然要推翻他们的结论：单一主体内在统一在一起，是它们与宇宙设计相结合的结果。在他们的相互关系中，颠覆的两个方面首先对天主教人文主义的两个基本信念构成破坏性的攻击。
>
> 其次，产生了悲剧具有政治性和社会性的现实主义观点。随着布莱希特的《母亲的勇气》，尽管它表现了个体的无能为力，但是这部现实主义作品揭开了建构和毁坏他们的权力结构和社会秩序的神秘面纱。[①]

由此，多利莫尔指出："詹姆士一世时期的悲剧在主体的身份中描述社会进程，或者将其描述为主体身份。"[②]这种对主体形成或主体性问题的关注，使多利莫尔将意识形态与"文化"概念联系起来。多利莫尔认为，在社会科学，特别是在文化学中，"文化"是一个做分析用的概念，它"旨在描述完整的意义系统——社会或社会的某一部分通过它认识自身以及同世界的关系"。[③]显然，多利莫尔对"文化"的理解和阐释是与威廉斯的文化研究密不可分的。正如西方一些评论家所指出的，"我们可以在多利莫尔的著作《政治的莎士比亚：文化唯物主义新论》结语中证明他与威廉斯的联系，在结语中，威廉斯对多利莫尔新一代的著作给以祝福并且多利莫尔该书的副标题'文化唯物主义'也直接来源于威廉斯。"[④]多利莫尔在该书前言中坦率指出，"'文化唯物主义'一词是从雷蒙德·威廉斯最近的用语中转借来的，它的应用来自英国战后时期一个折衷主义的工作团体，它的特点大体上可以说是进行文化分析，威廉斯本人的作品在它的成果中占有相当大的比重。"并且，多利莫尔进一步对文化唯物主义进行概括，"它汇集了文化研究中历史、社会和英语的研究、女权运动中的某些重大发展以及欧洲大陆上马克思主义——结构主义和后结构主义的理论，特别是阿尔都塞、马切雷、葛兰西和福柯的理论。"[⑤]多利莫尔在其著作《政治的莎士比

---

① Jonathan Dollimore. Radical Tragedy. Duke University Press，1984，p18–19.

② Jonathan Dollimore. Radical Tragedy. Duke University Press，1984，p19.

③ J Dollimore. Introduction：Shakespeare，Cultural Materialism and the New Historicism. Political Shakespeare：New Essays in Cultural Materialism，eds. Jonathan Dollimore and Alan Sinfield，New York：Cornell University Press，1985，p7.

④ Peter Erickson. Political Shakespeare：New Essays in Cultural Materialism（Book Review）. Shakespeare Quarterly，Vol.37，No.2.（Summer，1986），pp251–255.

⑤ 多利莫尔．莎士比亚：文化唯物主义与新历史主义．转自王逢振.2000年度新译西方文论选．桂林：漓江出版社，2001，p215.

亚》中，明确指出文化唯物主义具有“四要素”，即：历史的发展脉络、理论的方法意向、政治的权力参与和文本的分析框架。①

可见，多利莫尔的文化批评深受与其具有大致相同的工人阶级出生背景的威廉斯的影响。威廉斯出身于威尔士一个普通的工人阶级家庭，他从青年时代就关心社会和工人的命运，很早就开始参加政治活动，在剑桥三一学院深造期间，他开始接触马克思主义，伴随着“新左派”运动的兴起，威廉斯广泛接触了葛兰西、本雅明、阿尔都塞以及法兰克福学派的著作，并重新研读了马克思的一系列著作。他尝试在英国传播“新马克思主义”思想，运用英国知识分子所熟悉的文化观念，试图对马克思主义进行加工和改造。

可见，威廉斯的文化研究是在一定的政治文化语境中展开的。具体说来，二战以后，英国社会通过全方位的调整，在长时间的动乱中稳定下来，呈现出迥异于战前的新形势：社会普遍富裕，社会福利政策得到巩固和发展，工人阶级的生活条件大幅度提高。但同时工人阶级的革命意识却逐渐淡化，直接导致了英国工人运动消退，从而引发了一系列的社会混乱和道德秩序的失衡，这一切引起了那些具有高度责任感的知识分子的深切关注。另外，在国际上，1956年发生了两件震惊世界的大事：苏军入侵匈牙利和英法联军入侵苏伊士运河。如何面对现实，如何解释当前的危机以及大众文化的兴起，成了最为紧要的问题。而利维斯主义的传统显然无法解决这一新的问题，它有的只是对现实的逃避和对过去的惋惜。

正是在这种状况下，知识分子开始寻找对策，英国新左派运动就是在这个背景下兴起的。“新左派”（New Left）这个名称起源于塞纳河畔，是一个名字叫克劳德·布尔代的法国人的发明。1956年，他在巴黎办杂志，正好有一批英国马克思主义知识分子到访，准备建立一个能够影响整个欧洲的左翼组织：国际社会主义协会。克劳德·布尔代的政治观点与这些人不谋而合：既反对苏联的专制，又反对西方的社会民主制；既信奉马克思主义，又与西欧共产党保持着距离。会面之初，克劳德·布尔代就称他们为“新左派”，此后，这个名称就一路沿用下来。② 作为一场激进的思想文化运动，新左派的参与主体是知识分

① J Dollimore. Introduction：Shakespeare，Cultural Materialism and the New Historicism. Political Shakespeare：New Essays in Cultural Materialism，eds. Jonathan Dollimore and Alan Sinfield，New York：Cornell University Press，1985:7.

② Lin Chun. The British New Left. Edinburgh UP，1993:18. 转自：赵国新 . 新左派，外国文学 .2004. 5.

子和青年学生，他们不满资本主义社会的现实，怀着一种理想主义的情怀期许社会主义的未来。新左派最初是以两份刊物《新理性人》(The New Reasoner)和《大学与左派评论》(University and Left Review) 为阵地，1961 年，两份刊物合并为《新左派评论》(New Left Review)。新左派坚持以《新左派评论》为主要的文化阵地，致力于发掘本国民众历史上的反抗传统，并引进欧陆新的社会思想来发扬马克思主义学术，达到批评时政的目的。他们通过把文化与政治相结合，试图在全面超越利维斯主义的传统的基础上，对英国社会进行全面反思。

作为当代英国著名的马克思主义文化理论家，威廉斯对英国当代文化研究和文化批评的卓越贡献首先体现在他通过把研究触角指向大众文化和通俗文学而实现了对利维斯的精英文化思想的超越和批判。利维斯（F.R.Leavis，1895-1978）是当代英国文化批评和文学研究的先驱者和早期的主要代表。作为英国新批评派的代表人物，利维斯的批评理论和实践都表现出他强烈的精英意识和对高雅文学经典的崇尚。多利莫尔举例证明了利维斯地精英文化思想，他指出，利维斯以劳伦斯为伟大传统或者是理想小说的终结点，而把众多世界公认的大师杰作排斥在外：

> 劳伦斯对想象中现代社会的解体力量心存恐惧，特别是对自我的影响。这种恐惧被最杰出的评论家 F．R．利维斯所认可，或者更概括的说是被利维斯所引发的运动所认可。他写到“活跃的智力，不为情绪的波动和心灵的分化所破坏，”这把劳伦斯和布莱克联系了起来。利维斯说，劳伦斯没有大的情绪困扰，没有严重的不协调感，智力是“完整心灵的”仆人，“没有被内心的冲突所破坏或损害”。[①] 李维斯还在劳伦斯身上发现了熟悉的普遍关联：“直觉的感到生命一体性”(p105)，它“在对个人强度关注中表现出来”。这种强度是“宗教性的”，因为它走向的是“某种超越个人的东西”(p115) 或者说，逆转了精神暗喻的方向，走向一种“非个人完整性的深度”(p124)。接下来的便可以预测了：在劳伦斯看来。阶级是重要的，“但是注意力应该放在本质人性上”(p88)。[②]

由此，利维斯对大众社会和大众文化持强烈的批判态度，主张文化应该为

① D.H. Lawrence. Novelist. p12. 转自：Jonathan Dollimore. Radical Tragedy. Duke University Press，1984，p266-267.

② Jonathan Dollimore. Radical Tragedy. Duke University Press，1984，p266-267.

少数精英分子所拥有，通过培育一批非常敏感而又保守的精英分子，来维护文学和文化传统：

> 只有依靠少数人，我们才能获得从过去人类最宝贵的经验中得到益处的能力；他们保存了传统中最微妙、最容易遭到破坏的部分。依靠他们，才有了安排一个时代人类更好生活的内在标准，才有了不是别的地方，而是这儿才表明的前进方向的意识，才有了中心在这儿比别的地方更好的意识。①

二战后，随着经济的复苏和社会的调整，英国开始向一个多民族、多文化的社会转变，大众社会或大众文化迅速崛起，在这样的社会和文化背景下，利维斯的精英主义文化思想必然受到挑战。对利维斯的精英文化思想提出最有力挑战的就是威廉斯。威廉斯工人阶级的出身背景，使他非常同情和理解工人阶级的生存状况，这就决定了他对大众文化所采取的辩证批判态度。威廉斯将大众文化置于更为广阔的社会历史背景中，对其起源和发展进行了与利维斯精英文化思想截然不同的理解和分析。关于大众文化，威廉斯认为：

> 大众文化不是因为大众，而是因为其他人而得其身份认同的，它仍然带有两个旧有的含义：低等次的作品（如大众文学、大众出版商以区别于高品位的出版机构）；和刻意炮制出来以博取欢心的作品（如有别于民主新闻的大众新闻，或大众娱乐），它更现代的意义是为许多人所喜爱，而这一点，在许多方面，当然也是与在先的两个意义重叠的。近年来事实上是大众为自身所定义的大众文化，作为文化，它的含义与上面几种都有不同，它经常是替代了过去民间文化占有的地位，但它亦有种很重要的现代意识。②

在威廉斯看来，大众文化和精英文化之间存在着一种相互依存的价值尺度。由此，他指出文化有三种定义：首先是理想型的文化定义，即就某些绝对或普遍价值而言，文化史人类追求完美的一种心灵状态或过程；其次是文献式

---

① F. R. Leavis and Denys Thompson. Culture and Environment. Greenwood Press, Westport, 1937, p5.

② Raymond Williams, Keywords: A Vocabulary of Culture and society, London: Fontana, 1976, p199.

定义，即文化是知性和想象作品的整体，这些作品以不同的方式详细地记录了人类的思想和经验；第三是生活类定义，即文化是一种特殊生活方式的描述，这种描述不仅表现艺术和习得中的某些价值和意义，而且也表现制度和日常行为中的某些意义和价值。威廉斯认为这三种定义都具有价值，因为在分析每一种因素时，它们都是能动的：在许多不同的层次上，每一因素都将体现一些真实关系。在描述这些关系的过程中，真正的文化过程将显现出来。由此，威廉斯认为自己进行文化研究的方法是唯物的、辩证的和历史化的：

> 一种文化理论是一种（社会和物质）生产的过程，是特定实践的过程，“艺术”的过程，是物质生产方式的社会运用（从作为物质的“实际意识”的语言到特殊的写作技巧和写作形式，一直到机械和电子的交流系统）……这是一种文化过程的历史变化的理论，它必然（不得不）联系到一种更广泛的社会、历史和政治的理论。①

正是在运用马克思主义的研究方法对文化理论进行探讨的过程中，威廉斯提出了著名的“文化唯物主义”概念并对其作了全面阐释。按照威廉斯的解释，文化唯物主义是“历史唯物主义之内一种关于物质的文化和文学生产的特殊性的理论”②，它的出发点显然并不简单地是经济基础/上层建筑，而是语言和文化，威廉斯对此的关注和强调，为马克思主义的文化批评在当代英国的健康发展开辟了新的道路。在对威廉斯的“文化唯物主义”借鉴基础上，多利莫尔进一步指出，“文化唯物主义”主要研究倾向是同文学的“文本”相联系而关注以下问题，诸如：国家权力和对权力的抵抗问题，重新评估一定时期居于统治地位的意识形态和针对这些意识形态的激进倾向问题，边缘的意识话语对主流话语的挑战和遏制，女权主义观点中女性的真实存在状况和其对文学权力的新理解，国家内部各阶级集团间的冲突和各种权力概念的当代阐释等问题。③可见，正如一些评论家所说，“多利莫尔把威廉斯的文化唯物主义在文学批评领域

① Raymond Williams. Problems in Materialism and Culture. London：Verso，1980. p243-244，36，43.

② Raymond Williams. Marxism and Literature. Oxford：Oxford University Press，1977. p5.

③ J Dollimore. Introduction：Shakespeare. Cultural Materialism and the New Historicism. Political Shakespeare：New Essays in Cultural Materialism，eds. Jonathan Dollimore and Alan Sinfield，New York：Cornell University Press，1985：7.

制度化”[①]。

多利莫尔指出：“为了理解这样迅速转变的一个时期，并且理解在这个时期内对这种文化所做的各种相互矛盾的解释，我们可以求助于雷蒙·威廉斯就文化的残余的主要的和新起的各个方面之间所提示的十分重要的区别。”[②]对威廉斯来说，所谓“主导文化”就是指在社会上占主导地位的、符合统治阶级的意志和利益并服务和巩固统治阶级政权的文化。威廉斯指出：“我要首先说在任何社会、任何特定阶段，总存在一个实践、意义和价值的核心系统。这意味着它的价值无从推论，我所有的意思是它是核心的。实际上我要称它为一种组合系统（a corporate system）”。[③]但这个系统并不是固定不变的、抽象的，而是有机的、有血有肉的，这体现在他与另外两种文化之间的复杂关系中。

威廉斯认为，“残存文化”，是“在一些先前的社会构造的残存物——文化的和社会的——的基础上，它们仍然存在着并实践着”的文化[④]。对于残存文化与主导文化的关系，威廉斯指出：

一种残存文化常与现行的主导文化保持一段距离，但是人们必须认识到，在真正的文化活动中，残存文化可能并入现行的主导文化。这是因为残存文化的某部分、某方面将在许多情况下不得不组合进现行主导文化，尤其是如果这残存物来自过去时代的某一主要领域，而现行主导文化又要在这些领域里发挥作用。另一个原因是在某些时刻，一个主导文化不可能允许许多的实践和经验在它之外，最起码为免除祸患，因此，压力是客观存在的。但是在一些重要的实例中，一些真正的残存意义和价值却侥幸逃生。[⑤]

可见，在威廉斯看来，主导文化实际上一直是在主导和控制着残存文化。除此之外，还有一种新出现的意义、价值和实践，即“新兴文化”。对于“新兴文化”，威廉斯认为它“是现行的当代实践的一部分——还未及界定的一部分，所以与现行主导文化进行的合并很早就开始”。[⑥]也就是说主导文化

---

① Andrew Milner, Re-imagining Cultural studies：The Promise of Cultural Materialism，London：Sage Publication Ltd，2002，p137.

② J Dollimore. Introduction：Shakespeare，Cultural Materialism and the New Historicism. Political Shakespeare：New Essays in Cultural Materialism，eds. Jonathan Dollimore and Alan Sinfield，New York：Cornell University Press，1985：7.

③ Raymond Williams，Media and Cultural Studies：Keywords，p157. 胡谱忠，译 . 第 73–74 页 .

④ Raymond Williams. Ibid.，p159. 胡谱忠，译 . 第 75 页 .

⑤ Raymond Williams. Ibid.，p159. 胡谱忠，译 . 第 75 页 .

⑥ Raymond Williams. Media and Cultural Studies：Keywords，p159. 胡谱忠，译 . 第 75 页 .

早就对这些新兴文化进行限定，由此任何重要的正在兴起的事物，要超越或者反对支配性的模式，是十分困难的。① 可见，威廉斯认为主导文化与残余文化、新兴文化之间始终存在着主导与反主导、压制与反压制的斗争，但在这种统治与从属的关系上，显然，威廉斯更多的是强调了主导文化的压制作用及自我调整的功能，也就是说，主导文化在压制的过程中虽然遭受到来自残余文化和新兴文化的挑战，但这种挑战最终不是颠覆了主导文化，而是促进了主导文化的自我调整和改进。正如威廉斯所说的，在现代社会，主导文化"必须总是如此改变，如果它想保持主导地位，想在我们的活动和关注中仍被看作是真正的核心"。②

多利莫尔在对威廉斯文化理论借鉴基础上，强调文化具有不同的层次，即主流文化、次要文化和边缘文化。"这些非主流的种种因素又同主流的形式相互撞击，有时相互共存，或者相互吸收，甚至相互毁灭，但是也能相互挑战或相互修正，甚至相互取代。"③因而，多利莫尔认为，文化决不是单一的整体，而是多种因素相互关联的、动态的、开放的文化社会复杂存在体。最关键的是全体社会成员都有机会参与文化实践过程。并且多利莫尔认为，文化前所未有的具有政治性，并且经常围绕着被人文主义领域所抛弃的神圣的神学、种族、阶级和性别等。④

从此出发，多利莫尔发现，意识形态本身是一种非常复杂和充满挑战的话语体系。除了统治的、主导的、合法的意识形态之外，还有残存的、自发的、从属的、被压制的、边缘的成分，这些成分之间不可避免的有所冲突。多利莫尔指出，意识形态并非固定的单一的整体，而是各种因素纵横交错缠结一起的动态的结构体系，充满了裂缝和冲突。不仅不同的意识形态之间存在着对抗和冲突，而且每一种意识形态及其每一层次也充满了裂缝和矛盾。在这个问题上，多利莫尔与伊格尔顿的观点是一致的：

---

① Raymond Williams. Marxism and Literature, Oxford: Oxford University Press, 1977: 126.

② Raymond Williams. Media and Cultural Studies: Keywords, Oxford: Oxford University Press, 1977: 162. 谱忠，译.第77页.

③ J Dollimore. Introduction: Shakespeare, Cultural Materialism and the New Historicism. Political Shakespeare: New Essays in Cultural Materialism, eds. Jonathan Dollimore and Alan Sinfield, New York: Cornell University Press, 1985: 7.

④ Jonathan Dollimore. Radical Tragedy. Duke University Press, 1984: 16.

> 我们所说的统治意识形态是一种典型的社会统治集团的意识形态，而这样的集团也是由各种阶级和阶层组成的，它们的利益并不总是一致的。意识形态会反映出这些利益之间的妥协或分裂。事实上，资产阶级意识形态的力量有时就在于它的声音发自各种场合……同样，与之对立的意识形态本身也是各种激进力量之间的暂时结盟。①

可见，意识形态与文化有密不可分的关系，它表明了某种观点价值和信仰系统为社群所共有的根本原因。多利莫尔指出："在唯物主义批评中，历史和文化进程的这三个方面令人注目地凸现出来：巩固、颠覆和遏制。第一个方面典型性地涉及某个居于统治地位的秩序为了能使自己万世不绝而在意识形态上采取的办法；第二个方面涉及对那个秩序的颠覆；第三个方面则是对显然属于颠覆活动的压力加以遏制。"②多利莫尔指出，在历史和文化过程中，戏剧在现实秩序中具有播撒意识形态的功能，即它把社会等级说成是神的意志的表现，并且就宇宙、自然、社会中不同的等级制度进行类比，强调应该强化某一阶级和性别的利益，使这种世界图景展出的现存秩序好像是神赋的秩序，要求人遵守神或君主以及各种权力的制约，使之安于现存秩序，成为现实秩序合法性的认同者。然而，在文艺复兴时期的文学中，与这种现实权力"巩固"过程相反，是对权力的一种抗拒和"颠覆"，如坚持对那种家长制压迫的反抗，对女性被压抑的反抗，对社会秩序强迫人接受某些观念、价值和思想的反抗。多利莫尔指出，这种发生在历史进程和文学中对思想话语、政治制度的反抗，表现也多种多样，而"颠覆"是其中主要的表现形态。③由此，多利莫尔将戏剧的意识形态功能归纳为抑制与颠覆，并在对莎士比亚戏剧的分析中详尽阐释了二者的关系。

多利莫尔认为"颠覆"与"抑制"之间存在着相互渗透、相互排斥的复杂关系。他认识到文学参与政治实践的复杂性，把颠覆和抑制这两种似乎是对

---

① Terry Eagleton. Ideology：An Introduction. Verso，1991，p45.

② J. Dollimore. Introduction：Shakespeare，Cultural Materialism and the New Historicism. Political Shakespeare：New Essays in Cultural Materialism，eds. Jonathan Dollimore and Alan Sinfield，New York：Cornell University Press，1985，p10.

③ J. Dollimore. Introduction：Shakespeare，Cultural Materialism and the New Historicism. Political Shakespeare：New Essays in Cultural Materialism，eds. Jonathan Dollimore and Alan Sinfield，New York：Cornell University Press，1985：7. 转自王岳川 . 后殖民主义与新历史主义文论 . 山东教育出版社，1999：197-198.

立的政治效应统一在文学介入社会的运动过程之中。多利莫尔认为他主要借鉴了三种经典的矛盾学说的范例来探讨“颠覆”和“抑制”的关系，即黑格尔的“主人”和“奴隶”的辩证法理论；马克思的生产力和生产关系构成社会基本矛盾的学说；弗洛伊德的通过压制受压制者得以恢复的命题。他说：“每一中范例同其他两种都不相同，并且可以证明它们是互不相容的，但是，对于颠覆同违背，它们有某种共同的东西。”①

多利莫尔指出，就文艺复兴戏剧而言，历来对其社会效果存在两种针锋相对的意见：一种意见强调戏剧教育大众的功能，以使人们的精神意识驯化，服从统治阶级的利益和意志。正如海伍德在《为演员辩解》一文中所说，编戏和演戏是“教导臣民服从君王”，以“掀起动乱、骚乱和叛乱的事情终归夭折”来教训他们。②另一种意见则恰好相反，强调戏剧具有一种打消人们对权力的神秘感、甚至起来推翻权力的神奇力量。多利莫尔认为，连詹姆士一世都意识到这种神奇力量。詹姆士一世在《巴西利空·多隆》中说，国王等同于“舞台上的那个角色，哪怕是他轻微已极的一举一动，所有注目的人都看得一清二楚”，在舞台上他的任何一点“荒淫放荡”的行为都会在他的臣民中引起蔑视，而蔑视正是“叛乱和混乱的根源”。③多利莫尔进一步指出，莎士比亚注意到了后一个功能，即戏剧能唤醒人们，使人们蔑视权威、颠覆权力的作用。多利莫尔认为，典型事例就是戏剧《查理二世》的上演，揭露了查理二世的丑恶并引起了人们的普遍认同。由于演出是在露天场所进行的，所以这种“戏剧幻想”与“现实本身”的界限变得模糊起来，使当政者伊丽莎白一世感到莎士比亚的“查理二世”事实上影射的就是她，并且抱怨“这部悲剧在街头和室内演出达四十场之多”④。而正是这种不断的重复演出，使伊丽莎白的政权的合法性受到威胁，“伊丽莎白提到的‘室内’究竟是指剧场，还是指她的敌人用以策划推翻她的那些私人住宅？就在伊丽莎白自己的性命受到这出戏威胁的时候，‘悲

① J. Dollimore. Sexual Dissidence, Clarendon Press, Oxford, 1991, p88. 转自杨正润. 文学的“颠覆”和“抑制”, 外国文学评论. 1994年第3期.

② 托马斯·海伍德. 为演员辩解. 莎士比亚学会复制, 伦敦, 1841, 第153页。转自王逢振. 2000年度新译西方文论选. 桂林: 漓江出版社, 2001, p225。

③ J. Dollimore. Introduction: Shakespeare, Cultural Materialism and the New Historicism. Political Shakespeare: New Essays in Cultural Materialism, eds. Jonathan Dollimore and Alan Sinfield, New York: Cornell University Press, 1985: 7. 转自王逢振. 2000年度新译西方文论选. 桂林: 漓江出版社, 2001, p225.

④ P. 尤里编. 理查第二. 伦敦, 1966. 梅吞版, 第59页. 转自王逢振. 2000年度新译西方文论选. 桂林: 漓江出版社, 2001, p226.

剧’一词难道能够仅仅是一个文学上的词汇吗？”①由此，多利莫尔指出，这部戏剧所具有的重大影响力，使得“悲剧”意义已经不仅仅停留在文学词汇上，而进入现实权力的参与运作层面。

多利莫尔认为文学付诸实践表明是一种“生成或转变的过程”，那么“对压制过程的抗拒可能从一开始就存在，或者它本身就是从这个过程产生出来的”。多利莫尔说，“退一步来说”，即使真像格林布赖特所说“颠覆可能是由权力为自身利用而使用的，但是一旦安排就绪它就即可以为权力所运用，又必然可以用于反对权力。”②因而，多利莫尔强调，“颠覆性”最终必然超出“抑制”从而产生实际的“颠覆”效果。

由此，多利莫尔指出，那种和平共处的文化多元性想法，本身就是自由人本主义意识形态的产物。它掩盖了占统治地位的文化和被压制的文化他异因素之间的两极对立关系。这种对抗性的文化和阶级冲突是一切社会形态中的最根本的关系，因而，应该让那些个别的、被压制的、边缘的历史事件和人物发出自己的声音，诉说自己的历史。由此，意识形态理论对边缘性研究具有重要的关联和理论意义。

多利莫尔在对阿尔都塞意识形态论的辩证吸收中，将意识形态与文化联系起来探讨意识形态的复杂体系。葛兰西也聚焦于文化与意识形态的结合部，他认为：

> “对于资产阶级的统治来说，政治社会的权威固然重要，但它的最重要的职能之一是把广大人民群众提高到符合生产力发展需要从而符合阶级利益的一定的文化和道德水平（或型式）。在这个意义说来，在国家中起特别重要作用的是执行积极的教育职能的学校。但是在现实中为了达到这项目的还进行许多具有所谓局部性质的他种活动和创举，它们总在一起构成统治阶级政治的或文化的领导机关。”③

---

① J. Dollimore. Introduction：Shakespeare，Cultural Materialism and the New Historicism. Political Shakespeare：New Essays in Cultural Materialism，eds. Jonathan Dollimore and Alan Sinfield，New York：Cornell University Press，1985：7. 转自王逢振 . 2000 年度新译西方文论选 . 桂林：漓江出版社，2001，p226.

② J. Dollimore. ntroduction：Shakespeare，Cultural Materialism and the New Historicism. Political Shakespeare：New Essays in Cultural Materialism，eds. Jonathan Dollimore and Alan Sinfield，New York：Cornell University Press，1985，p12.

③ 安东尼奥・葛兰西 . 狱中札记〔M〕北京：人民出版社，1983.

可见，葛兰西视文化为意识形态再生产和霸权的一种方式。在这种意识形态再生产和霸权中，各种文化形式成为塑造思想和行为模式的助手，这些模式促使个体去适应资本主义社会的社会环境。葛兰西的文化领导权和意识形态理论对多利莫尔产生了重要影响，使多利莫尔在关注意识形态与文化的过程中，转入对意识形态与合法性关系的探讨。

四、意识形态与合法性

多利莫尔在展开意识形态概念的过程中，意识到："展开意识形态概念的几种方式，都涉及到'意义'与'合法性'之间的关系问题。"多利莫尔认为，"根据这种形式，信仰、实践和机制使社会秩序或者说社会现状——处于统治地位或处于附属地位这两者之间的现存关系，即合法性。"[①]多利莫尔指出，正确理解和把握意识形态与合法性之间的关系，是我们展开意识形态批判的重要前提。

英文中的合法性"legitimacy"一词来源于拉丁文"legitimus"，含有"合法律""合理"和"正当"之意。"合法性"一词所指涉的基本含义在古希腊就已存在，当时主要运用于政治学领域。有学者曾考证过合法性研究的渊源，认为"在欧洲，如果不是从梭伦开始，那么至迟也是从亚里士多德开始，政治学理论就从事于合法性统治兴衰存亡的研究。"[②]古希腊先哲亚里士多德在《政治学》一书中讨论了政治原理，他认为政治学术："第一应该考虑，何者为最优良的政体……；第二，政治学术应考虑适合于不同公民团体的各种不同政体……"。[③]这表明亚里士多德认为政治学应研究的问题涉及到了合法性问题。当代社会，二战的阴影使合法性问题成为理论研究的热点，学者们从不同角度对合法性问题进行研究，合法性应用范围日趋广泛，出现了众多合法性定义。但学者们对合法性研究主要还是针对政治领域，围绕着国家、政治权力、政治秩序、政治权威等方面进行探讨。值得关注的是，哈贝马斯针对以往合法性理论的不足，提出了一种重建性的合法性概念。他认为："合法性意味着，对于某种要求作

① J Dollimore. Introduction: Shakespeare, Cultural Materialism and the New Historicism. Political Shakespeare: New Essays in Cultural Materialism, eds. Jonathan Dollimore and Alan Sinfield, New York: Cornell University Press, 1985: 7.

② 哈贝马斯．交往与社会进化〔M〕．张博树，译．重庆出版社，1989：186-187.

③ 亚里士多德．政治学．吴寿彭，译．北京：商务印书馆，1983：176.

为正确的和公正的存在物而被认可的政治秩序来说，有着一些好的根据。一个合法的秩序应该得到承认。合法性意味着某种政治序被认可的价值——这个定义强调了合法性乃是某种争论的有效性要求，统治秩序的稳定性也依赖于自身（至少）在事实上的被承认。”[①] 在哈贝马斯关于合法性这个定义中，他认为合法性意味着某种政治秩序被认可的价值，而这种价值是与一定历史时期的社会规范相联系的，是在当时的社会规范中能够有效证明这种政治秩序有价值的，是值得认可的。[②]

多利莫尔在对意识形态概念展开论述中，指出，意识形态有统治者虚假的意识形态，有权力边缘者在文化中获得自己身份的文化意识形态，还有权力运作的阶级冲突式意识形态，这些意识形态都与合法性密切相关、不可分割。正如伊格尔顿所说：“我们的某些言语行为效果或意图是对世界的某些部分予以遮蔽神秘化合理化自然化普遍化或合法性，这样一组言语行为就是传统所称的意识形态。”[③] 多利莫尔指出，统治阶级为获得合法性而运用意识形态手段，以使现存社会秩序或社会关系与其融为一体。并进一步详细分析了这种手段的运用表现：

> 首先，在把局部利益表现为总体利益的时候就可以找到这种合法性。实行统治的那些人，事实上可能是在为他们自己的，以及属于他们那个阶级的人的利益服务。但是他们，连同他们用以行使和维持权力的那些机构和做法，却使人认为他们是在为社会整体的利益而工作。
>
> 其次，通过合法性，现存社会秩序，也就是现存社会关系，就“归化自然”了，因而看来也就像有了自然法则的不可更改的性质。历史也像是拥有了某种发展的法则（目的论），它作为自然的对应法则运转，这种发展就“不可避免”引向现存秩序，因而这种秩序也就得到了双重的标准。[④]

---

① 哈贝马斯．交往与社会进化〔M〕，张博树，译．重庆出版社，1989：184.

② 陈福胜，秦军．合法性的理论辨析，学术交流．2007.9.

③ Terry Eagleton. The Illusions of Postmodernism，Oxford：Blackwell，1996，p38. 转自：马海良．文化政治美学——伊格尔顿批评理论研究．中国社会科学出版社，2004.11：134.

④ J Dollimore. Introduction：Shakespeare，Cultural Materialism and the New Historicism. Political Shakespeare：New Essays in Cultural Materialism，eds. Jonathan Dollimore and Alan Sinfield. New York：Cornell University Press，1985：7.

随后，多利莫尔指出，当社会各阶层处于相对和谐时，合法性运作就会不断抹平随时出现的新的社会矛盾、意见分歧和相互斗争等事实，当这些冲突斗争展现出来时，合法性通常也会将其反主流一方渲染成企图颠覆社会秩序的异端邪说。由此，多利莫尔指出，意识形态批判的重要性首先在于透过纷纭复杂的意识形态“手段”，来揭示它的真实目的。因而，在阶级社会里，意识形态批判更要注重对统治阶级意识形态的批判，因为每一个时代占统治地位的思想观念都是统治阶级的思想观念，意识形态便是统治阶级维护自己的政治权力必不可少的工具。可见，权力的意识形态和意识形态的权力本身就构成了合法性问题。

多利莫尔指出：“对总体利益反复强调，把社会看作事物的‘自然’秩序的‘反映’，把历史看作走向现在并且为现在辩护的‘合法’发展，把不同意见者和异类说成是凶神恶煞，这些在莎士比亚时代是处于核心性的问题。”①因此，多利莫尔认为，对这一时期的文学研究必须深入到复杂的文化历史的中枢神经，在文学与社会文化历史所构成的动态关系结构中，展开文学的历史意识形态分析，揭露文学文本掩盖下的意识形态和统治阶级合法性问题。

综上，多利莫尔通过对以往意识形态概念的梳理和借鉴，实现了对有价值的意识形态界定的辩证吸收和融会，虽然他没有给意识形态作本质的界定，但这恰恰体现了他对意识形态理解的独特性。在他看来，意识形态是多元复合的动态的结构系统，这就要求我们要辩证地理解意识形态概念以及意识形态与其表现领域之间的特殊关系，重视他们之间的复杂多变性。可见，多利莫尔对意识形态概念的理解是策略性的，它为全面理解文学与意识形态的关系问题奠定了理论基础，并鲜明体现了多利莫尔批评的“政治文化”特征。

第二节　文学的意识形态性批评

在多利莫尔展开政治文化批评过程中，文学与意识形态的关系问题始终是他思考的重点。多利莫尔强调文学与意识形态、文学与政治、文学与权力、文学与历史的多重复杂关系，他指出任何文学艺术都是社会意识形态的一种“表

① J Dollimore. Introduction：Shakespeare，Cultural Materialism and the New Historicism. Political Shakespeare：New Essays in Cultural Materialism，eds. Jonathan Dollimore and Alan Sinfield. New York：Cornell University Press，1985：7.

现形式”，[①]任何文学都是在一定的社会历史文化视野中产生和发展的，任何批评阐释都离不开社会和历史的根基，并且作为意识形态“表现形式”的文学艺术始终是在这种“变动”的历史中存在和发展的。可见，多利莫尔对文学与意识形态关系的研究首先体现在其对文学本身的建构性过程分析之中。

一、“复合”与“冲突”：文学的建构性

多利莫尔认为，文学与社会历史文化的“互文性”，决定了文学必然是一个复杂的动态系统，文学与影响文学的社会权力有着密切的关系，文学的观念、文学本身的结构和审美因素以及文学的存在本身都受到社会历史因素的制约。因而社会经济实践、政治机制和文化成规，都牢牢掌握着文学艺术的生产。多利莫尔将目光投入到文艺复兴时期历史语境，旨在对这些成规机制的发现和解析，探索文学文本周围的社会存在和文学文本中的社会存在，解释具体文化实践的作用。

1.“多元复合”与文学生产

作为马克思主义批评家，多利莫尔对文学与意识形态关系问题的研究，既是对马克思的文学理论观点的继承，也是对其的发展和超越。他在坚持马克思经济基础与上层建筑、生产力与生产关系的之间的总体关系框架中，将文学置于历史现实与意识形态的两种作用力发生交汇的场所，指出文学与意识形态之间存在一种复杂的动态关系。

正如我们所熟知的，马克思和恩格斯等传统马克思主义者对意识形态的理解是指文学是社会上层建筑的一部分，是社会意识形态的表现领域。它间接地由经济基础决定，同时又间接的反作用于经济基础。“随着经济基础的变更，全部庞大的上层建筑也或慢或快地发生变革。在考察这些变革时（指整个社会变革），必须时刻把下面两者区别开来：一种是生产的经济条件方面所发生的物质的、可以用自然科学的精确性指明的变革，一种是人们借以意识到这个冲突并力求把它克服的那些法律的、政治的、宗教的、艺术或哲学的，简言之，意识形态的形式。”[②]可见，在马克思恩格斯看来，意识形态是指在一定的社会结构中处于不同阶级地位的人的思想观念的生产方式，这种思想观念的生产方式必然被一定的社会生产方式和利益分配方式所决定，而作为“意识形态的形

① Jonathan Dollimore. Radical Tragedy. Duke University Press，1984：9–12.

② 马克思恩格斯选集 . 第二卷，人民出版社，1995：33.

式”的文学艺术必然也要受到这种社会生产方式的制约。由此，马克思从政治经济学入手，坚持艺术生产与经济基础相联系的观点，使文学的生产回到现实物质性上来。他主张把艺术的创作放到更宽广的范围中去研究，放到物质生产与精神生产的关系中去，从而提出了“艺术生产”的概念。①

多利莫尔坚持马克思的立场，也将文学与“生产方式”联系起来，并认为二者密不可分。“生产方式”是最基本的历史唯物主义范畴之一，它是生产力和生产关系的统一体。按照历史唯物主义理论，生产方式的矛盾运动是社会运转和发展的最基本的动力，是人类历史所有物质关系和思想关系的基础。文学艺术当然也离不开这个基础。由此，多利莫尔认为，文学以社会生产的物质实践为基础，并在现实与社会意识形态的交汇处，形成一个多元“复合”并相互“冲突”不断变动的生成过程。②因而，从这个层面上讲，多利莫尔也认为文学是一种“生产”，是不断调整和变动的过程。

显然，多利莫尔的“文学生产”思想受到了本雅明和伊格尔顿文学生产方式理论的启发和影响。本雅明在《作为生产者的作家》中提出艺术生产理论，他指出，“艺术是社会生产方式”，并认为艺术技巧是艺术生产力，他认为：“作家总是处在一个时代的生产关系之中，这个问题就是直接探究作品在其中有何作为。换言之，其目的直接指向作品中作家的技巧。”③本雅明从艺术的生产力和艺术生产关系的矛盾入手，开创了艺术生产理论的先河，为文学生产方式理论打下了基础。伊格尔顿则在本雅明的影响下，进而提出了文学生产方式理论，他认为“某种文学生产力和社会关系的结合体总处在特定的社会形式中。在任何一种文学里，都普遍存在着丰富而不同的文学生产方式，有一种是占主导地位，这些不同的文学生产方式将使相似冲突和矛盾的各种关系相互表达……历史上以前社会形式产生的某种文学生产方式将存在和相互渗进后来的文学生产方式中。”④在此理论基础上，伊格尔顿对文学与意识形态的关系进行了理论梳理。伊格尔顿的文学生产方式理论对多利莫尔产生了重要影响，在评论由伊格尔顿作序的多利莫尔的著作《激进的悲剧》（第三版）过程中，有学者指出：“多利莫尔从伊格尔顿那里获得很多有价值的思想，并融合到文艺复兴时

① 贺晓武．试论文学生产方式理论，北京航空航天大学学报（社科版）. 2007. 6.

② Jonathan Dollimore. Radical Tragedy. Duke University Press，1984：76.

③ 本雅明．作为生产者的作家．赛·贝克特．普鲁斯特论．北京：社会科学文学出版社，1999：150–151.

④ Terry Egaleton. Criticism and Ideology：Marxism and Literary Criticism. London：Methuen，1976：45.

期的悲剧中。”①

多利莫尔与以上学者的区别正在于此，他把文学看成是历史现实与社会意识形态的一个结合部，在文学与社会历史的动态的整体结构关系，考察文学生产的复杂过程，并对文学生产中各种要素进行具体定位。这主要体现在他对文艺复兴时期文学的研究中。

多利莫尔认为文学生产是一个动态的、开放的、不断变化和生成的物质过程，它最终决定于作为社会根本结构的生产方式，并且，在这个过程中，各种因素相互影响、相互促进，构成一个多元复合的动态系统。由此，多利莫尔指出“每一个重大的文艺分歧的背后都存在着那一社会历史时期巨大的政治文化立足点的差异”②。他认为文学并没有一个固定的本质，是一个历史地生成和改变的范畴。“或许没有比对悲剧本性的争议更多的了”，多利莫尔认为，正如威廉斯所说：“悲剧，由于它的极其重要性，往往浓缩了一个社会时期根本的观念和紧张形势，悲剧的理论也正因为如此而变得有趣，通过悲剧，一个社会的整体形态和特殊文化都可以得到深刻揭示。”③由此，多利莫尔以文艺复兴时期文学研究为基础，对文学生产活动中各种因素及它们之间的复杂关系进行了阐释。

2.“相互冲突”与文学建构

多利莫尔认为在文学生产过程中，文学生产者、作品和消费者以及生产、交换和消费活动之间都存在着相互影响甚至相互对抗、“冲突”的复杂关系，并且体现出对社会历史语境和社会意识形态的表现和建构，即文学是意识形态的一种“表现形式”④，同时又是意识形态的生产。二者处在动态的建构关系结构中。他认为生产文本的作者和文本的读者都是他们自己时代的意识形态影响的主体，也都是当时社会历史文化等语境的产物。文本、作者、读者相互作用，并且它们与政治权力结构之间又生成一种互动的关系结构。并且，多利莫尔认为对于各种元素相互联系、相互“冲突”的状况，“从一个社会的、政治的、历史的角度来看，这种冲突和不调和往往是有意义的，是可以并值得被解读

① Blevins, Jacob. Radical Tragedy: Religion, Ideology and Power in the Drama of Shakespeare and His Contemporaries.（Book Review）. Intertexts 8.2（Fall 2004）: 201（3）. Expanded Academic ASAP. Thomson Gale. ENMU Roswell. 11 Dec. 2006.

② Jonathan Dollimore. Radical Tragedy. Duke University Press，1984.

③ Raymond Williams. Modern Tragedy，P45. 转自 Jonathan Dollimore. Radical Tragedy. Duke University Press，1984：46.

④ Jonathan Dollimore. Radical Tragedy. Duke University Press，1984：9-12.

的。”①

多利莫尔指出，正如希尔所说：“文艺作者，特别是剧作家，不只是要和“人类的地位”打交道，和人打交道，而是还要和统治者及其臣属们在一个特殊的历史环境下所面临的特殊问题打交道——这些问题在16世纪40年代以流血冲突的方式获得解决。”②由此，多利莫尔指出戏剧是多种元素相互建构的“机制”，而作为意识形态“表现形式”的文学同时也是一种“实践”。多利莫尔继续分析道：“文艺复兴时期的文学分析家十分关切文学的效果。在传统的英国研究中几乎完全偏重于文本的内在含意，这就使我们漏掉、忽视或者低估这个事实的重要性。对效果的考虑并不是根据抽象的个别读者这一层次，而是根据实际存在的众多读者，当然也就是整个读者群这个层次，统治者和宣教者仅仅是特别关心于决定、调节，也许还要利用这些效果的两个群体。”③

同时，多利莫尔指出文学具有一定的社会政治效果，并且“这种效果有一部分是在付诸实践中并且通过付诸实践才取得的”④，他同时指出，“文学传统被看作文化历史的重要方面，而且具有价值去实践。他们不仅记录，而且参与创造了文化历史”。⑤多利莫尔认为，“这一点特别适用于悲剧……当时对悲剧因素的表述确实涉及普遍性，但是它们又绝对是政治性的，特别是作为再现暴政的那些表现。这种记述，而且当然包括剧本本身，付诸实践时就既是对权利的维护，同时也是对权利的挑战。”由此，多利莫尔总结道：“文学是一种实践，就在它再现当代历史的时候它就干预历史了。”⑥

可见，多利莫尔不仅强调了文学生产必然受作为社会总体结构的社会生产方式的总体制约，同时指出文学生产过程中各种因素相互影响、相互制约，从而构成了“复合对抗式”的文学结构，这个结构又与社会历史文化和政治权

① Jonathan Dollimore. Radical Tragedy. Duke University Press，1984：17.

② Jonathan Dollimore. Radical Tragedy. Duke University Press，1984：15.

③ J Dollimore. Introduction：Shakespeare，Cultural Materialism and the New Historicism. Political Shakespeare：New Essays in Cultural Materialism，eds. Jonathan Dollimore and Alan Sinfield. New York：Cornell University Press，1985：7.

④ J Dollimore. Introduction：Shakespeare，Cultural Materialism and the New Historicism. Political Shakespeare：New Essays in Cultural Materialism，eds. Jonathan Dollimore and Alan Sinfield. New York：Cornell University Press，1985：7.

⑤ Jonathan Dollimore. Radical Tragedy. Duke University Press，1984：9.

⑥ J Dollimore. Introduction：Shakespeare，Cultural Materialism and the New Historicism. Political Shakespeare：New Essays in Cultural Materialism，eds. Jonathan Dollimore and Alan Sinfield. New York：Cornell University Press，1985：7.

力结构相互制约、相互促进，从而构成了更大视野的“政治文化”的“总体结构”。多利莫尔指出，文学既要受到“总体结构”的制约，又反作用于这个“总体结构”，文学与“总体结构”也是一种动态的建构过程。正是在这个宏大的“政治文化”视野中，多利莫尔展开对文学与意识形态关系的研究，并具体体现到对文艺复兴时期文学文本的解读中，力图通过对文学文本与意识形态的关系的揭示，阐释文学与意识形态之间的复杂结构关系。

二、“虚构”与“毁灭”：文学文本的意识形态性

多利莫尔指出，正是在文学与“总体结构”的动态建构过程中，文学文本得以产生。文学在与“总体结构”相互建构中，使文学的内容和形式不可避免地染上社会历史和社会意识形态的印迹，而意识形态也通过文学的生产过程影响着文学文本的建构；同时，文本自身也具有相对独立性，它以其“虚构性”表现历史从而与文本之外各种复杂因素相互联系、相互建构。在多利莫尔看来，文本以“虚构”表现生成过程中的社会历史语境和各种复杂因素，而社会历史与意识形态以及文本建构过程中的各种因素又毁灭了文本的“虚构”，因而文学文本是“虚构”与“毁灭”各种因素相互作用、相互排斥的动态的建构过程。①

多利莫尔尝试通过分析文艺复兴时期剧本的建构过程，来把握文学文本与意识形态的复杂关系。正如伊格尔顿所说：“文学文本不是意识形态的表达，意识形态也不是社会阶级的表达，文本是某些方面类似于戏剧生产的意识形态生产。”②在伊格尔顿看来，戏剧生产与戏剧文本之间就是一种生产性关系，“如我所说，戏剧生产是对文本的运作；但是在这样的过程中，同时也生产出了文本同其客体的内在关系。”③可见，从某种程度上说，多利莫尔对文艺复兴时期剧本建构过程的研究是对伊格尔顿文本生产意识形态理论的应用与发展。

多利莫尔首先强调，在文学文本的建构过程中，文本以“虚构”表现生成过程中的社会历史语境和各种复杂因素，必然会受到社会历史语境和意识形态的影响，因而文学文本具有鲜明的意识形态性。多利莫尔认为，“文本是斗争场

---

① Jonathan Dollimore. Radical Tragedy. Duke University Press，1984：204.

② Terry Egaleton. Criticism and Ideology. London：Verso，1976：64.

③ Terry Egaleton. Criticism and Ideology. London：Verso，1976：64. 转自李永新 . 文本是如何建构的？，福建论坛 · 人文社科版，2007 年第 9 期 .

所”[①]，莎士比亚的戏剧之所以比同时代的其他剧作家的作品更具动人的力量，是因为把社会中的权力关系和策略挪用到戏剧领域，它不仅仅涉及具体的社会风俗和政治、经济事件，而且进入到深层的权利运作机制中。在戏剧演出过程中，剧院始终是意识形态复制的场所，巧妙地把权力和政治斗争“挪用”到舞台上。对此，多利莫尔在列举伊丽莎白女王对剧院颠覆权力的不安心态时的描述上有着明确的阐释。在《查理二世》演出后不久，女王便担忧演出的地点和次数：“在一些公共场所上演多达四十遍。”“女王为此忧心忡忡的原因还在于这出剧已经被征用这一事实，这就意味着，这部剧已经被人处于某种目的，在一个具体的公开的语境中赋予了寓意。”[②]

我们还可以从多利莫尔对莎剧文本《安东和克里奥帕特拉》的详尽分析中来加深对文本意识形态性的理解。多利莫尔首先批评了那种认为安东尼是纯粹的“个人英雄”的观点，“我想说，这种想法的反面或许是正确的：安东尼这类人的英雄主义行为不可能完全是‘个人行为’，也不可能同‘英雄所达到的目标’或是讨论过程中谈论到的权力的驱动及关系相分离”[③]。多利莫尔认为这不是一般的戏剧，他看到了这部剧“令人神魂颠倒的诗性”背后所隐藏的社会意识形态与历史语境：

> 在安东尼以及克利奥帕特拉一幕剧中，那些有权力的人所制造的历史仅仅是现存历史时刻的巧合。用安东尼的话来说就是：“时代的需要。”如果这听起来很虚幻，那么在剧情中，可以很明显地看到安东尼并不是向时间投降，而是向现实政治投降。他的政治能力其实是很强的，不仅可以从他与奥克塔维亚所被安排得婚姻中看到，而且在他与李必达与奥古斯塔斯和马克·安东尼一道为三头同盟的成员（公元前 43~36 年）和恺撒构成的反对庞培的联盟中也可以看到。[④]

多利莫尔在对剧本的评析中，感受到剧本本身反映出来的强烈的意识形态

---

① Jonathan Dollimore. Radical Tragedy. Duke University Press，1984：51.

② 多利莫尔．莎士比亚：文化唯物主义与新历史主义．转自王逢振．2000 年度新译西方文论选．桂林：漓江出版社，2001：237–238.

③ Jonathan Dollimore. Radical Tragedy. Duke University Press，1984：207.

④ Jonathan Dollimore. Radical Tragedy. Duke University Press，1984：208–209.

性，他感慨道："我们永远不可忽略人类对于权力的依赖程度"，因为：

克利奥帕特拉（女子名）在Ⅱ.V中对于信使的回击就是最好的证明。在这一幕结束时，克利奥帕特拉试图对恺撒隐瞒她的半数财产这一细微之处很好地证明了这一点。在恺撒对西留库斯提出要求时，她的财富证明了她的屈服，说实话，西留库斯对她的需求不幸反映了她保持了她所宣称的一切，克利奥帕特拉要求他说明事实，而他看了恺撒一眼，回答说他宁愿什么都不说，也不愿说实话。在这里，事实本身就是生存下去的资本。克利奥帕特拉发现这一切时，愤怒了，觉得这不可原谅，诚实改变了她说所一直认为的以财富为基础。但是这幕剧对于这一环节的重复极具讽刺意味，同时也展现了另一种前景，这种转移本身就是像她这样的统治者所需的生存策略。然而，这种讽刺性在于，当西留库斯被描述为不值得信任的奴隶，她自身的这种欺骗性被恺撒视为"智慧"，就她所处的位置而言。另外，恺撒声称的"更为高明"在战争中值得注意。奥克塔维亚所说的恺撒同安东尼之间战争的结果似乎是"世界应该是清透的"，这仍是一个简单而重要的事实，最本质的修辞在于：建立王国的过程就是剥夺上千人的生命。[①]

由此，多利莫尔在对莎剧文本的审视中挖掘出文本内在的意识形态性，同时，我们也要看到，多利莫尔对文本意识形态性的分析是站在文本与社会历史和意识形态相互建构的动态结构关系基础上的，这种辩证的"政治文化"视野，使多利莫尔在分析文本意识形态性的同时，也必然强调文本意识形态批判性，即文本意识形态功能。

三、"颠覆"与"遏制"：文学文本的意识形态功能

作为马克思主义文学批评家，多利莫尔认为文学就是实践，文学就是对政治、对文化、对精神、对自我的一种先行把握。[②] 他尤其关注文学的政治功能及其运作方式，他把文学看作是一种"揭露、批判和反抗的行为"[③]，把文学文

---

① Jonathan Dollimore. Radical Tragedy. Duke University Press，1984：214–215.

② 王岳川 . 后殖民主义与新历史主义文论 . 山东教育出版社 1999：197.

③ H. Aram Veeser，The New Historicism，Routledge，1988，Introduction，p9.

本看作是“斗争的场所”①，突出强调文学文本的意识形态批判力量，并对文学文本的意识形态功能进行了详尽阐释。同时，在多利莫尔看来，文学文本的意识形态功能既源于文学文本的意识形态性，又与它相互支持、相互排斥，因而二者也处在一个复杂的动态过程中。

1.“排斥”与“互渗”

多利莫尔认为，文学是一种历史的“实践”，既然文学文本是在文学与社会历史和社会意识形态之间动态的复杂的关系结构中“生产”出来的，那么文本作为意识形态的生产必然会对当时的社会历史产生重要的“社会效果”②，即文学文本的意识形态功能。

这种“意识形态功能”，主要体现在从原来社会文化所强调的历史重点，转移到揭示权力运作的相互性。由此多利莫尔指出，我们必须从原来社会文化所强调的历史重点，转移到揭示权力运作的相互性、二元对立话语的差异性、历史主题的支配性等，只有把握了这种“共时性”向“差异性”的转移，③真正了解并把握了这种差异排斥性，才能真正理解“遏制和颠覆”作为文学对历史意识形态参与的重要意义。在此基础上，多利莫尔对戏剧的意识形态功能进行了界定，并详细探讨了它们之间相互排斥、相互渗透的对立统一的复杂的动态关系。

多利莫尔将戏剧的意识形态功能归纳为：“巩固”“颠覆”和“遏制”。多利莫尔指出：“在唯物主义批评中，历史和文化进程的这三个方面令人注目地凸现出来：巩固、颠覆和遏制。第一个方面典型性地涉及某个居于统治地位的秩序为了能使自己万世不绝而在意识形态上采取的办法；第二个方面涉及对那个秩序的颠覆；第三个方面则是对显然属于颠覆活动的压力加以遏制。”④在这三个概念中，“抑制”和“巩固”是密切联系在一起的，“抑制”是“巩固”的重要手段，巩固是抑制的目的，所以，多利莫尔主要使用“ 抑制”和“颠覆”两

① Jonathan Dollimore. Radical Tragedy. Duke University Press，1984，p51.

② J Dollimore. Introduction：Shakespeare，Cultural Materialism and the New Historicism. Political Shakespeare：New Essays in Cultural Materialism，eds. Jonathan Dollimore and Alan Sinfield，New York：Cornell University Press，1985：7. 转自王逢振 . 2000 年度新译西方文论选 . 桂林：漓江出版社，2001：224.

③ J. Dollimore & A. Sinfield. Culture and Textuality：Debating Cultural Materialism. Textual Practice 4，1990：91–100. 转自王岳川 . 后殖民主义与新历史主义文论 . 山东教育出版社，1999：197.

④ J. Dollimore. Introduction：Shakespeare，Cultural Materialism and the New Historicism. Political Shakespeare：New Essays in Cultural Materialism，eds. Jonathan Dollimore and Alan Sinfield. New York：Cornell University Press，1985：10.

个概念，并应用于对莎士比亚戏剧的分析。

多利莫尔指出，在历史和文化过程中，戏剧在现实秩序中具有播撒意识形态的功能，即它把社会等级说成是神的意志的表现，并且就宇宙、自然、社会中不同的等级制度进行类比，强调应该强化某一阶级和性别的利益，使这种世界图景展出的现存秩序好像是神赋的秩序，要求人遵守神或君主以及各种权力的制约，使之安于现存秩序，成为现实秩序合法性的认同者。然而，在文艺复兴时期的文学中，与这种现实权力“巩固”过程相反，是对权力的一种抗拒和“颠覆”，如坚持对那种家长制压迫的反抗，对女性被压抑的反抗，对社会秩序强迫人接受某些观念、价值和思想的反抗。多利莫尔指出，这种发生在历史进程和文学中对思想话语、政治制度的反抗，表现也多种多样，而“颠覆”是其中主要的表现形态。①

那么“抑制”和“颠覆”之间到底有什么关系呢？正是对这个问题的认识上，使以多利莫尔为代表的“文化唯物论”与以格林布莱特为代表的“新历史主义”两个学派之间产生了重大分歧。前面我们讲过，因为二者都强调文学与社会历史文化互动关系，使学术界经常混淆二者的区别，甚至将它们等同起来。正是在对文学意识形态具体功能关系的把握中使我们更深刻地认识到二者的本质区别。具体来说，“文化唯物论”和“新历史主义”都将“抑制”和“颠覆”作为文学的意识形态功能，并认为两大功能之间存在相互渗透、相互排斥的复杂关系。他们都发现文学参与政治实践的复杂性，把颠覆和抑制这两种似乎是对立的政治效应统一在文学介入社会的运动过程之中。多利莫尔认为他主要借鉴了三种经典的矛盾学说的范例来探讨“颠覆”和“抑制”的关系，即黑格尔的“主人”和“奴隶”的辩证法理论；马克思的生产力和生产关系构成社会基本矛盾的学说；弗洛伊德的通过压制受压制者得以恢复的命题。他说：“每一中范例同其他两种都不相同，并且可以证明它们是互不相容的，但是，对于颠覆同违背，它们有某种共同的东西。”②

但是，对“抑制”和“颠覆”这种复杂关系中侧重点的不同，则构成了两

① J. Dollimore. Introduction：Shakespeare，Cultural Materialism and the New Historicism. Political Shakespeare：New Essays in Cultural Materialism，eds. Jonathan Dollimore and Alan Sinfield，New York：Cornell University Press，1985：7. 转自王岳川 . 后殖民主义与新历史主义文论 . 山东教育出版社，1999：197–198.

② J. Dollimore. Sexual Dissidence，Clarendon Press，Oxford，1991：88. 转自杨正润 . 文学的“颠覆”和“抑制”，外国文学评论 . 1994 年第 3 期 .

大学派的争论焦点，正如多利莫尔所说："在文艺复兴时期文学中，一些人偏于强调巩固的过程，另一些人则看中对这一巩固过程的抗拒，这两派之间存在重大分歧。"[①]我们从新历史主义的代表人物格林布莱特对双重功能的阐释来体悟一下二者的差异，按照格林布拉特的说法，"莎士比亚的戏剧，是为服从国家戏剧审查法的剧场写作的，正是因为英国戏剧的专制主义形式，它才具有如此无情的颠覆性，这一形式本身，作为文艺复兴时代权力的主要表现，又压制着它不断引起的强烈的怀疑。"[②]他通过分析莎士比亚的历史剧《亨利四世》，指出，在戏剧场景中，完全要求权威显示出矛盾、谬误，或紧张状态，显示权威的弱点实际上就是对权威的颠覆。但是权力制造出这种颠覆性正是它自己的存在的条件，对颠覆性的压制则是绝对的。可见，以格林布莱特为代表的"新历史主义"认为统治阶级有意引发出一种颠覆性，以进行抑制。也就是说，"颠覆"只不过是"抑制"的手段，而"抑制"才是其真正目的。

与之相反，多利莫尔认为文学付诸实践表明是一种"生成或转变的过程"，那么"对压制过程的抗拒可能从一开始就存在，或者它本身就是从这个过程产生出来的"。多利莫尔说，"退一步来说"，即使真像格林布赖特所说"颠覆可能是由权力为自身利用而使用的，但是一旦安排就绪它就即可以为权力所运用，又必然可以用于反对权力。"[③]因而，多利莫尔强调，"颠覆性"最终必然超出"抑制"从而产生实际的"颠覆"效果。正如一些学者所说：与新历史主义相比，文化唯物论政治介入的愿望更加强烈，更多地带有战斗色彩。[④]多利莫尔将自己的这种理论称作"激进的颠覆"，鲜明地体现出马克思主义批评的实践性和斗争性色彩。

2."解释"与"透析"：超越"抑制"的"颠覆"

多利莫尔在"颠覆"与"抑制"相互渗透和相互排斥的复杂关系结构中，突出了"颠覆"超出"抑制"而实现的实际"社会效果"。那么颠覆是如何实现的？它在文艺复兴时期文学中又具有什么样的再现方式呢？

多利莫尔对这些问题进行了思考，他首先指出"颠覆"与社会历史文化的

---

① Jonathan Dollimore. Radical Tragedy. Duke University Press，1984：15.

② 斯蒂芬·格林布莱特 . 看不见的子弹，政治的莎士比亚 . 康奈尔大学出版社，1985：45.

③ J. Dollimore. Introduction：Shakespeare，Cultural Materialism and the New Historicism. Political Shakespeare：New Essays in Cultural Materialism，eds. Jonathan Dollimore and Alan Sinfield. New York：Cornell University Press，1985：p12.

④ John Brannigan. New Historicism and Cultural Materialism，Macmillan Press Ltd.，1998：35.

关联性。多利莫尔认为，“颠覆，在事件发生之前，能够超出潜在的范围，从这样一种意义来说，没有什么事情从内在或本质上看是颠覆性的；换句话说，它不能通过先验的办法脱离关联、前后情况和接受程度而得到保证”。因此，多利莫尔指出，“仅仅想到某个激烈的主意并不足以构成颠覆，它不过是典型地从关联上看得前后关系而已：对谁、多少、在什么情况下；我们还应该进一步提出：这个主意还不仅必须传达出去，而且还得在实际上用以拒斥政权。”[①]可见，话语权力颠覆就是重新置换权力结构中的强弱双方的位置，并将它们在实践中产生的矛盾冲突加以解决，消除旧权力的压抑，而实现面对真理时话语本身的力量。颠覆就是对权力的挑战，对历史的重新干预，对自我身份的重新赋予。并且，多利莫尔指出，在文艺复兴时期文学研究中，这一切都可以通过对文本的“解释”和“透析”体现出来，“我们需要解释，为什么人们要掌握‘颠覆’，而在这样做的时候，我们几乎肯定得对它所帮助促成的历史变革做出判断，把自己的透析和方法论弄得清清楚楚，这在物质主义批评方面就成为不可避免的了。”[②]可见，多利莫尔认为，这两种实现颠覆的方式是一个统一体：“解释”是为了更好地“透析”内涵，以实现“颠覆”功能；“透析”需要以“解释”为基础，并要高于“解释”。二者相互统一，互为一体，共同为实现“颠覆”服务。

多利莫尔注意到，在文艺复兴时期文学中，恰好可运用一种挑战的方式来解释那些被人们见惯不惊、认为是非常正统的文本，并从中透析出惊人之论，即反抗权威，颠覆权力。在多利莫尔对《浮士德》悲剧的分析中，集中体现了他对再现颠覆的方式的纯熟运用。首先，多利莫尔对那种认为浮士德“标志着那个时代的所有神圣的对现实不满的不屈不挠的抗争，是文艺复兴时代精神的一个缩影”的观点提出质疑，明确提出，《浮士德》“不是对神圣规则或文艺复兴精神的肯定，而是一种对传统颠覆的解释”。[③]多利莫尔指出，任何秩序在运作过程中，特别是当它宣布自己的道德原则时，不可避免地有揭露自身局限性

---

① J. Dollimore. Introduction：Shakespeare，Cultural Materialism and the New Historicism. Political Shakespeare：New Essays in Cultural Materialism，eds. Jonathan Dollimore and Alan Sinfield. New York：Cornell University Press，1985：7. 转自王逢振 . 2000 年度新译西方文论选 . 桂林：漓江出版社，2001：233.

② J. Dollimore. Introduction：Shakespeare，Cultural Materialism and the New Historicism. Political Shakespeare：New Essays in Cultural Materialism，eds. Jonathan Dollimore and Alan Sinfield. New York：Cornell University Press，1985：7.

③ Jonathan Dollimore. Radical Tragedy. Duke University Press，1984：109.

的危险，这时它就要自我解释。多利莫尔认为，“浮士德博士就是这样，他表面上拒绝颠覆，而实际上却在对局限性解释中实现了颠覆”。多利莫尔指出，“浮士德恰好是由局限性结构组成，这种结构正是其违背的，而且这种违背又是彻底的”，因为：

浮士德位于被暴力分解的宇宙中心，在一定程度上，矛盾代表着其实质，因此浮士德问道：“人们通常称作地狱的地方在哪里？”默菲斯托菲里斯回答道：“在自然力量的深处，”又补充道：“当世界消失时，每个生命将得到净化，所有的地方不是天堂就是地狱。”①

多利莫尔指出，在浮士德看来，一个人永远不能不受限制，上帝和撒旦在他们最终的毁灭性上具有相同性，两个具有最高权力的死对头，在人死亡时却又不得不暂时合作，浮士德即是他们的奴仆，是他们权力斗争的领域。早期浮士德问撒旦为什么想得到他的灵魂；默菲斯托菲里斯回答道：“扩大他的王国。”（v.40）在浮士德最后的自言自语中，上帝和撒旦在地位上是相反的，但却同时想毁灭浮士德。浮士德清醒了：

哦，我不能相信上帝了！谁把我毁灭？
看看上帝
伸出他的胳膊，皱起他的眉头，
上帝啊，我的上帝啊！不要这么恶狠狠地看着我！丑陋的地狱啊，不要张着嘴看着我，不要来到，撒旦。（ll.145，150−1，187，189）

多利莫尔继续分析道：

帖木儿对权力的渴求通过违背传统获得释放，浮士德与撒旦的契约由于即使违背也没有获得解放的希望而马上变得具有反叛性、受虐性和绝望。基督教上帝——“一个专横的、顽固的、万能的万物之主”，要求每个子民都要全心全意的服从，不做任何调解，权力的形式先前以调节制度

① Jonathan Dollimore. Radical Tragedy. Duke University Press，1984：110.

> 存在，现在则被交到上帝和在某种程度上，上帝的子民身上：子民在上帝面前遭遇不幸，正是由于这种直接的关系，子民们被赋予了新的重要性。进一步说，尽管上帝表现得冷漠和难以理解，他最终还是被说服了：“对上帝的崇拜分为两种，一种是向上帝妥协，另一种是靠近上帝并忠于上帝。”这或许就是基督教所违背的：亲近反而变成挑战的手段，重新发现子民的重要性以及对具有牺牲本质的子民的反抗和悲惨遭遇。①

多利莫尔指出，在这里可以看到对违背亚文化的起源，即通过对主文化局限性解释的反抗从而达到对反常文化的认同。正如福柯所说，“局限性和违背性相互依赖，无论两者有什么样的命运：如果没有绝对的违背性，局限性不能存在，相反的，如果局限性存在着幻影，那么违背性也没有意义。”②由此，多利莫尔指出，《浮士德》正是在对局限性解释的反抗中违背传统，实现反抗权威、颠覆权力的目的。并且，多利莫尔认为，用这种颠覆的方式研究文本可使人心灵受到强烈震撼，进而达到其政治目的，即向这一政权所赖以建立的各项基本规则进行挑战。

多利莫尔一方面通过对戏剧文本的分析，另一方面又通过对戏剧演出形式的分析来论证其中所包含的颠覆性功能。例如，《第十二夜》中薇奥拉穿上男装当上了公爵的侍从，《威尼斯商人》中鲍西娅扮成男律师惩治了高利贷商人夏洛克，《安东尼与克莱奥佩特拉》中埃及艳后喜欢穿扮成男性君主，在当时的戏剧演出中，女角也都有男性童伶扮演。多利莫尔认为，在正统思想中，男女两性的区别是上帝确定的世界秩序的基本原则，男女服装上的区别就反映了这一原则，而戏剧却打破了这一原则的神圣性，这就“意味着宗教上的一种极端破坏性的混乱”，它“惩罚性地置换了对社会变革的极端恐惧以及性别和阶级的等级制度所发生的动摇”，同时“对妇女低于男子的传统价值观发起了挑战”，“向社会秩序的形而上的合法性提出了质疑”。③多利莫尔同时指出，“剧院对于服装混穿反叛有着很大的投资——不仅是男孩扮演女性角色，而且那些扮演高

① Jonathan Dollimore. Radical Tragedy. Duke University Press，1984：113–114.

② Foucault. Language. Counter–Memoery，Practice：34. 转自 Jonathan Dollimore. Radical Tragedy. Duke University Press，1984：115.

③ Jonathan Dollimore. Shakespeare，Cultural Materialism，Feminism and Marxist Humanism. Literary History，Spring 1990，P483.

层阶级的演员的着装也是违背了阶级着装的规定。所以戏剧的设施本身——演绎技巧、服装混穿、伪装、角色扮演——都有助于我们对性别的文化构成、它的矛盾和歧视的研究探讨。戏剧的演绎技巧也反映了性别的演绎——它是一种社会形成，而不是自然或生物形成。”①

因而，多利莫尔指出，文学形式本身就有意识形态性质，文学形式、文类、体裁的演变与意识形态的发展变化是统一的。由此，多利莫尔试图打破这种历史与文学、内容与形式的二元对立，主张将文本的颠覆功能与“社会进程”联系起来，并认为，在颠覆过程中，“由于文本的、历史的、社会学的和理论的分析都纠缠在一起，于是产生了实践的政治。”②可见，对多利莫尔来说，颠覆不仅是对思想的颠覆或对权力的颠覆，也是对权力的原则和意识形态统治的颠覆。颠覆不仅是文学过程，也是社会现实的过程，不仅具有实践的文本和社会的关系，也具有实践的政治和权力关系。

因而，多利莫尔的颠覆理论启示我们，在文学的历史的阅读和分析中，有必要揭示意识形态遏制过程的复杂性，同时注重对权力压抑加以反抗的斗争模型分析，使文学文本的解读成为一种深层社会文化精神的分析，使文学历史的剖析成为精神史的审理。这种新方法有助于认识处于过渡时期的文艺复兴，也能扩展到一切文学史或文化的解读中，并对当代文学、政治、文化权利的多重关系，有重要的参照和反思意义。③

综上，多利莫尔在宏大的“政治文化”视野中，在文学与社会历史文化的总体结构中，在文学生产与社会历史文化和政治权力结构相互影响、相互作用的动态建构过程中，通过分析文学文本与社会历史和社会意识形态复杂的动态的结构关系，揭示了文学文本的意识形态性和文本的意识形态批判性，详尽分析了文学与意识形态关系的复杂性与动态性。多利莫尔的这种理论视野和研究方法，为我们正确把握文学与意识形态、文学与政治、文学与社会历史文化之间的复杂关系以及全面探讨文学的本质特性具有重要的理论指导和现实启发意义。

---

① Jonathan Dollimore. Radical Tragedy. Duke University Press，1984，p.lxv.

② J. Dollimore. Introduction：Shakespeare，Cultural Materialism and the New Historicism. Political Shakespeare：New Essays in Cultural Materialism，eds. Jonathan Dollimore and Alan Sinfield. New York：Cornell University Press，1985：7. 转自王逢振主编 . 2000 年度新译西方文论选 . 桂林：漓江出版社，2001：234.

③ 王岳川 . 新历史主义：话语与权力之维，益阳师专学报 . 1999. 1.

第四章　政治文化与主体建构

多利莫尔强调在文学与社会历史文化双向建构的动态关系结构中，以独特的“政治文化”视角，探究文学与历史、文学与政治、文学与意识形态、文学与文化之间的复杂关系。在文学批评和研究中，多利莫尔的“政治文化”视角是一种强调文学与社会历史文化双向建构的动态的结构式思维方式，这种动态关系结构的核心主要体现为政治文化对主体的影响和主体对政治文化语境的呼应。文学活动是一种主体性实践，生产文本的作者和文本的读者都是他们时代的意识形态影响的主体，也是当时社会历史文化等语境的产物。在文学与社会历史文化构成的复杂的、动态的关系结构中，主体作为文学与社会历史文化的中介，其主客体关系的形成必然也要受这种关系结构的各种因素的制约。因此，多利莫尔有关“主体性”与“政治文化”关系的论述，既是对其意识形态批评理论的延续和发展，又充分体现了其“政治文化”批评思想的价值所在，构成了其文学批评的理论基础。

第一节　“主体性”争论：“本原主义”与“去中心论”

多利莫尔在对主体性的论述中，开篇将矛头直指强调主体先天性的“本原主义”，他说“詹姆士一世时期的悲剧预测了，因此也就有效的探索了唯物主义分析的一个中心原则，也就是说，关于‘本原主义’的观念，使得人类个体所扎根的历史环境变得模糊不清和不重要。”[①] 随后，多利莫尔在马克思有关“人的真正本质是所有社会关系的总和”基础上，分析了与“本原主义”直接抗衡的布莱希特、本杰明和福柯的“去中心论”。由此，多利莫尔在对两种争论观点的反思中，展开了对文学主客体关系结构的详尽阐释。

---

① Jonathan Dollimore. Radical Tragedy. Duke University Press，1984：153.

一、“本原主义”的内在张力

主体性问题是文学理论的重要课题，任何批评流派在主体性问题上都有自己的立场。多利莫尔认为，从文学批评传统来看，有两种观点时常处于争论中：一是“本原主义”，即把个人的个性看作是先天给定的东西，看成一个由文字和行为表述的内核，从而确认主体的先在性。二是“去中心论”，认为主体是社会和后天所造的结合，强调占据“主体位置”对自我形成的重要性。①多利莫尔在对“本原主义”批判的基础上，辩证吸收了“去中心论”观点，从而阐释了自己对主体及其与社会历史文化结构之间关系的认识。

多利莫尔首先对“本原主义”进行了毫不留情的批判，他从基督精神、禁欲主义和文艺复兴时期人本主义来挖掘“本原主义”的传统，并且详尽阐释了“本原主义”本身内在的冲突和“张力”。②多利莫尔首先回顾了本原主义学说的发展历程：本原主义学说处于一种脆弱变迁的状态，大体来讲，处于基督教/形而上学的原则和世俗的/启蒙运动之间的过渡状态（后者是马克思批判的对象）。基督教本原主义典范把灵魂作为形而上的获得，因此也就不允许本原主义人性观所假设的自治的、统一自发的主体观。显而易见的是，随着基督教本原主义的衰落，并没有不断出现关于个体的人本主义意识形态。与此相反，在17世纪早期的英国，这种衰落导致了人类的“去中心化”，同时强调，主体性的程度，需要社会来认同。这种身份认同是可能的，因为在文艺复兴之前，“重要的并不是个人，而是社会、所有个体的集合”。不管怎么说，个体作为重要的观念出现仅仅是在17世纪晚期和18世纪。当然，中世纪等级观念的个体已经逐渐不存在，取而代之的是自治性主体的突然崛起。前者仍然是一个重要的把身份看作是主体之间相互依赖的观点——当然也仅仅是在当前，依赖性本身作为社会关系的一个领域而广受争议。③

多利莫尔认为：“基督教精神赋予人类一种精神存在，但却是来自并依赖于上帝，从而带来了问题。一般说来，基督精神对于灵魂的解释仍然是一种本原的同一性，它被认为在根本上是不可分解的。”④他以奥古斯丁和阿奎那为典型代表，认为，“奥古斯丁坚持认为上帝的完美和人类的堕落。上帝自身是万能

① Jonathan Dollimore. Radical Tragedy. Duke University Press，1984：155.

② Jonathan Dollimore. Radical Tragedy. Duke University Press，1984：163.

③ Jonathan Dollimore. Radical Tragedy. Duke University Press，1984：156–158.

④ Jonathan Dollimore. Radical Tragedy. Duke University Press，1984：164.

的，无所不知和无所不在的。人类是有罪的，肉体的缺陷、意志的不坚定和不完全的理性”，多利莫尔指出，“奥古斯丁所叙述的万能的上帝和容易犯错的人类之间的关系，实际上存在着很多问题。例如：上帝认为亚当会犯错误，但亚当却又有自己的意志”。[1]对这个问题，连奥古斯丁本人也无法回答，奥古斯丁困惑的说：“如此晦涩的语言使我既不能告诉别人，自己也无法理解。”[2]多利莫尔认为，相对于奥古斯丁，“阿奎那的观点要乐观一些，他认为世界的存在表明上帝是一个富有智慧的设计者。人类高尚的本质离不开上帝的这种设计”。可见，在“基督教眼中的人类——不管是在严厉的奥古斯丁的眼里，还是在阿奎那乐观的视角中，都仍然是一种本原存在主义的学说”[3]。多利莫尔进一步分析了文艺复兴时期古典人本主义的观点，即它们认为“人类是一种‘按照自己的面孔创造了上帝，正义、善良和公正的生物’，这种观点越来越强调人类准分式的特征——独有的推理能力，灵魂的永垂不朽，以及对所有其他生物的统治权。另外，在禁欲主义的复归中也有同样的论调，例如斯塞内卡说：

> 赞扬仅仅属于人的自己内心，属于他的赞美既不能转送他人，也不能被偷走，你想问那是什么？那是人的精神，以及精神中完美的理性。因为人类是一种理性的动物。当人类完全实现了他所号召的目标，理想国就会实现。那么他需要怎样做？其实非常简单——按照他自己的本性去生活。[4]

在挖掘了“本原主义”传统后，多利莫尔开始重点分析其内在的张力和本身的内在冲突。多利莫尔指出，“即便在基督教传统里，人类的精神同一性也比上面提到的情况存在更多问题”，因为，“宗教思想的矛盾并没有被抹去，而是正式存在于道德戏剧的结构里；矛盾激化成冲突的可能性已经被提前排除了，但矛盾本身仍然处于中心位置。在对人类分裂的本质的描述中尤其如此”[5]。多利莫尔认为在“道德领域也存在相似的情况：由于生活在原罪的影子下，人类犯错和遭受痛苦，但最终忏悔。”也就是说，“人类本性的无助和责任，这两个

---

① Jonathan Dollimore. Radical Tragedy. Duke University Press，1984：161.

② Augustine. On the Soul and its Origin，Iv. 16；quoted from Baker，The Image of Man，p174.

③ Jonathan Dollimore. Radical Tragedy. Duke University Press，1984：162.

④ Seneca. Letters，pp88-89. 转自 Jonathan Dollimore. Radical Tragedy. Duke University Press，1984，p163.

⑤ Jonathan Dollimore. Radical Tragedy. Duke University Press，1984：164.

方面存在紧密的和持续的并列关系。他的脆弱，缘于他自身的分裂”。

在揭示了“本原主义”的内在冲突之后，多利莫尔随后开始分析文艺复兴时期的一些批评家和戏剧家对“本原主义”的驳斥。多利莫尔认为，马斯顿已经开始反对本原主义观点，“他使用清教徒对于人类的假设观点，来否定禁欲主义对于人类理性本质的说法，但同时也指出，人类是如此的退化，他与上帝没有关系，他同时反对了加尔文主义者主要的假设观点（或者说，至少是触动了最敏感的神经）。它所要表达的结果就是要强调，反对那种认为人类的本性与其精神本源共存的观点”。① 对于莫尔来讲，“正是欧洲的社会环境、法律和社会准则，导致了基督教徒压制基督教徒，这个社会建立的基础并不是人们的共同体，而是一层薄纱遮盖下的富人对于穷人的压迫”。多利莫尔认为，“正是这种意识支撑了莫尔的激进主义观点，特别是他对欧洲武士阶层的蔑视，对等级制的批判，对共产主义平等的倡导，以及他对法律本质的揭秘。”② 多利莫尔指出，这时期的马基雅弗利和霍布斯也反对“本原主义”观点，“他们至少在三个重要方面揭示了人类及其生存的社会的关系。其中的两个方面广为人知：政治是从道德中分离出来的，二者又都是相继从神圣法则中分离出来的。第三个方面涉及对本原主义观点的反对。两位哲学家不仅讨论了理想化的人性存在，同时也谈到堕落的一方面。”③ 多利莫尔特别重视霍布斯的观点，他认为，霍布斯关于人类的观点是彻底反本原主义的，因为霍布斯植根于坚定的唯物主义立场：

> “世界（我并不是仅仅指地球，而是整个宇宙，所有事物的集合），是由物质形态构成的，也就是说，躯体，不属于躯体的一部分也就不属于宇宙：因为宇宙就是全部，不是它构成部分的东西也就是事实上不存在的。”④

多利莫尔指出：“霍布斯以这种唯物主义为基础，猛烈反对那种建立在亚里士多德的虚无哲学基础上的、“能够分裂的存在”的观点“。多利莫尔认为，在这种抨击中，“灵魂存在的观点被抛弃了——不仅是灵魂的不朽，还有任何认为

---

① Jonathan Dollimore. Radical Tragedy. Duke University Press，1984，p.168.

② Jonathan Dollimore. Radical Tragedy. Duke University Press，1984，p.170.

③ Jonathan Dollimore. Radical Tragedy. Duke University Press，1984，p.170.

④ Hobbes. Leviathan，Chapter 46. 转自 Jonathan Dollimore. Radical Tragedy. Duke University Press，1984，p.171.

灵魂可以脱离肉体而存在的观点。同时，多利莫尔发现，霍布斯仍然很关注人类天生的本性："我认为人类有一个普遍的倾向，对于权利的永不停息的追求，或许只有死亡的那一刻才能停止。"多利莫尔认为，"现在我们看到的就不是本原主义学说了，而是更具弹性的本能或者感性学说"，"如果说霍布斯在这一点上的认识存在混乱，那么这也是非常具有启迪性的。霍布斯把原先主导的关于人类本性的观点放在了新观点的背景之下：原先主导的认为人类本性不变的观点，与新的认为个体存在于社会中、并被社会所塑造的观点相冲突"。[①]在这里，多利莫尔批评的辩证性可见一斑。

另外，多利莫尔还分析蒙田的观点，他指出，蒙田认为人类被置于和自然界其他生物平等的地位，"没有任何特权和本质上的优越性"[②]。

最后，多利莫尔对这些驳斥"本原主义"观点的批评家和作家进行高度评价。多利莫尔指出："他们通过不同的方式使主体去除了中心化，并为理解主体与社会和政治之间的关系提供了唯物主义基础，他们的思想确实产生了潜在的，甚至在某些方面产生了实际革命性的作用。"[③]

二、福柯与"去中心论"

以上多利莫尔主要揭示了"本原主义"的内在冲突与张力，并对文艺复兴时期一些反对"本原主义"的批评家的观点进行了详尽分析。在多利莫尔看来，文艺复兴时期那些批评家就是"去中心论"的先驱。无独有偶，米歇尔·福柯也坚持这个观点。

多利莫尔指出，福柯审视了人类去中心化的历史，认为"尼采重新发现了人类和上帝的彼此相属，上帝的死亡也就同时意味着人类的消失"。[④]多利莫尔指出，"福柯也不清楚究竟谁是第一个发现上帝和人类之间相互关系的人，但他可以肯定的是，文艺复兴时期的作家已经注意到这一点"。[⑤]

同时，多利莫尔认为，福柯是"去中心论"的重要代表。福柯从权力角度分析了主体性以及主体和社会之间的关系，福柯并不是把权力看作是主体的拥

---

① Jonathan Dollimore. Radical Tragedy. Duke University Press，1984，p170–172.

② Montaigne，Essays，II.151. 转自 Jonathan Dollimore. Radical Tragedy. Duke University Press，1984，p174.

③ Jonathan Dollimore. Radical Tragedy. Duke University Press，1984，p174.

④ Foucault，The order of Things，p342. 转 自 Jonathan Dollimore. Radical Tragedy. Duke University Press，1984，p159.

⑤ Jonathan Dollimore. Radical Tragedy. Duke University Press，1984，p160.

有，而是权力构建了主体。个体既是权力的结果又是权力的目标：

"个体不能被看作是最初级的原子核，一个原子、或者一个复式的惰性不动的物质，在此基础上权力开始加速和碰撞，由此使个体变得屈从和不重要……也就是说，个体并不是权力面对面的碰撞；我认为它只是主要的结果之一。个体是权力的结果，同时，更加确切地讲，个体是权力的构成元素。权力所构建的个体同时也是权力的工具。"①

米歇尔·福柯提出，应该让历史自身的差异性说话。他认为历史和文化具有一种根本的差异性，要认识这种将现实投射进去并建构连续叙事的倾向，应在强调历史认知场具有巨大断裂的同时，通过具体学科广泛深入地研究，让历史自身的奇特性和差异性发言。所以，每个人、每个阐释者不可能找到一种超验的理论而完全客观地阐释历史，人的视界永远是由其现实处境构成的。②话语是福柯理论研究的切入点，他指出，话语与权力密切相关，如果没有话语权，权力也就不能成为权力了，话语的产生与运用实际上就是权力运作的产物和对象。对此，福柯提出深刻见解："在每个社会中，话语是某些过程共同控制、选择、组织和分配的产物，其作用就在于防止针对于自身权力的危险的出现，控制偶然事件并掩饰话语。"③可见，福柯理论中的话语意义并不在话语自身之中，而是与特定历史时期的政治、经济、文化以及法律、教育、医疗等社会性制度有密切联系。他认为权力是一种关系，它在社会机体中无处不在，权力构成社会的种种关系，在权力关系的网络中，又到处出现多样性的抗拒功能，权力与权力的对抗是共生并存的，这就构成了社会多样性的统一。处于如此复杂网络中的主体，一方面是诸种权力关系的产物，另一方面，它又是一种积极的社会能量，对历史的形成与再形成起了直接的干预作用。福柯深深意识到这个窘境："知识告诉人类那些先在于人，外在与人的认识对象实际上是在人自身之中，这些认识对象作为一个整体延伸，覆盖了人……人的有限性不容置疑地

① Michel Foucault. Power Knowledge，p98. 转自 Jonathan Dollimore. Radical Tragedy. Duke University Press，1984，p.154.

② Michel Foucault. Language，Counter-Memory，Practice，ed. Donale F. Bouchard，Oxford：Basil Blackwell.1977，pp.139-164.

③ Michel Foucault. Order of Discours：The Archaeology of knowledge . New York：Random Honse /Pantheon，1992，p.216.

预先就设定为已存在于知识的实在之中了”[①]。对此，多利莫尔认为：“即便每一种经历本身就是权力的来源和表现，用福柯的话来说就是，权力既是工具也是效果，它的工具性最初也最重要是体现在它的效果上。”[②]福柯认为知识只是权力的形式，揭示了权力对人的控制，并悲观地认为人不可能超越权力的控制，“尼采重新发现了人类和上帝的彼此相属，上帝的死亡也就同时意味着人类的消失”。[③]这样，人在权力的控制下就不可能在话语之外进行思想，包括文学、历史在内的一切人文学科，必然也是某种受到严重制约的话语形式。

可见，福柯将主体的属性作为一种被制造、被生成的结构而重新构想，他认为主体消解在欲望、语言、行为规则和话语运用中。同时，福柯认为，尽管主体是由话语所造就的，但这并不是在两个相互分离的领域中一个对于另一个的“决定”，而是主体始终处于话语之中。也就是说，主体不能在话语之外思想和行动。处在话语之中的主体，并不是一个稳定的同质的静态存在，而是始终处于建构和解构的动态过程中。[④]可见，福柯一定程度上超越了主客分离二元对立的思维方式，这对多利莫尔产生了重要影响。

第二节　政治文化视野下的主体建构

多利莫尔在对诸多流派的辩证借鉴中，以政治文化的视野，从文学与社会历史文化相互作用、相互影响的动态关系结构中，来考察主体的地位和作用及主体与其他因素的复杂关系。多利莫尔认为这个动态结构关系的核心主要体现为政治文化对主体的影响和主体对政治文化语境的呼应，他从两个方面展开了对主体的认识：一是在文学生产活动中，强调文本、作者、读者之间相互作用、相互影响的动态过程。作家、文本与“非文学文本”之间存在着互动关系，文学批评者或读者与文本之间的关系也是相互影响、相互作用的。二是强调主体与政治文化结构（即包括社会历史和政治权利结构等多种复杂因素的结构）之间的交互动态过程。主体既要受这个关系结构的制约，在文学实践中也

① Michel Foucault. Order of Disconrs：The Archaeology of knowledge. New York：Random Honse /Pantheon，1992，p.313.

② Jonathan Dollimore. Radical Tragedy，Duke University Press，1984，p206.

③ Michel Foucault. Order of Disconrs：The Archaeology of knowledge . New York：Random Honse /Pantheon，1992，p.342.

④ 张进 . 新历史主义与历史诗学 . 中国社会科学出版社，2004：212.

具有一定的能动性，主体与结构之间存在一种双向运动状态。下面我们具体分析一下：

一、主体与“政治文化”

多利莫尔强调主体与“政治文化”结构之间的交互动态过程，关注主体与社会历史和权力机构的复杂关系，这主要体现在对17世纪以来的自由人文主义和传统历史主义的批判上。传统的社会历史批评将历史看作文学的“背景”研究，认为历史具有文学无法企及的具体性和明确性，他们强调历史具有内在统一性和普遍规律性，文学不过是历史的“附带现象”。针对这种将文学与历史割离的观念，多利莫尔以“互文性”观念审视，首先对历史的“普遍性”提出了质疑，并转向对“个体性”的边缘群体的研究。多利莫尔将文本的文学性与历史的意识形态性联系起来，认为历史不仅仅以普遍性概貌为主，也包括那些在一般性史实叙述中无法获得表现的小事件。多利莫尔认为，这并不是因为它们缺乏普遍性，而是由于它们不符合当时的主导意识形态，因而被强制和压抑。他主张在批评研究中，应该让那些个别的、被压制的历史事件发出自己的声音，诉说自己的历史。他斩钉截铁地提出：“个体乃是人的最重要的素质和关系全部潜力的源泉。”①

多利莫尔对“普遍性”历史的质疑主要体现在他的“反本质人”的批判中，这也是其政治文化的文学批评观的核心概念之一。多利莫尔认为，“反本质人”的观念主要是在挑战一种理想，即：“人”拥有某些特定的，不能改变的本质，那就是让“他”使之为人，这也是“他的”文化及其超越其生存条件的优先权的根源和基本决定因素。②新马克思主义者阿尔都塞的意识形态理论对多利莫尔的“反本质人”的批判具有重要影响，他认为，“在反本质主义批判中，阿尔都塞的理论值得重新关注。”③在阿尔都塞看来，意识形态从根本上讲并不是对世界的描述，而是表明“我”与世界的生活关系的暗示和表象系统，是将人建构为社会主体的一种特殊表意实践。他说：

> 我想表明的是意识形态是这样“行动”或“执行功能”的，它从个体

① Jonathan Dollimore. Radical Tragedy. Duke University Press，1984，p190.

② Jonathan Dollimore. Radical Tragedy. Duke University Press，1984，p249.

③ Jonathan Dollimore. Radical Tragedy. Duke University Press，1984，p249.

中“招募”主体（招募所有个体），或者说将个体“转换”成主体（转换所有个体），我把这个过程称为询唤或招呼。[①]

阿尔图塞还吸收雅克·拉康的精神分析理论，提出意识形态是个体“想象的”与真实世界的关系。多利莫尔指出：对于阿尔都塞来说，人本主义呈现出两种相辅相成、不可分割的观点：（一）有一种普遍的人的本质；（二）这是本质属性——“每个单独的个人”是真正的主题。这是阿尔都塞所说的必须废除的：要知道人的所有一切是不可能的，除非在绝对先决条件下，人的哲学（理论）神话化为灰烬，针对阿尔都塞，有人反驳说，人的主体是非中心的，它由没有“中心”的结构所构成。要么，就是在一种假想的错误的自我认定中，也就是说在意识形态中发现自己。[②]在借鉴阿尔都塞意识形态理论的基础上，多利莫尔的反本质的人的观点体现出一定的激进色彩。他认为，“人根本没有什么本质的‘天性’，人的一切特征都是在特定历史时刻社会因素的产物。”[③]

随后多利莫尔开始将目光投向被剥削压迫和排斥的附属的边缘群体，他大声呼吁：“让我们来想一想那些处于劣势地位的阶级、妇女、受帝国主义统治的第三世界国家”。[④]自20世纪60年代起，不少学者开始转向对的研究。他们由以往的关注重大事件、皇亲国舅、达官贵人、英雄人物而转向关注普通大众的日常生活，诸如宗教信仰、礼仪风俗、婚丧嫁娶等社会“小事件”，力求探寻、发掘那些被湮没者和被边缘化者的历史，甚至进一步去探究使其变成如此的原因及过程，即他们“如何变得如此默默无闻以及在当今社会是什么力量在主宰他们的沉浮”，[⑤]这种观点在揭示和展示历史的“丰富性”方面值得肯定。多利莫尔引用伊格尔顿对《麦克白》中巫婆们的评论来强调边缘群体理论的重要性：

这些巫婆是一些人心中的女英雄，通过在《麦克白》中表达雄心壮志的想法，揭示了那个阶级社会的秩序是一种虔诚的自我欺骗，它建立在

---

① 拉曼·塞尔登.文学批评理论——从柏拉图到现在.刘象愚等，译.北京大学出版社，2000：500.

② Jonathan Dollimore. Radical Tragedy，Duke University Press，1984，p250.

③ Jonathan Dollimore. Radical Tragedy，Duke University Press，1984，p252.

④ Jonathan Dollimore. Radical Tragedy，Duke University Press，1984，liv.

⑤ John Brannigan. New Historicism and Cultural Materialism，Macmillan Press Ltd.，1998，p.35.

日常的压迫和不停的战争之中。他们的谜语式的、含混不清的言辞，承诺要推翻这个社会结构：他们嘲弄式的文字游戏从内部渗透和破坏着《麦克白》，揭示了他内心的空虚缺乏使他的存在仅仅变成了一种欲望需求。那些巫婆意味着一种毫无意义的领域，以及在这部作品边缘里时常出现的诗歌化的表达。他们促成了《麦克白》内部这一异常化和欲望需求性的领域，所以在戏剧的最后，正是由于他的这一内部原因，粉碎和吞没了他以前的身份。戏剧中这些无意识的巫婆的角色，被认为是必须排除和压制的危险因素，但他们经常会复仇般的卷土回来。这些巫婆包含了一种无政府主义的，非常广泛而又模糊存在的区域，这些区域在正式社会的内部外部都有存在。但是正式的社会只会把那些激进革命性的异常群体看作是叛乱，而不是带来新的创造。一种卑鄙的政治秩序，建立和繁荣在血腥之上的，却相信自己是公平的，然而那些巫婆们也并没有把这些反对的问题彻底颠覆和摧毁。①

多利莫尔高度评价了伊格尔顿的边缘研究，认为这部作品是“评论领域里值得尊敬的和具有代表性的作品，更广泛意义上来讲，也代表了他所在的那一个时代”。②多利莫尔认为，以边缘视角审视文学研究，会发现文学与历史之间并不存在一个绝对的界限，这有利于我们在文学研究中动态地把握文学与历史关系问题，将文学与历史、文学文本与非文学文本置于“互文性”关系中加深理解。例如，他对莎士比亚作品《第十二夜》等的阐释就是通过文学文本与社会非文学文本之间的“互文性”批评模式进行的，通过符码解读，揭示出过去一度被人忽视的历史事实。《第十二夜》中薇奥拉穿上男装当上了公爵的侍从，《威尼斯商人》中鲍西娅扮成男律师惩治了高利贷商人夏洛克，《安东尼与克莱奥佩特拉》中埃及艳后喜欢穿扮成男性君主，在当时的戏剧演出中，女角也都有男性童伶扮演。多利莫尔认为，在正统思想中，男女两性的区别是上帝确定的世界秩序的基本原则，男女服装上的区别就反映了这一原则，而戏剧却打破了这一原则的神圣性，这就“意味着宗教上的一种极端破坏性的混乱”，它“惩罚性地置换了对社会变革的极端恐惧以及性别和阶级的等级制度所发生的动摇”，同时“对妇女低于男子的传统价值观发起了挑战”“向社会秩序的形而上

① Terry Eagleton. William Shakespeare（Rereading Literature Series）. Oxford：Blackwell，1986，pp2-3.

② Jonathan Dollimore. Radical Tragedy. Duke University Press，1984，lv.

的合法性提出了质疑”。①

除了借鉴福柯的权力话语理论，多利莫尔尤其强调马克思主义的主体理论。马克思在《1857—1858 年经济学哲学手稿》中批判黑格尔把“实在”理解为自我综合、自我深化和自我运动的思维的结果时，提出自己的主体理论。首先，马克思主张，真正实在的主体不是思想臆想出来的东西。他指出：“人们自己创造自己的历史，但是他们并不是随心所欲地创造，并不是在他们自己选定的条件下创造，而是在直接碰到的、既定的、从过去承继下来的条件下创造。”②马克思进一步分析：“整体，当它在头脑中作为思想整体而出现时，是思维的头脑的产物，这个头脑用它所专有的方式掌握世界，而这种方式是不同于对世界的艺术的、宗教的、实践精神的掌握的。实在主体仍然是在头脑之外保持着它的独立性；只要这个头脑还仅仅是思辨地、理论地活动着。因此，就是在理论方法上，主体，即社会，也必须始终作为前提浮现在表象面前。”③在马克思看来，不应该像黑格尔那样，把头脑中思维活动的结果理解为主体，而应该把头脑之外的实在，即社会理解为主体。其次，马克思主张，作为主体的社会乃是一个整体，不应该对它做片面的理解。马克思反对黑格尔主义者从生产或消费的片面的角度出发，“把社会当作一个单方面的主体来考察，是对它做了不正确的考察、思辨式的考察。就一个主体来说，生产和消费表现为一个行为的两个要素。”④也就是说，应该从总体或整体的意义上去理解社会主体。有鉴于此，马克思在谈到再生产的过程时写道：“社会既是这一巨大的总过程的主体，也是这一总过程的结果。”⑤也就是说，一切社会文化现象，尤其是人的自我，必须置于不以人的意志为转移的因果关系链中加以理解。可见，马克思的社会主体论同时也是社会整体论。

那么，在马克思的理论语境中，被视为“主体”的“社会”究竟是什么意思呢？在批判蒲鲁东的经济思想时，马克思这样写道：“社会不是由个人构成，而是表示这些个人彼此发生那些联系和关系的总和。蒲鲁东的说法就像下面这样的说法一样：从社会的角度看，并不存在奴隶和公民；两者都是人。其实正

---

① Jonathan Dollimore. Shakespeare, Cultural Materialism, Feminism and Marxist Humanism. Literary History, Spring 1990, P483.

② 马克思，恩格斯 . 马克思恩格斯选集 . 第一卷，人民出版社，1972：603.

③ 马克思，恩格斯 . 马克思恩格斯全集 . 第 46 卷上〔M〕，北京：人民出版社，1979：39.

④ 马克思，恩格斯 . 马克思恩格斯全集 . 第 46 卷上〔M〕，北京：人民出版社，1979：39.

⑤ 马克思，恩格斯 . 马克思恩格斯全集 . 第 46 卷上〔M〕，北京：人民出版社，1979:230–231.

相反，在社会之外他们才是人。成为奴隶或成为公民，这是社会的规定，是人和人或A和B的关系。A作为人并不是奴隶。他在社会里并通过社会才成为奴隶。”[①]这就启示我们，在马克思那里，社会并不是个人的机械的集合体，而是个人之间的联系和关系的总和，是一个有机的整体。正是在这个整体中，个人的社会规定性才会显示出来。就其实质而言，所谓“社会”，也就是一切社会联系和关系的总和。要言之，社会实质上就是社会关系。马克思在《雇佣劳动与资本》中指出：“各个人借以进行生产的社会关系，即社会生产关系，是随着物质资料、生产力的变化和发展而变化和改变的。生产关系总和起来就构成所谓社会关系，构成所谓社会，并且构成一个处于一定历史发展阶段上的社会，具有独特的特征的社会。”[②]由此，马克思指出：“人的本质，不是单个的人的所固有的抽象物，在其现实性上，它是一切社会关系的总和。”[③]显然，在马克思的历史唯物主义学说中，社会关系始终是主体的基础，也就是说，离开了社会主体或社会生产关系，我们根本不可能对个体主体及其本质获得真理性的认识。[④]

马克思的主体理论和辩证分析给多利莫尔极大启发，使多利莫尔在阐释主体与“政治文化”结构之间的关系时，既看到了政治文化结构对主体的制约和限制，又认识到主体在实践中的能动性，强调主体与结构之间双向的动态的复杂关系。

首先，多利莫尔认为主体是受结构制约的，即结构不仅制约着作家主体的文学创作实践，也制约着读者的阅读活动。正如一些学者所说，“主体自身从开始似乎就不是那么自由。人不过是社会（结构）中权利关系的思想意识的产物”。[⑤]对多利莫尔来说，“政治文化”结构是社会关系、文化网络、政治关系和权力关系等多种因素的复合。多利莫尔指出，在社会科学中，特别是在文化学中，“文化”是一个做分析用的概念，它“旨在描述完整的意义系统——社

① 马克思，恩格斯．马克思恩格斯全集．第46卷上〔M〕．北京：人民出版社，1979：220.

② 马克思，恩格斯．马克思恩格斯选集．第1卷〔M〕．北京：人民出版社，1995：345.

③ 马克思，恩格斯．马克思恩格斯选集．第一卷，人民出版社，1972：56.

④ 俞吾金．马克思的社会主体论探要，复旦学报．2005.5.

⑤ Greeblantt Stephen. Renaissance Self-Fashioning：From More to Shakespear. Chicago，University of Chicago Press，1980，p256.

会或社会的某一部分通过它认识自身以及同世界的关系”。[①] 可见，文化是一种社会现象，它包含了人类的物质实践和精神活动，甚至可以是人类自身。同时，多利莫尔又强调文化的政治性，认为“政治”是这个关系结构的核心，政治是一种权力结构。按照福柯的说法，权力是一种关系，它在社会机体中无处不在，权力构成社会的种种关系，使人成其为人，并且把他们分配在这些关系的位置上，也就说，权力就是与社会机体共存的关系的多样性。在权力关系的网络中，又到处出现多样性的抗拒功能，权力和权力的反抗是共生的，这就构成了多样性的统一。多利莫尔认为，主体正是这种复杂动态的政治文化结构的产物。

其次，多利莫尔指出，主体在文学实践中具有能动性，主体与政治文化结构之间存在一种双向建构关系。多利莫尔通过对文艺复兴时期关于摹仿概念的认识，旗帜鲜明地反对摹仿论。[②] 他认为主体就是社会结构中的一个分子，他既为整个结构所制约又积极地参与这个结构。作家以自己的行动和方式参与社会实践，从社会中得到材料并进行组织加工生产出文学文本。文本通过读者的阅读活动影响读者进而影响社会，文学文本与非文学文本之间存在复杂的双向运动过程。

多利莫尔就是在主体与政治文化结构双向运动的关系结构中来阐释主体的。我们从他对蒙田（montaigne）的分析中可以全面了解他的辩证分析方法。多利莫尔认为蒙田在揭示人类和社会的关系方面做出了重要思想贡献。蒙田认为，“我们往往认为良心的法则来自于自然界”，事实上“它来自于社会传统”。[③] 多利莫尔认为，“蒙田提醒我们，那些被认为天生的和绝对的法则，实际上只是被主观化了的相对价值观”。同时，多利莫尔又发现，蒙田自身也存在一个根本性的矛盾：

> 一方面他寻找本源性真正自治的自我：“我的写作并不是我的行为，而是我的自身和本质”。但是他永远找不到自身，因为他的激进怀疑主义

---

① J. Dollimore. Introduction：Shakespeare，Cultural Materialism and the New Historicism. Political Shakespeare：New Essays in Cultural Materialism，eds. Jonathan Dollimore and Alan Sinfield. New York：Cornell University Press，1985，p7.

② Jonathan Dollimore. Radical Tragedy. Duke University Press，1984，p.160.

③ Montaigne. Essays，II.114 转自 Jonathan Dollimore. Radical Tragedy. Duke University Press，1984，p.174.

> 破坏了其自身赖以存在的思想框架。他不仅拒绝接受意识形态，甚至在他挑战的时候无意间揭露了那一思想的根本牵动力。一方面他宣称，至少有一些“趋向”和“情感”是天生的：“天生的趋向通过组织的帮助得以增强，但它们既没有被改变也没有被超越”。但是在文章的其他地方，他又有完全相反的自我体验：“我不能完整简洁的表述，也无法使自身不存在困惑、无序、混乱”；更重要的是，“我越是频繁的探索我自己，我就越不能了解自己”；事实上，“任何故意观察和思考自身的人，都将会发现自身的混乱”（二卷）。有趣的是，在蒙田追寻其本源自身的时候，他把本原优先和行为的关系颠倒了过来：“我所描述的不是本原，而是一种变化”。蒙田所指的是环境引起的变化，并不断强调环境和物质存在条件的塑造作用：“我们如同野生动物一样，随着环境的变化而改变颜色，一切都是不断运动和变化的，我们不是自己在动，而是被携带：像一只小船，一会慢慢的滑行，一会剧烈的运动，像水一样，一会暴风骤雨、一会非常平静”。他更加明确地说：“你昨天看到的勇敢的冒险者，明天或许就变成了胆小鬼，环境对他起了作用：不同的环境给他带来的变化，这没有什么好奇怪”。蒙田最终放弃了寻找本原自治的自我，人的本质被认为是处在不断变化之中的，缺乏一种本质而且只能通过与其他事物的对照发现自我：“啊，人类，没有谁比你更肤浅、空虚、贪婪，你想要得到整个世界”。简而言之，人类被置于和自然界其他生物平等的地位，蒙田说：“没有任何特权和本质上的优越性”。①

可见，在多利莫尔看来，蒙田的“迷惑”与“挣扎”正体现了主体与“政治文化”结构之间复杂的动态关系，鲜明地体现了其批评的辩证性。

二、主体与文学生产

多利莫尔认为，文学是一种动态的实践活动，文学生产与社会历史文化构成复杂的动态关系结构，从这个关系结构出发来考察主体，文艺主客体之间必然形成相互影响、相互作用的互动关系，具体来说，也就是作家、读者、文本与非文学文本之间处于双向运动的过程中。

---

① Jonathan Dollimore. Radical Tragedy. Duke University Press，1984，p175-176.

多利莫尔认为，作家主体不仅仅从社会文化中得到材料并将其组织加工成文学文本，他还是实践者，作家同社会、主体与客体之间处于双向建构关系中。多利莫尔指出，正如希尔（Hill）所说，“文艺作者，特别是剧作家，不只是要和‘人类的地位’打交道，和人打交道，而是还要和统治者及其臣属们在一个特殊的历史环境下所面临的特殊问题打交道”。① 多利莫尔认为，“近来广泛流行的评论认为身份的观念最主要是由社会形成的，而不是天生就有的，这对于用唯物主义视角研究文艺复兴时期的性别问题做出了巨大的贡献”。多利莫尔指出，一些学者认为：

> 莎翁戏剧中的女性角色被认为是对所有女性特质的准确反映，并被认为从莎翁的年代直至今日都是固定的和不可改变的，还认为在伊丽莎白和詹姆士一世时期，戏剧舞台上对女性的巨大兴趣并没有反映那时女性的逐步解放，而是与那时家长制度对于巨大社会变迁的忧虑有关。并进一步介绍了在舞台和现实生活中对于不守秩序的女性问题的焦虑。莎士比亚对于“李尔王”的研究就解释了女性主义者批判的一个重要趋势，它与其他的性别问题的分析联系在一起：李尔王对于女性的厌恶，来自于将女性认为是淫荡之源的禁欲主义传统，同时伴随着对女性反叛给家庭带来威胁的忧虑。②

同时，多利莫尔又指出：

> 莎士比亚谈到约翰逊时说，用它的普遍形式来描述人类的本性，同时，会忽略了任何一个不同文化表现形式的“特殊行为”。他所认为的特性是人类共性的真实成果，就像世界总是在给予，观察总是被发现那样。他们举例说明“那些有意识激发的普遍的热情和原则以及生命的整个系统是在持续运动着的”。并且，所有这些之所以这样，是因为诗人准确地洞察了每个民族和条件的不同之处，作为一个艺术家，他会满足于他的人

① Jonathan Dollimore. Radical Tragedy. Duke University Press，1984，lv.

② Jonathan Dollimore. Shakespeare. Cultural Materialism，Feminism and Marxist Humanism，New Literaray History，Vol.21，No.3.1990：471-493.

物，而会忽略作画的帷帘。[1]

可见，多利莫尔详尽分析了莎士比亚作为主体与社会历史背景之间的互动关系。强调主体既受社会结构制约，又具有一定的能动性。

其次，在多利莫尔看来，作家主体和文学文本与社会结构和文化之间也存在着互动。社会文化对作家有制约作用，同时作家本身也在所处的历史背景中参加社会文化实践进而创作出文本。文本不仅反映社会，它又通过读者和批评者的阅读过程对社会产生反作用。如多利莫尔指出，

柯尔雷基讲到莎士比亚关注的人类共性的能力的时候，说那是一种“使他作为真正哲学先驱”的能力。如在戏剧《李尔王》中，柯尔雷基说道，它是所有民族、所有时代的男人的代表；我们在其中也发现它是集中和存在于男人内心本真的东西，在过去任何时代是这样，将来也会是这样。注意把握如何在这两个引文中，复杂男人和单纯男人中表现出来的一致性和共同点，并且，男人的心，是如何承载作为普遍性和个体性的男人感的。[2]

主体与文本的互动过程鲜明体现在多利莫尔对《李尔王》的评析中。多利莫尔认为：

《李尔王》是这几部戏剧中唯一一个承认自然法则的一部，它处处体现出对自然法则的信奉，这和我们确信的原始证据一样的可靠和连贯。莎士比亚同时代的一些人确实认为自然法则顺理成章，也就是一种社会统治阶级的意识形态的合法化，而远非不能充分肯定自然法则。对他们来说“混乱和机会并不是困惑的理由，而是闯入现实的筹码”。他们的观点所扮演的角色，是对宿命论的强烈的内部的而非来自外部的质疑，也就是说，不是以无神论的观点对宿命论进行简单否定，而是展现出一种矛盾和内在压

① Jonathan Dollimore. Radical Tragedy. Duke University Press，1984：170.

② Jonathan Dollimore. Radical Tragedy. Duke University Press，1984：260.

力。实际上，他们在主流理念中写下了具有颠覆性的一笔。[①]

多利莫尔从《李尔王》中看到作家在与社会历史建构中生成了文本，文本反映了并颠覆当时历史语境，从而增强了主体的实践性。二者处在辩证的动态关系中。

在论述主体、文本与社会历史语境之间动态的建构关系过程中，多利莫尔深受当代英国文化研究重要代表霍尔的影响，特别是霍尔的"接合理论"关注民间社会对国家意识形态的反应方式，从而使包括多利莫尔在内的新一代的文化研究者和文化批评家逐渐将注意力投向主体建构。

1964年，伯明翰当代文化研究中心（CCCS）成立，标志着英国文化研究正式走向有意识的建设之路。作为中心主任，霍尔认为，为了应对文化主义传统的挑战，必须寻找另外的知识和理论资源，以实现中心成立的首要任务，即形成自己的一套话语系统，建立自己的理论体系。

多利莫尔在其著作《政治的莎士比亚》前言中涉及霍尔的著作《文化研究：两种范式》，并认为，在该著作中，霍尔对文化研究的文本基础进行更多的批判从而成为文化研究中的主要人物。[②]霍尔在《文化研究：两种范式》[③]（1980）中，比较详细地阐述了文化研究中文化主义和结构主义两种范式各自的活力，以及它们对文化研究所产生的重要影响。但两种范式的对立以及由此而带来的不可通约的弱点，又为文化研究的发展带来了很大的阻碍，从而不能很好地推进文化研究的深入发展。正是在这种情况下，霍尔希望通过寻找到另一些理论来克服这两种范式的对立与不足，以使文化研究获得更大的发展。而在霍尔寻找理论的过程中，影响最大的显然是阿尔都塞的结构主义和葛兰西的领导权理论。他说："在我看来，文化研究的路径已经尝试借助葛兰西确立的一些术语，从文化主义与结构主义两者中汲取最好的因素以推进自己的思考，这一

① Jonathan Dollimore. Radical Tragedy. Duke University Press，1984：92.

② Peter Erickson. Political Shakespeare：New Essays in Cultural Materialism（Book Review）. Shakespeare Quarterly，Vol.37，No.2.（Summer，1986），pp251-255.

③ John Storey（ed.）Stuart Hall 'Cultural Studies：Two Paradigms'. What Is Cultural Studies?：A Reader，London：Arnold，1996，31-48. 转自：陶东风等主编《文化研究》丛刊（1），天津：天津社会科学院出版社，2000：43-54.

路径最接近于满足文化研究领域的需要”，[1] 由此而形成了文化研究中的“葛兰西转向”[2]。而“接合理论”显然是霍尔最重要最有影响的理论贡献。

那么，什么是接合呢？“接合”一词含义复杂，意指抽象，很难用简单的表述说清楚。它的主要创造者霍尔曾对此表述为：

> 我一直使用“接合”一词，但我并不知道我赋予它的意义是否为人所完全理解。在英国，这一术语有双重意义，因为“articulate”意思是指发音（to utter）、说出来（to speak）、清晰表达（to be articulate），它具有用语言表达（language-ing）、表达（expressing）等含义。但我们也称一部“铰接式的”（articulated）卡车：一部车头（驾驶室）和后半部（拖车）可以、但毋需必然、相互连接起来的卡车。这两部分彼此相互连接，但是要通过一个特别的环扣（linkage）连接起来，但这环扣也可以拆开。因此，一个接合乃是能够在一定条件下将两个不同的原素形成一个统一体的一种连结形式。这环扣并非永远都是必然的、被决定的、绝对的以及本质的。想必你要问，在什么情况下，一个连结能够被制造或锻造出来？因此所谓一个话语的“统一”（unity）实际上是不同的、相异原素的接合，这些原素可以用不同的方式重新接合，因为它们并无必然的“归属”（belongingness）。“统一”之所以重要，是因为它是被接合的话语和社会力量之间的一个环扣，籍此，在一定的历史条件下，它们可以，但非必然连结起来。因此。一种接合理论既是理解意识形态的原素如何在一定条件下，在某一话语内部被连结在一起的方式，同时也是一种询问它们如何在特定的时机（conjunctures）上，成为或不成为与一定政治主体相接合的方式。[3]

在《阿尔都塞与后结构主义论争》一文的注释中，霍尔说：

通过“接合”这一术语，我指的是一种联系或连接，它在任何情况下都不

---

① John Storey (ed.). Stuart Hall 'Cultural Studies: Two Paradigms'. What Is Cultural Studies?: A Reader. London: Arnold, 1996, pp.31–48. 转自：陶东风等．主编．文化研究．丛刊（1），天津：天津社会科学院出版社，2000：53.

② 罗钢．文化研究读本·前言．载罗钢、刘象愚编．文化研究读本．第 15 页．参考和磊．葛兰西的领导权与文化研究．2005. 5.

③ 陈光兴，译．后现代主义与接合理论：斯图亚特·霍尔访谈录，思想文综．第 4 辑，第 218–219 页．

是作为一种规律或一种生活事实预先给定的，但它需要特定的存在条件。必须被特定的过程积极地支持，它不是“永久的”，而是被持续地改造的，会在某些环境中消失或被颠覆，从而导致旧的连接被消解而新的联系——再接合——被锻造。它的重要性还在于，一种不同的实践之间的接合并不意味着它们会完全相同或一个会消融在另一个之中。每一个都保持着它独特的决定性和存在条件。然而，一旦接合被创造出来，这两个实践就会同时起作用。①

通过这两段引述，我们可以看到霍尔对接合的认识。简单地说，“接合”就是把不同的元素连接在一起而形成一个统一体。而“接合”的首要特征在于它描述的是不同意识形态要素之间动态的衔接过程。它另一个常见的用法是“接合实践”，正是这个短语揭示了“接合”蕴含的两种有时会相互矛盾的倾向。一方面，“接合”是不同的、相异的意识形态元素的接合，它不是必然的、也没有绝对的本质，它们还可以用不同方式重新接合。但另一方面，霍尔清楚地意识到，文化研究还得“思考在物质关系之力量的决定界限内，持续存在着的意义形态的/文化的/论述的实践”②。从这个意义上说，“接合”可以摆脱化约论。因为它认为意识形态可以在具体的、动态的遇合中赋予人民力量，而不会把这些化约为他们的社会、经济或阶级位置。可见，“接合”理论体现出霍尔从阿尔都塞转向葛兰西的一种逆向的延伸，霍尔根据阿尔都塞，既强调了差异，也强调了统一，这就是差异与统一的接合，也就是霍尔所说的“第三立场”。而我们要做的就是与权力斗争，去努力争取属于自己的身份与位置。

乔纳森·多利莫尔的政治文化批评深受霍尔“接合理论”的影响，他突出强调文化、文学、政治、社会历史之间的密切相关性。多利莫尔在其马克思主义著作《激进的悲剧》导言中，开篇提出了“相关性”概念，并分析了“相关性”的重要意义。他指出：“正是由于对文化、文学、政治与历史相关性的追问和要求，也帮助我们认识这一要求自身的局限性，以及关注文化和政治、历史的差别性问题。这种存在于相关性和差别性之间的争论促使英国的研究转向大范围的政治文化和跨学科知识角度，并迅速实现了与方法论的、政治的和伦理道德角度的结合。”③ 显然，多利莫尔的“相关性”思想体现了对霍尔“接合理

---

① Hall, S. ‘Signification, Representation, Ideology: Althusser and the Post-structuralist Debates’ in Robert K. Avery and David Eason (eds) Critical Perspectives on Media and Society, New York: Guilford Press, 1991, p.112.

② 陈光兴，译. 后现代主义与接合理论：斯图亚特·霍尔访谈录，思想文综. 第4辑，第225页.

③ Jonathan Dollimore. Radical Tragedy. Duke University Press, 1984, xli.

论”的借鉴。一般认为，霍尔的“接合理论”关注的是文本的意识形态内涵，是一种话语政治。并且，霍尔认为，在不同的文化语境中，面对同一文本，各种意识形态因素会出现不同的接合方式。

多利莫尔将霍尔的“接合”理论运用到对文艺复兴时期文学文本的解读中，并深入阐释了主体、文本与社会历史语境之间的动态的辩证关系。从多利莫尔对莎剧文本《安东和克利奥帕特拉》的分析中可见一斑。多利莫尔首先批评了那种认为安东尼是纯粹的“个人英雄”的观点，“我想说，这种想法的反面或许是正确的：安东尼这类人的英雄主义行为不可能完全是‘个人行为’，也不可能同‘英雄所达到的目标’或是讨论过程中谈论到的权力的驱动及关系相分离”。[①] 多利莫尔认为这不是一般的戏剧，他看到了这部剧“令人神魂颠倒的诗性”背后所隐藏的社会意识形态与历史语境：

> 在安东尼以及克利奥帕特拉一幕剧中，那些有权力的人所制造的历史仅仅是现存历史时刻的巧合。用安东尼的话来说就是：“时代的需要。”如果这听起来很虚幻，那么在剧情中，可以很明显地看到安东尼并不是向时间投降，而是向现实政治投降。他的政治能力其实是很强的，不仅可以从他与奥克塔维亚所被安排得婚姻中看到，而且在他与李必达与奥古斯塔斯和马克·安东尼一道为三头同盟的成员（公元前 43~36 年）和恺撒构成的反对庞培的联盟中也可以看到。[②]

多利莫尔在对剧本的评析中，感受到剧本本身反映出来的强烈的意识形态性，他感慨道：“我们永远不可忽略人类对于权力的依赖程度”，因为：

> 克利奥帕特拉（女子名）在Ⅱ.V 中对于信使的回击就是最好的证明。在这一幕结束时，克利奥帕特拉试图对恺撒隐瞒她的半数财产这一细微之处很好地证明了这一点。在恺撒对西留库斯提出要求时，她的财富证明了她的屈服，说实话，西留库斯对她的需求不幸反映了她保持了她所宣称的一切，克利奥帕特拉要求他说明事实，而他看了恺撒一眼，回答说他宁愿什么都不说，也不愿说实话。在这里，事实本身就是生存下去的资本。克

---

① Jonathan Dollimore. Radical Tragedy. Duke University Press，1984：207.

② Jonathan Dollimore. Radical Tragedy. Duke University Press，198：208-209.

利奥帕特拉发现这一切时，愤怒了，觉得这不可原谅，诚实改变了她说所一直认为的以财富为基础。但是这幕剧对于这一环节的重复极具讽刺意味，同时也展现了另一种前景，这种转移本身就是像她这样的统治者所需的生存策略。然而，这种讽刺性在于，当西留库斯被描述为不值得信任的奴隶，她自身的这种欺骗性被恺撒视为“智慧”，就她所处的位置而言。另外，恺撒声称的“更为高明”在战争中值得注意。奥克塔维亚所说的恺撒同安东尼之间战争的结果似乎是“世界应该是清透的”，这仍是一个简单而重要的事实，最本质的修辞在于：建立王国的过程就是剥夺上千人的生命。①

由此，多利莫尔在对莎剧文本的审视中挖掘出文本内在的意识形态内涵，并在文本与社会历史和意识形态相互建构的动态结构关系中对意识形态因素的各种接合方式和相关性进行阐释。正如西方一些评论家所说，“多利莫尔的贡献在于他一直在努力将霍尔的文化阐释精神延伸到文艺复兴文本中去”。②

并且作为一位批评家，多利莫尔也必然参与到文本与社会语境之间辩证的建构关系中，因而，在多利莫尔看来，作家主体与读者（或批评者）主体之间也存在着一种相互建构关系。读者阅读了作家的作品，受到作家的影响，从而改造了自身。而作者在读者的反馈和评价中审视自己，从而建构起新的主体。可见，它们之间也存在着相互影响、相互作用的建构关系。多利莫尔认为，这种互构关系就好像：

在文学评论中，每个时代都有自己对莎士比亚的解释，这就意味着莎士比亚仅仅是我们来创造的。所以对于我们的时代的解释并没有改变戏剧的意义，而是用没有变的意义来适合改变了的现代观众。唯物主义评论强调的不仅仅是对这些司空见惯的否定，而且是一种实际的政治性效用的描述。莎士比亚的影响出乎意料地蔓延，在一篇举例说明唯物主义和女性主义之间联系的一片科幻杂文中，伊莱恩探索了对奥菲莉娅的文化重塑，不仅是在艺术方面，而且是在现实方面，告诉我们有关奥菲莉娅的解释是怎

---

① Jonathan Dollimore. Radical Tragedy. Duke University Press，1984，p214-215.

② Peter Erickson. Political Shakespeare：New Essays in Cultural Materialism”（Book Review）. Shakespeare Quarterly，Vol.37，No.2.（Summer，1986），pp251-255.

样在女性精神病的理论建设中发挥主要作用的。①

多利莫尔还强调，“关于重塑莎士比亚的研究还有霍克斯的关于政治与莎士比亚的评论的关系上有迷惑力的描述，通过描述大幅度的意识形态和历史事件对这些文学评论家的影响，霍克斯指出：文学评论完全是时代的产物。”②

多利莫尔还注意到，霍尔的“接合理论”给人的主体性留下了一定的理论空间。正如霍尔所说：“接合理论问的是一个意识形态如何发现其主体，而不是主体如何认定属于他的必然且不可避免的想法；它使我们去思考一个意识形态如何赋予人民力量，使他们开始对自己的历史情境有所意识或理解，而不会把这些理解型式化为他们的经济或阶级位置，或是其社会地位。”③可见，“接合”概念表明，在意识形态夹缝中，人们仍然有创造明天的希望和力量，这对多利莫尔有重要启发。对文艺复兴时期文学的意识形态性问题的关注，使多利莫尔将自己的工作重心放到历史文化的分析范围之内，并注意到两种不同的看法：

> 一种人集中注意于这种创造历史的文化，另一种人则集中注意限制和激励这种创造过程中并未经过选择的条件。前者承认人的行为有很大作用，特别重视人的经验；后者则集中注意社会与意识形态结构的造型力量，而这两种结构都是优先于经验，而从某种意义上说来，是决定经验的，并且因而可以展现意志自由的整个问题。④

多利莫尔力求融合这两种观点，既重视创造历史的主体的经验，也注重社会和意识形态结构的客观的造型力量。这样，就可以在特定的权力关系中研究人的主体意识和人的主体形成的历史氛围。因而，一些学者指出，多利莫尔的“文化唯物主义”，从某种意义上来说，就是对文学的文化历史制约和主体的形

---

① Jonathan Dollimore. Radical Tragedy. Duke University Press，1984，lxxvii.

② Jonathan Dollimore. Radical Tragedy. Duke University Press，1984，lxxviii.

③ 陈光兴，译.后现代主义与接合理论：斯图亚特·霍尔访谈录.译.思想文综.第4辑，第224页.

④ J. Dollimore. Introduction：Shakespeare，Cultural Materialism and the New Historicism. Political Shakespeare：New Essays in Cultural Materialism，eds. Jonathan Dollimore and Alan Sinfield. New York：Cornell University Press，1985：7. 转自王逢振.2000年度新译西方文论选.桂林：漓江出版社，2001，p218.

成过程的整体性研究。[①] 而多利莫尔在此基础上对主客体关系结构的阐释，则是对霍尔“接合理论”的灵活运用。

综上，多利莫尔在作者、读者、文本和非文学文本的互动关系结构中阐释了主体在文学生产中的重要地位和作用。同时，启发我们必须在主体与社会历史和政治文化结构的总体结构关系中来考察主体，既要看到主体的能动性和创造性，也要重视结构的制约性和影响性，并全面把握二者之间的互动关系结构。可见，多利莫尔有关主体与“政治文化”结构关系的阐释，充分体现了多利莫尔政治文化批评的价值所在，对我们正确理解文艺主客体之间的复杂关系，和探究文学的本质特征具有重要的启发意义。

① 王岳川 . 新历史主义：话语与权力之维，益阳师专学报 . 1999. 1.

第五章　政治文化与历史“互文”

众所周知，将文化文本置于产生它的历史语境当中，是所有马克思主义批评的最基本特征。

作为具有马克思主义理论修养的英国新左派理论家，乔纳森·多利莫尔（Jonathan Dollimore）主张文学与历史的互动，强调从一个更大的历史语境、社会文本，去看待文学的现实“效果”和文学对现实的反应。虽然，多利莫尔对这些问题的研究正处于摸索阶段，还未形成系统的理论体系；但是，他从“政治文化”的独特视角阐释文学与历史互动性的研究观念和方法，对我们当前的文学批评研究具有重大的借鉴意义。

第一节　历史观与文学的历史维度

作为人类本体存在的时间维度，历史问题必然引发我们的思考。文学作为一种带有审美特质的历史现象和富有历史蕴含的审美现象，总是与人类的历史发生着千丝万缕的联系，历史问题始终伴随着文学而存在，它成为文学研究中不能回避、也绝对无法回避的问题。

“历史”这一概念在当前学术界变得如此重要，与后现代掀起的“历史终结”思潮密切相关。按照后现代主义理论，“历史终结”主要表现为所谓的“历史主义”的传统的历史观已经失效，随之而来的是可以对所有传统的历史终结提出质疑。他们认为，历史主义是指那些认为世界朝着某个预定目标、按照自身逻辑、不以人的意志为转移地不断展开和前进并最终到达预定目的地的历史观。后现代理论一般把马克思主义看作一种历史主义，是有一定道理的，马克思主义的重要组成部分之一就称为“历史唯物主义”；然而，马克思主义只是历史主义的其中一种，或者用后现代术语讲，“历史主义”是充满差异性的复数。其次，历史概念和历史意识并非马克思主义首创，在更加漫长的前马克思主义历史中，各种文化都有自己悠久而丰富的历史哲学，历史唯物主义与传统历史哲学的差异恰恰是马克思主义的精彩之笔。[①]可见，“历史终结”论不可能“终结历史”，但是，一个不容置疑的事实就是：它提出了这一问题，并提醒人们重新认识马克思主义在历史问题上的特殊力量。作为一位极具马克思主义理论修养的英国马克思主义批评家，乔纳森·多利莫尔自然不会绕过这些问题。如同英国当代杰出的马克思主义批评理论家特里·伊格尔顿（Terry Eagleton）所评价的：“多利莫尔开创性研究的最大优点在于他把悲剧从单调乏味的意识形态中解救出来，并坚决地把它推回到实际历史生活复杂的逆流中去。”[②]

多利莫尔在其马克思主义著作《激进的悲剧》导言中，开篇提出了“相关性”概念，并强调了探究文学与历史、文学与政治“相关性”的重要意义。多利莫尔认为：“正是由于对相关性的追问和要求，也帮助认识了这一要求自身的局限性，以及关注文化和历史的差别性问题。这种争论（存在于相关性和差别性之间）帮助英国的研究转向了大范围的文化政治和跨学科知识角度，并迅速实现了与方法论的，政治的和伦理道德角度的结合。”[③]

按照历史唯物主义原理，历史记撰只是历史的一部分，它本身就是一种历史活动，受到历史条件的制约。因此多利莫尔强调，对“历史”与“文学”互动关系的解读同样必须置于历史语境当中。[④]依据不同时期文学研究中呈现出的不同历史意识，多利莫尔主要评述了宗教历史主义、黑格尔历史哲学、进化历史主义发展历程并深入探讨了它们与马克思历史唯物主义的根本区别，从而为全面理解文学与历史的互动关系奠定了深厚的历史基础。

一、宗教历史主义批评

古希腊时期，人们的历史意识尚未产生，缺乏历时态考察，仅仅停留在共时性研究水平上，在神话中，历史与文学浑然一体，难分泾渭，后来便分道扬镳了，人们试图在两者之间划界，于是，文本与背景、文学与历史、真实与虚构等二元对立的范畴并峙，通过界定“文史”之异，将历史作为文学的“背

---

① 马海良．文化政治美学——伊格尔顿批评理论研究．中国社会科学出版社，2004. 11：225.

② Jonathan Dollimore. Radical Tragedy. Duke University Press，1984，x.

③ Jonathan Dollimore. Radical Tragedy. Duke University Press，1984，xlix.

④ J Dollimore. Introduction：Shakespeare，Cultural Materialism and the New Historicism. Political Shakespeare：New Essays in Cultural Materialism，eds. Jonathan Dollimore and Alan Sinfield. New York：Cornell University Press，1985：7.

景”（参照系）来进一步说明文学的特点。①

通常，研究认为“历史意识”是近代才产生的：“虽说早在18世纪以前人们就已经在撰写各种历史，但是，历史作为一种有意义的、进步的和发展的、变化系列的观念则是在人们意识到他们所处的当前时代与业已失去时代之间存在的质的历史性差别时才会形成的。”②伴随历史意识的产生，作为历史哲学的历史主义也产生了，伊格斯就曾说：“历史主义的先决条件是要求有历史意识，也就是能觉察古今在基本上是迥异的。”③

如果说古代的时空观是一个对封闭宇宙的信仰，那么，中世纪的基督教神学观则推动了时间意识的觉醒。多利莫尔指出“基督教的传播不是一种压迫人们的过程，而是民众很自愿的遵从的过程。在一定意义上说，当社会巨变的时候，基督教产生了相当大的社会作用。”④伽达默尔对此有较为深刻的见解，他说：“历史的本质为人类思维所意识到仅仅是由于基督教及其上帝拯救行为的绝对瞬间的强调以及尽管如此，但在此之前，历史生命的同样一些现象已被知晓，只是他们还被‘非历史地’加以理解，不是从神话的远古推出现在，就是着眼于一个理想、永恒的秩序来理解现在。”⑤基督教将时间看作线性发展，而且是不可逆转的。就这样，人类的时间意识经过长期积淀，在与现实的磨合中逐渐形成较为清晰的历史意识。

多利莫尔认为，“文艺批判经常表现出明显的基督教观点。而且，它总能退回到基督教的某些确定性学说，或是带有明显地的怀疑或反对基督教，它的语言经常是宗教性的，特别是认为苦难是一种无法解脱的但同时又是神秘神圣的，可以救赎的。”⑥多利莫尔通过详细评析乔治·斯坦纳（George Steiner）有关悲剧的定义对文学批判中的宗教历史主义意识展开研究。1961年在《悲剧的死亡》中，乔治·斯坦纳对于真正的悲剧性作了这样的表述：

“在人们的苦难之外是他们对尊严的要求。无能为力和陨落。他重新开始一个伟大的历程。人类由于上帝的不公和复仇的愿望而变得高贵，因此

① 参考杨杰博士论文．海登·怀特的历史书写理论与文学观念．2006：92-93.

② Claire Colebrook. New Literary Histories，Manchester University Press，1997：5.

③ 伊格斯．历史主义，新历史主义与文学批评．北京大学出版社，1993：285.

④ Jonathan Dollimore. Radical Tragedy. Duke University Press，1984：84.

⑤ 伽达默尔．伽达默尔集．上海远东出版社，1997：416.

⑥ Jonathan Dollimore. Radical Tragedy. Duke University Press，1984，xli.

在伟大悲剧的最后瞬间，不管是希腊的，莎士比亚的，还是新古典主义时期的，都有一种悲伤和快乐的结合，对于人们死亡的悲痛和对其精神复苏的欣喜。其他的任何诗歌形式都没能达到这种神奇的效果；它形成了俄狄浦斯、李尔王等戏剧作品，最伟大的但却是出自人类精神之手。”①

如同伊格尔顿所说“在保守的作家（评论家）手中，悲剧与神话、命运、宗教和种族祭祀、独裁的上帝以及不幸的受害者密切相关。由于这种批评传统，悲惨的遭遇是高贵的而不是可怕的：我们潜在的人性是通过痛苦和崩溃而确认的，这样戏剧通过屠杀和绝望的场景对我们产生启发性和鼓舞性。”②多利莫尔指出，“唯心主义者对于悲剧的解读，包括斯坦纳在内，仍然具有一贯的宗教性。我们不能从文艺批判中发现最有说服力的表达，因为文艺经常是作为神学的附庸和妥协而存在的。”③多利莫尔认为这一点可以从忠诚于宗教的形而上学起源的作品中得到验证。他以著名的神学家赖因霍尔德·尼布（Reinhold Niebuhr，1892–1971）的著作为例证，指出尼布在其著作《悲剧之外》第一章“基督教与悲剧”中对唯心主义者眼中的正直、主观性和苦难做了清晰的概括：

“真正的悲剧英雄公然反抗邪恶的力量，来表达他灵魂的正直。战争中真正的英雄并不是那些做出最大牺牲的士兵，而是偶尔出现的能够辨别是非的灵魂，他们陷入战争混乱的同时又完全了解引起战争的人类精神中阴暗的不自觉的原因和公平解决的办法，要么违抗那些力量，要么和其他的无意识的普通人一样，使自己屈从并成为他们的工具和牺牲品。”④

多利莫尔比较分析了斯坦纳和尼布的观点，他认为：“尽管尼布和斯坦纳的观点存在很大不同，他们却有一个重要的共同观点，他们都认为悲剧深刻关注和大加赞扬了一种人类的现实处境，在这一处境下，单一个体的内心正直饱

---

① George Steiner “The Death of Tragedy”. Lodon：Faber（1961），1963，pp.9–10.

② Jonathan Dollimore. Radical Tragedy. Duke University Press，1984，x.

③ Jonathan Dollimore. Radical Tragedy. Duke University Press，1984，xli.

④ Reinhold Niebuhr “Beyond Tragedy：Essays on the Christian Interpretation of History”. London：Nisbet，1938，pp.156–158. Historically speaking the part played by religion in the Renaissance was quite different from anything Bradley，Niebuhr or Sterner imagine；see Alan Sinfield “Literature in Protestant England”，1360–1660，London：Croom Helm，1983.

受磨难。两本书都带有强烈的道德激情；而且当他们启发别人人类的精神有些时候要超越历史条件的限制时，他们自身也正受着那一历史时代悲剧的限制。”[①]多利莫尔指出尼布在文章中引用了战争的例子，因为他的书出版在一战20多年后，在西班牙国内战争的尾声和第二次世界大战的前夕。对于斯坦纳和尼布两个人来讲，当时的历史战争都深刻影响到他们对于悲剧的观点。可见，多利莫尔是从特定的历史语境出发来评析作家和作品的。

作为文学史家，多利莫尔将文艺复兴时期的文学研究作为自己的主导领域。他认为：文艺复兴时期的上帝处于麻烦之中；它遭受着怀疑的拷问，不仅仅在戏剧里。多利莫尔指出，“我这里提到的上帝，是指它只是一个宽泛的形而上学的一部分，包括迷信的神学和对社会秩序的神性合法化。”[②]多利莫尔认为所谓的基督教不过是代替了异教徒宿命论的神定论。他指出：

> 宿命论是教会为了完善统治而建立起来的。神被演绎成为一个自然而然的、并且有完整的万物合理运作的体制——此体制是可以不断自我调整的，另外他们认为这种机制的偶尔失调也是可以合理的。暂时抛开这些，让我们看看这种调节机制，它只是对信仰者对上帝的祷告进行的一种反馈，当然上帝并不可能全部满足所有祷告者的请求（特别是一些过于特殊和个别的要求）。通常，上帝还会通过自己和教会来执行一些惩罚，但是通过一些途径可以达到特赦，从而证明神的监督并不是持续的和长久的。这也可以解释了，为什么伊丽莎白时期的剧作者虽然被认为是社会的反动分子，但是他们是本质上拥护基督教，所以被赦免了。[③]

多利莫尔认为：“詹姆士一世时期是反英雄主义的：不满的、失常的、讽刺的和报复性的；既是社会腐败的代理，同时又是受害者；作为单独个体无法被理解的不一致性和矛盾性，把我们的注意力转向外部的、反抗者的社会生存条件。”进而，多利莫尔指出：“如果上帝是有问题的，那么人类也是如此。在基督教信仰中，身份的观念被抽象化的构建——例如它来自于或是依赖于，神圣的自然的法则。用最简单的话说，人类是上帝的产物。上帝不仅创造了他们，

① Jonathan Dollimore. Radical Tragedy. Duke University Press，1984，x.

② Jonathan Dollimore. Radical Tragedy. Duke University Press，1984，x.

③ Jonathan Dollimore. Radical Tragedy. Duke University Press，1984，p87.

而且按照一种既定的计划，一种根本的法则来管理大自然和人性，不仅是外部的而且在内部：按照圣经的说法，文艺复兴时期的共识就是，神圣的法律铭刻在人类的心里。”①

在对众多争议詹姆士一世时期的戏剧的批评家及其历史语境的对比评析中，多利莫尔认为詹姆士一世时期的戏剧“摧毁了所谓的神性合法化，而且由于认为人类是上帝的附属产物，那么摧毁神性的合法化和去除人类中心化就变成必要的和不可避免的”。②由此，多利莫尔指出，宗教历史主义把历史看作某种神意的赎救过程，这与马克思历史唯物主义原则是背道而驰的，只有将文学文本置于特定的历史语境中，才能真正发掘文学意义和文学存在的依据，才能更好地把握文学发展和文学存在状况的真正问题。

二、黑格尔历史哲学批评

在多利莫尔看来，黑格尔历史哲学是以德国黑格尔为代表的，包括意大利的维柯、法国的卢梭、德国的赫尔德的思辨历史哲学。思辨历史哲学相信，历史中起作用的是历史进程，历史进程遵循着客观的必然规律，人类难以改变它，而且，人类历史是“进步的”历史，拥有一个整体“目的”，历史撰写的目的就是赋予历史发展进程以某种“最终目的”；历史学家在研究过去时代或以前文化时必须避免一切价值判断，因为历史具有“客观必然性”，整个历史进程的发生、历史人物的活动、历史事件的出现都有因果必然联系。历史意义只能以某种法则或规律加以解释。③美国著名马克思主义批评家詹姆逊认为：这种历史观是“本原主义”（genetic）的，即它总是设想一个事或一个人作为事物发生的起源，并以此为基点与其后所发生的历史联系起来，从而把握历史的最终命运，而这“起源”是其研究中最感兴趣的、预设的。④多利莫尔借鉴詹姆逊的观点，他指出：黑格尔历史哲学是历史决定论、历史目的论、客观论和本原主义的。⑤

黑格尔在借鉴前人研究成果的基础上，构建了美学的宏大历史观。黑格尔认为“世界历史展现了精神的自由意识的以及那种自由随之而实现的发展过

① Jonathan Dollimore. Radical Tragedy. Duke University Press，1984，x.

② Jonathan Dollimore. Radical Tragedy. Duke University Press，1984，x.

③ 参考杨杰博士论文．海登·怀特的历史书写理论与文学观念．2006：94.

④ 詹姆逊．马克思主义与历史主义，新历史主义与文学批评．北京大学出版社，1993：23-25.

⑤ Jonathan Dollimore. Radical Tragedy. Duke University Press，1984，p260.

程”，[①]他探索了不同历史时期艺术发展的内部联系和必然规律，认为人类历史的每一个环节都是为人类的最终目的——“自由”——做准备的，因而都具有一定的合理性；同样，过去的文化也是按照其自身的逻辑运行的，所以，艺术发展就不是一个偶然现象，而是一个合乎规律的历史过程。

多利莫尔认为：“黑格尔哲学所排斥和所吸收的那些方面，分别对唯物主义和唯心主义的发展起了关键性作用。”[②]他指出黑格尔关注的不是个体而是人在真实世界中的知识——最基本和最终的本与真——意识的真与基本形态。针对黑格尔历史哲学，乔纳森·多利莫尔从基督教精神、禁欲主义和文艺复兴人文主义三个方面挖掘了它的本原主义传统。他认为：

> 基督教精神赋予人类一种精神存在，但却是来自并依赖于上帝，从而带来了问题。一般说来，基督精神对于灵魂的解释仍然是一种本原的同一性，它被认为在根本上是不可分解的。在文艺复兴和宗教改革时期，不仅是基督精神，而且禁欲主义和人本主义都解释和巩固了这种人类精神同一性的观点。[③]

多利莫尔以奥古斯丁（Augustine）和阿奎那（Aquinas）两大哲学家兼神学家为代表论证了本原主义的传统。多利莫尔指出：“奥古斯丁坚持认为上帝的完美和人类的堕落。上帝自身是万能的，无所不知和无所不在的。人类是有罪的，肉体的缺陷，意志的不坚定和不完全的理性。”[④]对此，多利莫尔认为，奥古斯丁所叙述的万能的上帝和容易犯错的人类之间的关系，实际上存在着很多问题。就连奥古斯丁本人也说：“如此晦涩的语言使我既不能告诉别人，自己也无法理解。”[⑤]多利莫尔认为，与奥古斯丁相比，阿奎那关于人类的看法更加乐观一些。他相信人类的潜能，特别是理性推理的潜能：“一个人的思想是他的灵魂本质的反映。”[⑥]阿奎那认为：人类作为一种有理性的生物，能够了解上帝，通过实践感知世界，感知一个被自然法支配的、以上帝万能法为基础的世界。

---

① 沃尔什．历史哲学——导论．广西师范大学出版社，2001：150.

② Jonathan Dollimore. Radical Tragedy. Duke University Press，1984，p260.

③ Jonathan Dollimore. Radical Tragedy. Duke University Press，1984，p161.

④ Jonathan Dollimore. Radical Tragedy. Duke University Press，1984，p161.

⑤ Augustine “On the Soul and its Origin”，IV.16；转自 Baker “The Image of Man”，p.174.

⑥ Aquinas “Selected Wrings”，p.177.

通过以上对比分析，多利莫尔指出：“奥古斯丁眼中的世界是由完全不可知的上帝的意志来统治，阿奎那则认为世界的存在表明上帝是一个富有智慧的设计者。人类高尚的本质离不开上帝的这种设计。可见，基督精神眼中的人类——不管是在严厉的奥古斯丁眼里，还是在阿奎那乐观的视角中，都仍然是一种本原主义的学说。”① 由此，多利莫尔认为：“如同我在前面提到的，宗教思想的矛盾并没有被抹去，而是正式存在于道德戏剧的结构里；矛盾激化成冲突的可能性已经被提前排除了，但矛盾本身仍然处于中心位置。在对人类分裂的本质的描述中尤其如此。”②

多利莫尔认为“詹姆士一世时期的戏剧挑战了基督教本原主义学说，以及它的禁欲主义、人本主义衍生物——就如同马克思唯物主义挑战了当时启蒙运动中它的变异”，③ 并且通过论述文艺复兴时期的反本原主义学说来论证这一观点。多利莫尔主要对马基雅弗利（Machiavelli）和霍布斯（Hobbes）的反本原主义学说进行了评析。因为，多利莫尔认为詹姆士一世时期戏剧中人类的“去中心化”是与他们同时代的，并受到一个重大革命——“人类及其所生活的星球，被替换出、实际的和形而上学的宇宙的中心位置”的影响。多利莫尔指出：

> 正如葛兰西（Gramsci）所说，马基雅弗利是“实践哲学”的先行者。实践哲学也是马克思主义最重要的组成部分。在《狱中札记》的一部分以“马克思和马基雅弗利”为标题的文章中，葛兰西指出：“实践主义”哲学的第一个贡献就是反对“本原主义”学说（这种观点来自于宗教的和形而上学的思想），它宣称没有绝对抽象的、固定的、一成不变的人类本质，人类本质是历史决定的社会关系的总和；葛兰西补充说，马基雅弗利的实践哲学，完全建立在人类实际行动之上，这些行动是由历史需要和任务所推动的，并改变了现实。④

多利莫尔指出，马基雅弗利所关注的并不是人类内心的本质，而是人类同历史和社会的关系。他认为：领导者在掌权以后经常就会发现，那种认为社会

---

① Jonathan Dollimore. Radical Tragedy. Duke University Press，1984，p162.
② Jonathan Dollimore. Radical Tragedy. Duke University Press，1984，p164.
③ Jonathan Dollimore. Radical Tragedy. Duke University Press，1984，p155.
④ Jonathan Dollimore. Radical Tragedy. Duke University Press，1984，p156.

的混乱无序是由于哪个个体引起的观点是错误的；事实上是由于更为强大的政治和社会力量所造成的。这种观点使马基雅弗利认为，人类的贪婪并不是由于他的本性，而是他在社会中所处的相对位置。① 多利莫尔指出，霍布斯关于人类的观点是彻底反本原主义的。霍布斯植根于坚定的唯物主义立场，猛烈反对那种建立在亚里士多德的虚无哲学基础上的、“能够分裂的存在”的观点。在这种抨击中，灵魂存在的观点被抛弃了——不仅是灵魂的不朽，还有任何认为灵魂可以脱离肉体而存在的观点。② 多利莫尔认为，马基雅弗利和霍布斯两人的观点虽有差异，但都为揭示人类和社会的关系做出了突出贡献。

多利莫尔通过对思辨历史哲学的回顾和评析，认为黑格尔历史哲学把历史看作“精神”的依次展示到全面显现的过程，并主张反对那种在文艺批判中对于历史时代和戏剧的本原主义误解，以恢复对文艺复兴时期及其戏剧的历史理解。

三、进化历史主义批评

在多利莫尔看来，进化历史主义主要是在达尔文的进化论影响下所发展起来的一种客观历史论，它将历史看作人由茹毛饮血的原始社会最后进入大同社会的循序渐进过程。反映在文学研究中，历史成为文学得以阐释的“语境”，既可以从宏观的视角探讨种族、时代、环境对文学的决定性意义，也可以从微观的视角进行“考证”式的文学研究。于是，文学成为镶嵌于历史“背景”之上的附属，历史成为阐释文学的决定性因素。然而，这恰恰是乔纳森·多利莫尔所不能接受的，多利莫尔致力于恢复文学与历史相互影响、携手并进的局面。

多利莫尔从分析“易变性”和“衰变论”的关系入手，对文学研究中的进化历史主义方法展开了批评研究。

首先，多利莫尔指出，弥尔顿（Milton）在《酒神》（Comus）一文中揭示了自然规律的信条，起码是在一个自律的世界中，邪恶被演绎成了自我毁灭，由此产生了“混沌”。多利莫尔认为：

---

① Machiavelli “The Discourses”, pp.117-118. 参考 Jonathan Dollimore. Radical Tragedy. Duke University Press, 1984, p171.

② Hobbes “The Political Theory of Possessive Individualism”, pp26-29. 参考 Jonathan Dollimore. Radical Tragedy. Duke University Press, 1984, p171.

尽管混沌是秩序，或者传统形而上学意义上的秩序的对立面，但它还是得到了不少人的理解，尤其是在文学评论方面。作为所谓的形而上学上的一个概念，他的普遍存在预示着划时代的最简单的非秩序状态，这与它的另一种表述“天性”（表现为人性或史前事件等）在本质上是一致的。但正如积极的评论可以揭示历史前进中的阻碍，寻求一种超越，消极评论也是如此。要探索一个时代关于“混沌”的概念，不是去发现事物的原始状态，而是去发现对这个时代的恐惧和焦虑。换言之，秩序和混沌构成的二元对立面已然十分明显，而要继续这种关系划时代的意义就是要使得这种明显的关系有趣而直白。①

进而，多利莫尔对詹姆士一世时期对“混沌”的关注进行阐释。他指出：

17 世纪早期，人们对于混沌的关注，即便是以隐喻、抽象或神学上的概念表现出来，也毫无疑问是出于对社会变革和社会混乱（这两者通常等价）的恐惧。缘于社会稳定需求的信仰负担，这所有的变更可以被诠释为对传统的维持。但一些变更只能看作是传统的瓦解以及秩序的瓦解。对这种瓦解的进一步详述，尤其是在信仰的层面，似乎是对混沌再次到来的可能性的坚持。关于詹姆士一世时期对混沌的追求没有本质上进步的东西，在某些方面它的反面恰恰是正确的。正如我们看到的，在缺乏更公开的强制力量的条件下，对信仰的灌输往往倍加重要。②

由此，多利莫尔认为，詹姆士一世时期对“衰变”的追求可以直接或间接的显示出促成社会不稳定以及变革的真实力量；这进一步牵涉到人们意识形态的淡漠。古德曼（Godfrey Goodman）是著名的“衰变论”倡导者，他于 1616 年提出“人类或自然的衰落”。他认为物质世界是进步的和不可逆转的恶化的。当这一切发生时，有两个相互关联的过程，穷困和相互对立。③“衰变论”使宗教在其发展过程中感到害怕，在这个意义上来说，詹姆士悲剧使颠覆分子运用了这个观点。因此，多利莫尔指出，伊丽莎白女王时代和詹姆士一世时代对假

---

① Jonathan Dollimore. Radical Tragedy. Duke University Press，1984，p93.

② Jonathan Dollimore. Radical Tragedy. Duke University Press，1984，p93.

③ Jonathan Dollimore. Radical Tragedy. Duke University Press，1984，p100.

定的自然宇宙衰亡的预见，是导致在这一时期文学界充满忧郁和悲观主义的最大原因。

那么何为“易变性”？索思韦尔（Southwell）指出：“或许在这个时代最不具有震撼力的一种关于易变性的观点，是把它看作自然法则的一个方面，既可循环又可再生——时间轮换，机会交替，由坏变好，由较好变较坏。”①多利莫尔认为，从这个角度来看，这个关于易变性的看法仅是迈向斯宾塞（Spenser）观点的一小步，斯宾塞关于易变性的观点是由永恒性来说明的：“变动中包含着永恒。”②

多利莫尔强调，宇宙“衰变论”必须在至少以下两个关键方面和“易变性”区别开来：

> 第一，其最极端的形式，它借鉴的典范是绝对的，不可逆转的衰落，而且排除了“永恒的易变性”这个可靠的构想。宇宙衰变因此倾向于作绝对地区分永恒与易变。
>
> 第二，易变、命运、时间都倾向于表现为通过公约和抽象人格化蚕食有加强倾向的文学的外力。宇宙衰变一般代表个人，社会和自然条件四个相关但分开的状态：瘫痪脱臼，自我怯步冲突，瓦解形式和不可磨灭的腐败现象和疾病。③

另外，多利莫尔还指出文学研究中的进化历史主义方法以法国散文家和思想家蒙田（Montaigne）最为典型代表。多利莫尔认为，在蒙田追寻其自身本源的时候，他把自我存在和行为的关系颠倒了过来：“我所描述的不是本原，而是一种变化”。④蒙田在这里所指的是环境引起的变化，并不断强调环境和物质存在条件的塑造作用：

> “我们如同野生动物一样，随着环境的变化而改变颜色，一切都是不断运动和变化的，我们不是自己在动，而是被携带：像一只小船，一会慢慢

① Southwell “Times Go By Turns”，参考 Jonathan Dollimore. Radical Tragedy. Duke University Press，1984，p95.

② Spenser “Faerie Queene”，III.6.47. 参考 Jonathan Dollimore. Radical Tragedy. Duke University Press，1984，p95.

③ Jonathan Dollimore. Radical Tragedy. Duke University Press，1984，p96.

④ Montaigne “Essays”，III.23. 参考 Jonathan Dollimore. Radical Tragedy. Duke University Press，1984，p174.

的滑行，一会剧烈的运动，像水一样，一会暴风骤雨、一会非常平静”。更加明确地说：“你昨天看到的勇敢的冒险者，明天或许就变成了胆小鬼，环境对他起了作用：不同的环境给他带来的变化，这没有什么好奇怪”。蒙田最终放弃了寻找本原的自我，人的本质被认为是处在不断变化之中的，缺乏一种本质而且只能通过与其他事物的对照发现自我：“啊，人类，没有谁比你更肤浅、空虚、贪婪，你想要得到整个世界”。简而言之，人类被置于和自然界其他生物平等的地位，蒙田说：“没有任何特权和本质上的优越性”。①

我们不难看出，上述的文学观是建立在静态、孤立的共时态研究视角和方法基础上的，将文学与历史相划分，只看到了两者之间的矛盾性，没有看到二者之间的同一性，忽视了在时间流程中历史与文学的嬗变以及这种嬗变引发的二者之间关系的变化，缺少动态的、联系的、历时性的研究，这种只静止不运动，只孤立不联系，只共时少历时的研究得到的“历史”其实是“非历史”的。多利莫尔对进化历史主义的批评研究，对我们深入把握文学与历史的关系具有重要启发意义。

四、历史的“反思”与“改造”

以上，多利莫尔分析了作为文学批评的旧历史主义方法的不足，并指出，由于这种历史主义方法的基础是历史决定论、目的论和客观论，其本身就存在明显不足，不得不引起学术界的深刻反思。

19 世纪下半期，历史界开始对过去的旧历史主义方法进行反思和批判，有力地冲击了客观历史主义和历史决定论。他们在对以往的思辨历史哲学的不断反思过程中，历史哲学相应地得到更新，文学研究中的历史方法也发生了转换，尽管这种历史转换有时可能表现为一定程度或一定层面的“倒退”，但这种“螺旋”式轨迹为多利莫尔思考文学与历史互动关系提供了重要启发。

随着历史学科自身的反思和批判活动的开展，文学批评研究领域也对以往的旧历史主义的文学批评方法进行了反思，表现出与以往的历史主义方法截然不同的历史观和方法论。多利莫尔指出，20 世纪初以来文学批评的主流日益取

---

① Montaigne “Essays”，II.151. 参考 Jonathan Dollimore. Radical Tragedy. Duke University Press，1984，p174.

向形式主义化。他立足于本国的文学批评研究，详尽评析了这一时期英国文学批评的特征。

英国是20世纪英语文学批评界最有影响的流派“新批评派”的发源地和重要试验场所，当年，诗人兼批评家T.S.艾略特、I.A.理查兹和威廉·燕卜荪都在这里提出新批评的美学原则和批评标准，对后来整整一代英语文学批评家都产生了不可估量的影响，并且这些原则和标准甚至为后来的结构主义和后结构主义批评理论在北美的风行都奠定了一定基础。[①]新批评是20世纪英美文学批评中最有影响的流派之一，以兰色姆的《新批评》(1941)一书而获名。新批评的产生是同样也是针对19世纪末的西方文学批评中的旧历史主义。具体说来，当时西方文学批评以实证主义和浪漫主义文学批评为主流，前者只注重创作主体个人的生平与心理、社会历史与政治等方面因素对文学的影响，而后者则宣称文学是创作主体主观情感的抒发与表现，热衷于对灵感、天才、想象和个性等问题的探讨。二者都显示出一个共同的倾向——忽视对文学作品本身的研究。[②]因此，艾略特关于批评从指向诗人转到指向诗歌文本本身以及对“客观对应物”的诉求给当时的英美新批评派以极大的启迪。新批评倡导从作品本身出发进行内在研究，并以一整套可探索性的阅读、批评文本的方法而在相当长的一段时期里傲立西方文学批评界。但是，新批评由于其自身一味强调文学的内部因素，抛弃文学与作者、读者、社会历史、现实生活等因素的联系，实际上只注重文学研究中的文学性维度而忽视历史性维度，具有明显的不足。

多利莫尔重点评析了英国著名批评家F.R.利维斯(F.R. Leavis，1895-1978)和雷蒙德·威廉斯(Raymond Williams，1921-1988)对“新批评”的反应。利维斯是当代英国文化批评和文化研究的先驱者，在新批评风靡大学文学讲坛时，利维斯既搞新批评又超越新批评，是进入文化批评和社会批评的先驱，他的名著《文化与环境》对文学批评和文化研究产生了重要影响，是进入文化批评和社会批评的先驱。利维斯试图通过对经典文学作品的弘扬来达到提高全民族的文化素质的目的，其研究的范围比较狭窄，而且表现出强烈的精英意识和对高雅文学经典的崇尚。我们在利维斯对莎士比亚戏剧《一报还一报》评价中可见一斑：

① 王宁.当代英国文论与文化研究概观，当代外国文学.2001年04期.

② 参考杨杰博士论文.海登·怀特的历史书写理论与文学观念.2006：119.

这个戏剧以权力的危机作为开始。社会变得如此动荡不安，对于公爵来说暂时放弃权力不失为一种权宜之计。在离开之前，公爵批准了专制独裁性的镇压政策。低俗的生活、卖淫和纵欲被认为是导致危机的原因，但我们可以从政治方面而不是从性的角度更好的认识一种腐败。①

作为当代英国最有影响的马克思主义批评家，雷蒙德·威廉斯对利维斯的精英文学思想提出有力的挑战。他通过把研究的触角指向大众文化和通俗文学而实现了对利维斯精英文化思想的超越和批判。多利莫尔指出，

悲剧产生于一种如威廉斯所描述的与现代阶段相关的危机意识，但是，不同于最近文学批评有影响的运动，戏剧对危机的反应并不是回归（撤退）到秩序、融合、平衡（和谐）等这些美学和意识形态的概念。相反，它面对并阐释那种危机，实际上它帮助解除了危机。②

威廉斯认为：“历史不是始终单线发展的，相反，在任何历史发展阶段都会发现冲突和联系、主导和次要因素、下降和上升能量。”③多利莫尔指出，对文学特别关注的威廉斯运用在任何文化进程中共存的残余的、主导的和新生的术语，分析了同样复杂的历史进程。

通过评析利维斯和威廉斯对新批评的批评，多利莫尔认为他们在各自的批评领域里对新批评的影响做出了有力的反应或反驳，对于英国当代文学批评走出形式主义的“文本中心”，在更为广阔的社会文化语境中来考察文学做出了重要贡献。

尤为值得关注的是，多利莫尔指出，历史唯物主义的真正动机不仅是解释历史，更重要的是改造历史。也就是说，马克思主义的“历史化”操作最终不是为了破解历史真实，而是为了拯救现在，给现在注入革命的活力。④多利莫尔认为：“付诸实践也可能遵循另一种途径，即处于从属地位的、地位低微的或者

---

① 转引自 Jonathan Dollimore. Radical Tragedy. Duke University Press，1984，liii.

② Jonathan Dollimore. Radical Tragedy" Duke University Press，1984，p7.

③ Williams "Marxism and Literature"，pp121-127. 转 自 Jonathan Dollimore. Radical Tragedy. Duke University Press，1984，p7.

④ 马海良 . 文化政治美学——伊格尔顿批评理论研究 . 中国社会科学出版社，2004. 11：231.

歧见分子，可能运用处于统治地位者的说教，而且在运用过程中加以改变。”①

作为马克思主义文学批评家和新左派理论家，多利莫尔非常重视马克思历史唯物主义对当今社会的重要作用。他指出历史唯物主义区别于其他历史主义的关键在于，历史唯物主义是通过物质生产活动，即生产力与生产关系、经济基础与上层建筑这两个基本矛盾的运动，来理解和阐释历史的。生活活动中的矛盾运动始终程度不同地产生对抗和冲突，导致社会文化的各个层面上经常出现不平衡和不协调的情况。因此，多利莫尔认为：“一种唯物主义的解读，或许会反对唯心主义的“调和”观点，但并不会因此就认为所有的一切都是不调和的，随意的、散漫的或是其他。从一个社会的、政治的、历史的角度来看，这种不调和往往是有意义的，可以被解读的。”②多利莫尔经常引用马克思在《德意志意识形态》关于存在决定意识和《〈政治经济学批判〉》序言里关于经济基础与上层建筑关系的论述，阐发马克思主义的历史意识。在阶级社会里，占统治地位的历史意识不可能不是整个统治意识形态的一部分，历史意识也不可能不为统治阶级的合法性而尽心尽力。因此，多利莫尔提出“颠覆”非文学文本，并认为“在研究那同一历史时刻对权威的某些再现方式以及明显对它所做的颠覆行动的时候，我们发现那不是一种直截了当的反对，而是一种复杂得多的过程。”③

可见，马克思主义批评要求将文本置于历史语境中，不是对历史叙事的僵硬注解，而是要能够呈现历史真实的丰富性和多样性。由此，多利莫尔通过对以往文学批评研究中历史主义方法的反思，主张文学研究既要克服以往旧历史主义方法只重历史性而忽视文学性的弊端，又要避免形式主义只重文学性而轻视历史性的不足，为其以崭新的视角审视文学与历史的互动关系提供了重要的借鉴意义。

---

① J Dollimore. Introduction: Shakespeare, Cultural Materialism and the New Historicism. Political Shakespeare: New Essays in Cultural Materialism, eds. Jonathan Dollimore and Alan Sinfield, New York: Cornell University Press, 1985: 7

② Jonathan Dollimore. Radical Tragedy. Duke University Press, 1984, x.

③ J Dollimore. Introduction: Shakespeare, Cultural Materialism and the New Historicism. Political Shakespeare: New Essays in Cultural Materialism, eds. Jonathan Dollimore and Alan Sinfield. New York: Cornell University Press, 1985: 7.

第二节　文学与历史的互动

众所周知，著名的文学研究的“外部”和“内部”之分是韦勒克和沃伦在《文学原理》一书中提出来的，他们把关于文学的历史政治经济和社会以及作者传记等环境和背景的研究称为“文学外部研究”，并认为“这样的研究永远不能解决分析和评价等文学批评问题”，[①] 只有深入作品“内部”的研究才是真正的文学研究，因而，“文学研究的合情合理的出发点是解释和分析作品本身”。[②]

20 世纪形式主义文学批评对作品本身的形式因素的关注，实际上是对忽视作品本身的“旧历史主义”方法的一种反拨，极大地扩展了文学批评的视野。旧历史主义方法在文学研究中更多地关注社会生活“外部因素”对文学的制约作用，而忽视了文学文本本身的关注，不可避免地会被重视文本分析的形式主义批评所非难。但是无论如何，文学“内部研究”的必要性不能抵消“外部研究”的重要性。也正是由于形式主义批评割断了与社会历史的联系才导致了自身的危机。

乔纳森·多利莫尔在对以上两种批评方法的反思中，认为这两种文学研究对历史的态度和方法，都是从某个角度片面地揭示文学的特性，缺乏对文学与历史的动态性研究。多利莫尔通过对文学与历史“相关性”的阐释，打通了以往把文学与历史二分对峙的界限；并且通过成功介入当代“文本”理论领域，强调文学与历史之间的互动性建构过程，对我们的文学批评和研究提供了有益的借鉴，对马克思主义批评也具有重要意义。

一、政治文化视野下的“文本”论

马克思主义批评到底能不能“站在文本之内”，[③] 成为英国马克思主义批评家乔纳森·多利莫尔批评理论和实践试图解答的一个重要问题。多利莫尔在《政治的莎士比亚》中，明确指出文化唯物主义具有“四要素”，即：历史的发展脉络、理论的方法意向、政治的权力参与和文本的分析框架。[④] 多利莫尔指

---

① 韦勒克，沃伦．文学理论．刘象愚，译．三联书店，1984：66.

② 韦勒克，沃伦．文学理论．刘象愚，译．三联书店，1984：145.

③ Terry Egaleton “Criticism and Ideology”，A Study in Marxist Literary Theory，Verso，1976，p.64.

④ J Dollimore. Introduction：Shakespeare，Cultural Materialism and the New Historicism. Political Shakespeare：New Essays in Cultural Materialism，eds. Jonathan Dollimore and Alan Sinfield，New York：Cornell University Press，1985：7.

出，“文化唯物论”主要研究倾向是同文学的“文本”相联系而关注以下问题，诸如：国家权力和对权力的抵抗问题，重新评估一定时期居于统治地位的意识形态和针对这些意识形态的激进倾向问题，边缘的意识话语对主流话语的挑战和遏制，女权主义观点中女性的真实存在状况和其对文学权力的新理解，国家内部各阶级集团间的冲突和各种权力概念的当代阐释等问题。①可见，多利莫尔力求从多角度探讨文化和艺术，关注历史和哲学理论如何运用于文学研究中，在为意识形态批判扫清障碍的同时，去解答当代文学研究的纯文本语言问题的危机。在借鉴各种有用的理论资源基础上，多利莫尔以独特的政治文化视角，在“文本”理论问题上取得丰硕成果，为我们全面理解和把握文学与历史的互动关系提供了新的视角和方法。

1. 变动的“文学性”

众所周知，“文学性”在20世纪的文学研究中是一个极其重要的理论问题，它试图回答“什么是文学”“文学作品与其他非文学作品、文学与人类其他活动有何区别”等问题。多利莫尔对“文学性”研究的历史回顾和独特阐释，对我们全面认识和把握文学与历史的互动关系具有重要启发。

自20世纪初以来，西方历史界对以往的思辨历史哲学进行了深刻反思，历史学科自身的反思和批判活动对文学批评研究领域产生重要影响。这时期，西方文学批评的主流日益趋向形式主义化，俄国形式主义对文学语言、文学技巧和文学性的研究，英美新批评对语言张力和诗歌形式的细读分析，结构主义对深层结构、叙事模式以及表意代码的发掘，都极大的扩展了文学批评的视野。他们反对以往从社会、历史、道德、心理和文学家个人方面去解释作品的传统批评方法，主张文学批评应关注文学作品，并认为文学批评的任务就是要研究文学之所以成为文学的内部规律，即“文学性”。从西方文学批评史上看，俄国形式主义最早明确提出“文学性”（Literariness）这个概念并把它作为文学理论研究的核心范畴。莫斯科语言学会代表人物罗曼·雅各布森（Roman Jalkobson）明确提出：“文学科学的对象不是文学，而是‘文学性’，也就是说使一部作品成为文学作品的东西。”②这里的“文学性”也仅局限于文学自我指

① J Dollimore. Introduction：Shakespeare，Cultural Materialism and the New Historicism. Political Shakespeare：New Essays in Cultural Materialism，eds. Jonathan Dollimore and Alan Sinfield. New York：Cornell University Press，1985：7.

② 雅各布森. 现代俄国诗歌，俄苏形式主义文论选. 北京：中国社会科学出版社，1989：24.

涉、自我决定的内在品质，由于形式主义一味强调文学的“内部因素”，抛弃了文学与历史和现实生活等因素的联系，具有明显的片面性。随着20世纪西方文论向阐释学、解构主义等后形而上学思想的转型，后现代文学文本的零散化、非中心化以及整个社会生活方位的文本化和符号化，形式主义批评的“文学性”概念越来越无力反映文学的巨大变化，也无法全面把握时代的真相。因而需要一种全新的“文学性”观念来透视和理解崭新的时代。

多利莫尔指出，福柯和德里达致力于解构形式主义“文学性”的神话，认为并不存在一个稳定不变的文学本体和凝固不动的“文学性”，从而使文学越来越被视作话语建构的历史产物。福柯的权力话语理论对于多利莫尔重新审视文学与历史的关系具有重要启发意义，而此理论的展开与运用又与“文学性”研究密切相关。

米歇尔·福柯提出，应该让历史自身的差异性说话。他认为历史和文化具有一种根本的差异性，要认识这种将现实投射进去并建构连续叙事的倾向，应在强调历史认知场具有巨大断裂的同时，通过具体学科广泛深入地研究，让历史自身的奇特性和差异性发言。所以，每个人、每个阐释者不可能找到一种超验的理论而完全客观地阐释历史，人的视界永远是由其现实处境构成的。[①]话语是福柯理论研究的切入点，他指出，话语与权力密切相关，如果没有话语权，权力也就不能成为权力了，话语的产生与运用实际上就是权力运作的产物和对象。对此，福柯提出深刻见解：“在每个社会中，话语是某些过程共同控制、选择、组织和分配的产物，其作用就在于防止针对于自身权力的危险的出现，控制偶然事件并掩饰话语。”[②]可见，福柯理论中的话语意义并不在话语自身之中，而是与特定历史时期的政治、经济、文化以及法律、教育、医疗等社会性制度有密切联系。他认为权力是一种关系，它在社会机体中无处不在，权力构成社会的种种关系，在权力关系的网络中，又到处出现多样性的抗拒功能，权力与权力的对抗是共生并存的，这就构成了社会多样性的统一。处于如此复杂网络中的主体，一方面是诸种权力关系的产物，另一方面，它又是一种积极的社会能量，对历史的形成与再形成起了直接的干预作用。福柯深深意识到这个

① Michel Foucault. Language，Counter-Memory，Practice，ed. Donale F. Bouchard，Oxford：Basil Blackwell.1977，pp.139-164.

② Michel Foucault. Order of Discours：The Archaeology of knowledge . New York：Random Honse /Pantheon，1992，p.216.

窘境："知识告诉人类那些先在与人，外在与人的认识对象实际上是在人自身之中，这些认识对象作为一个整体延伸，覆盖了人……人的有限性不容置疑地预先就设定为已存在于知识的实在之中了"。[①]对此，多利莫尔认为："即便每一种经历本身就是权力的来源和表现，用福柯的话来说就是，权力既是工具也是效果，它的工具性最初也最重要是体现在它的效果上。"[②]福柯认为知识只是权力的形式，揭示了权力对人的控制，并悲观地认为人不可能超越权力的控制，"尼采重新发现了人类和上帝的彼此相属，上帝的死亡也就同时意味着人类的消失"。[③]这样，人在权力的控制下就不可能在话语之外进行思想，包括文学、历史在内的一切人文学科，必然也是某种受到严重制约的话语形式。这显然体现了对那种"审美自律"的颠覆。

相对福柯来说，德里达则对形式主义的"文学性"进行了更加激进的解构。德里达十分关注索绪尔语言学关于系统中最基本的东西是对立双方的差异性的观点，认为文本中的形而上学在场就是语言和思维的对立差异所产生的最终的中心意义，因而德里达大刀阔斧的解构指向西方文化思想史上的各种中心主义："人类中心主义""逻各斯理性中心主义""声音中心主义"等等。他认为要消解符号体系中的社会历史的形而上学在场，就要解构语言的能指与所指，"（语言）这一领域实际上是自由嬉戏的领域，也就是说，一个在由有限构成的封闭体中进行无限的置换替代的领域……由于中心或本源的消失，一切都变成了话语"。[④]他将"延异"概念嵌入到所指与能指之间，使其二者之间始终保持着若即若离的关系，每个所指都因延异而转化为一个功能性的能指，能指被无限期延搁。这样，人类的生存是语言不断书写的结果，能指又被永久地搁置，人类的生存意义也就在无限的区分中飘忽不定，因为人类社会历史知识就是建立在不断地认识到存在中的差异性并进行区分后产生的存在意义。既然差异性被不断地"延异"，那么，关于人类的社会历史知识也就无从确定，社会历史因素由此而远离了文本。然而，问题的另一方面却是，"延异"概念在消解所指与能指差异的同时，又把历史的存在带入了对符号的纯形式的阐释之中，"如果

① Michel Foucault. Order of Disconrs：The Archaeology of knowledge .New York：Random Honse /Pantheon，1992，p.313.

② Jonathan Dollimore. Radical Tragedy. Duke University Press，1984，p206.

③ Michel Foucault. Order of Disconrs：The Archaeology of knowledge . New York：Random Honse /Pantheon，1992，p.342.

④ 德里达 . 人文科学话语中的结构、符号与游戏，上海文论 . 1995. 5.

‘历史’一词本身不包含从根本上消除差异这种想法，那么我们就可以说只有差异才能从一开始就具有彻底的历史性”，而且，“作品的这种历史性不仅在于作品有过去，在于它潜在于作者的意图之中，而且还在于它永不可能存在于此刻之中。永不可能在任何绝对的同时性或即时性中重新开始”。[①] 于是，社会历史因素又重新透过符号的差异联系浮现出水面，不仅形而上的中心荡然无存，而且一切话语都是符号无限置换的差异性平等，一切都成了作为话语表述的文本。

多利莫尔认为文学的边界是变化不定的，是一个动态的关系结构，在这点上，他与特雷·伊格尔顿的观点不谋而合。伊格尔顿毫不客气地说：“我们可以一劳永逸地抛弃下述幻觉，即：‘文学’具有永远给定的和经久不变的‘客观性’。任何东西都能够成为文学，而任何一种被视为不可改变和毫无疑问的文学，例如莎士比亚——又都能够不再成为文学。以为文学研究就是研究一个稳定、明确的实体，一如昆虫学是研究各种昆虫，任何一种这样的信念都可以作为妄想而加以抛弃。”[②] 伊格尔顿否认文学具有某种固定的“本质”，他清理了一批支持这种意识形态幻象的理论范畴，例如“超越性”“美”，如此等等。在他看来，只能根据特定历史时期的文化网络和权力关系来解答“什么是文学”。所以，伊格尔顿认为，“什么是文学”仅仅是一个历史性的问题，人们无法也没有必要为文学设计一个无懈可击的形而上学定义。[③] 多利莫尔借鉴了德里达的“差异性”观点来探究文学与历史的关系问题，他指出，我们必须从原来社会文化所强调的历史重点，转移到揭示权力运作的相互性、二元对立话语的差异性、历史主体的支配性等，只有把握了这种“共时性”向“差异性”的转移，[④] 真正了解并把握了这种差异排斥性，才能真正理解文学与历史的互动关系，才能全面把握文学的本质特征。

因而，多利莫尔认为，福柯的权力话语理论和德里达的“差异性”理论颠覆了传统的“文学性”概念，即那种审美自律的“纯文学”不再是自然自发的内生现象，并启发我们在历时与共时交织、社会意识形态与“文本”生产双向互动的“知识空间”中重新审视“文学性”问题。由此，多利莫尔开始致力于

---

① 詹姆逊．语言的牢笼．钱佼汝．译．百花洲文艺出版社，1995：157.

② 特雷·伊格尔顿．20 世纪西方文学理论．第 11 页，伍晓明译，陕西师范大学出版社，1986 年版．

③ 特雷·伊格尔顿．20 世纪西方文学理论．第 11 页，伍晓明译，陕西师范大学出版社，1986 年版．

④ J.Dollimore and A.Sinfield “Culture and Textuality：Debating Cultural Materialism”，Textual Practice 4，1990，pp.91–100.

对“文本性”问题的关注和研究。

2. 流动的“文本性”

“文本”（Text）是20世纪西方文学理论发生重大转变时期产生的专业术语，它似乎取代了传统文艺理论中的“作品”（work）而成为各个理论派别话语的共同内容。多利莫尔认为，“文本”同“文学性”一样也经历了概念的发展和转变过程。

“文本”概念的产生离不开英美新批评。作为20世纪新兴的形式主义批评，新批评倡导从作品本身出发进行内在研究，并以一整套可探索性的阅读、批评文本的方法而在相当长的一段时期里傲立西方文学批评界。其实，形式主义文论之前的文学批评也分析、研究和考察文学作品，但是，新批评认为它们往往是通过对文学作品的分析来回溯某种社会经济状况、印证某种伦理道德准则或作家个人生平与心态，而没有将文学作品本身当作一个独立的、完整的、自在的语言体系或结构来加以分析和研究。为了将自己与传统文学批评研究区别开来，新批评使用了“文本（text）”这个术语来替代“作品（work）”。在文学理论上，“作品（work）”用于指示文学艺术依赖于语言的物质存在，这深刻地表明传统文论中“作品（work）”对作家的依附性质和附属位置。“文本（text）”则与此大有不同，在新批评看来，“文本（text）”的本义与“交织”“肌理”“构成”有关，它强调的是文学作品自身由语言而形成的质地、结构和形态。[①] 可见，“文本（text）”对“作品（work）”的替换不是无关紧要的变动，显然，它是新批评“文学性”概念必然的逻辑结果。

多利莫尔认为，艾略特（T・S・Eliot）以他著名的“非个人化理论”对新批评的“文本”研究产生重大影响。艾略特的“非个人化理论”认为，文学作品的价值不在是否有效地传达了作家的感情，相反，作家的任务是为自己的个人感情找到一种“客观的对应物”，只有这样才能使寻常的感情得到艺术的表达。诗绝不是情感本身，它的价值也绝不是情感的强烈程度，它之所以有价值在于艺术创作的过程，在于作家是否成功地找到这种个人情感的“客观对应物”。[②] 艾略特在《哈姆雷特》一文中说：“以艺术形式表达情感的唯一方法是建筑一个‘客观对应物’；换言之，寻找一组物体，一种境遇，一连串事件，它们将成为那种特定情感的表示式；这样，那些一定会在感觉经验中终止的外

① 支宇. 文本语义结构的朦胧之美，文艺理论研究. 2004. 5.

② Jonathan Dollimore. Radical Tragedy. Duke University Press，1984，p262.

部行为一经作出，就立即会引起情感。”[①] 在艾略特看来，文学作品既不能表现作家的感情也不能表达艺术家的个性。他的一句名言说“诗歌不是感情的放纵，而是感情的脱离；诗歌不是个性的表现，而是个性的脱离。”[②] 可见，无论是艾略特的“非个人化”还是“寻找客观对应物”，目的都是要切断文学作品与作家的联系，文学作品既然与作家的个人情感和个性无关，文学批评就应该把注意力放到文学作品本身中去。由此，新批评就提出了一种从文本出发进行内在研究的批评观。

为了在文学研究的诸因素中突现“文本”概念，新批评采取了将文本从文学研究诸因素中独立出来的策略。“新批评”概念创造者兰色姆（Johm Crowe Ransom）在《新批评》一书中反对把道德和情感作为文学的本质，而将关注重心转移到“文本（text）”自身上来。[③] 兰色姆将“个人印象”“提要和意释”“文学史研究”“道德研究”等统统排斥在文学批评之外，提出：“批评家应当把诗视作十足的本体论的或形而上学的剧烈行动。”[④] 这样文本就获得了一种独立、客观的性质。塞尔登在概述俄国形式主义和新批评时说：“形式主义和新批评派都把文学文本作为自主的（或‘目的存在于本身的’）客体。”[⑤] 这无疑是准确而精到的认识。

随后的结构主义文学批评高举形式主义的大旗，对传统的社会——历史批评发起猛烈的攻击。它继承了形式主义批评注重“文本”分析的传统，并将之发展到极致。他们认为“事物的真正本质不在于事物本身，而在于我们在各种事物之间构造，然后又在它们之间感觉到的那种关系”，[⑥] 鲜明体现出注重文本“构造”和“关系”的思维方式。多利莫尔认为，结构主义“抛弃”文本之外的社会历史因素而只关注文本层面，表现在文学研究中则是重视对作品进行客观分析，并且用符号表示作品中元素，符号还可以完整地表达出其意义，因此，符号在结构主义研究中具有重要作用。[⑦] 与多利莫尔同时代的当代英国著名马克

① 韦勒克 . 近代文学批评史第 5 卷［M］. 章安祺，杨恒达译 . 北京：中国人民大学出版社，1988：277.

② 艾略特 . 传统与个人才能［A］. 李赋宁译 . 艾略特文学论文集［C］. 天津：百花文艺出版社，1994：11.

③ John Crowe Ransom.The New Criticism［M］.Westport：Breedwood Press（Reprinted），1979.

④ 兰色姆 . 批评公司［A］. 戴维・洛奇 . 20 世纪文学评论［C］. 葛林等，译 . 上海：上海译文出版社，1987：403.

⑤ 拉曼・塞尔登 . 文学批评理论———从柏拉图到现在［M］. 刘象愚等，译 . 北京：北京大学出版，2000：28.

⑥ 霍克斯 . 结构主义和符号学 . 上海译文出版社，1987：8.

⑦ Jonathan Dollimore. Radical Tragedy. Duke University Press，1984，lxxi.

思主义批评家伊格尔顿曾借用结构主义概念，提出虚构性使文本过程表现为一种相对自我指涉的符号表意活动："文本是一个舞台，对符号进行复制、拉长、压缩和多样化，使它们摆脱单一的决定物，以历史所未闻的自由将它们归并和省略，从而把读者拉入由此创造出来的更深的经验空间。"①多利莫尔认为，伊格尔顿在这里只是借用结构主义概念来分析文本的相对独立性，这与忽视文本之外的社会历史因素而只关注文本层面的结构主义"文本"概念是截然不同的。

如果说包括结构主义在内的形式主义批评研究多是注重"共时性"而程度不同地忽视"历时性"探讨，尤其是割裂文学与历史关系的话，那么，在后结构主义批评中已开始萌发关注"历史维度"研究的倾向，他们立足于文本，大胆解构二元对立，并强调能指与所指的分裂。多利莫尔通过评析罗兰·巴特的"文本观"来探讨后结构主义对"文本"概念的延伸和发展。巴特原来是个结构主义者，在1968年"五月风暴"失败之后倒戈，对结构主义的美学理论和批评方法加以批判，从而转向后结构主义。巴特反对结构主义试图从一个故事中抽取模型、从模型中概括出具有普遍性的叙事结构、再将这一结构应用于其他故事的做法，主张将"文本"与"作品"加以区别。根据他的看法，"作品"的概念是相对于结构主义而言的。作品中的能指与所指相互统一，存在固定的、对应的象征意义，存在作为最终探索目标的所指或意义的结构。阅读的意义就在于探寻这种结构。"文本"的概念则体现了巴特的新创性。罗兰·巴特1973年为《大百科全书》撰写的"文本论"词条中重申了克里斯特娃的定义："我们将文本定义为一种跨越语言的手段，它重新分配了语言次序，从而把直接交流信息的言语和其他已有或现有的表述联系起来"。②在这个基本上是语言学的定义中，"文本"概念虽然丧失了传统意义上的文学层面的丰富内涵，但在"语言次序的重新分配"即代码的转换过程中，已为引进社会和历史维度的变量提供了可能性。巴特认为，对"作品"的阅读仅仅是一种理解、一种文化消费，而对文本的阅读则是一种创造，这种创造实际上是一种游戏。

多利莫尔认为，巴特的文本观具有两个层次：其一，某个语词之存在，都以其他语词的存在为条件，语词的意义是由其他语词所组成的无形词典所规定的；其二，文本之所以成为文本，也以其他文本的存在为条件，文本的意义同

---

① Terry Egaleton. Criticism and Ideology. London：New left Books，1976.p185.

② 蒂费纳·萨莫瓦约 . 互文性研究［M］. 天津：天津人民出版社，2003.2-4.

样是由其他文本所组成的无形网络所规定的。[①]这种文本观导源于对“作者具有某种君临读者之上的权利”的传统观念的反拨。他将“文”区分为两类，即“能引人写作者”与“能引人阅读者”。二者的区别在于：前者是生产，后者是产品。在传统的时代，是产品（亦即“能引人阅读之文”）构成了文学的巨大本体。然而，理想之文不应是产品，而应是生产，亦即“正写作着的我们”，或者说是“无虚构的小说，无韵的韵文，无论述的论文，无风格的写作，无产品的生产，无结构体式的构造活动”，[②]“在这理想之文内，网络系统触目皆是，且交互作用，每一系统，均无等级；这类文乃是能指的银河系，而非所指的结构；无始；可逆；门道纵横，随处可入，无一能昂然而言‘此处大门’；流通的种种符码蔓衍繁生，幽远恍惚，无以确定；诸意义系统可接收此类绝对复数的文，然其数目，永无结算之时，这是因为它所依据的群体语言无穷尽的缘故。”[③]在罗兰·巴特看来，存在两种截然相反的考察角度：一种是“将一切文本置于归纳和演绎兼具的往复运动中，以不偏不倚的科学目光，对它们一视同仁，从归纳的方向，强使它们重返总摹本，而后一切文本都将从这总摹本演绎生发出来”；[④]另一种是“把每篇文都放回到运作过程中”，看它如何无休止地“穿行于无穷无尽的文、群体语言及系统而呈现出来。”[⑤]罗兰·巴特显然是倾向于第二种角度的。多利莫尔认为，这种角度事实上就是强调文本的动态过程而非其稳态特征。[⑥]

后结构主义对文本边界“流动性”的探讨，使“互文性”这一概念应运而生。互文性（Intertexuality）也有人译作“文本间性”，作为一个重要批评概念，“互文性”出现于20世纪60年代，随即成为后现代、后结构批评的标识性术语。“互文性”通常被用来指示两个或两个以上文本间发生的互文关系。它包括（1）两个具体或特殊文本之间的关系。（一般称为Transtexuality）；（2）某一文本通过记忆、重复、修正，向其他文本产生的扩散性影响（一般称作Intertexuality）。[⑦]多利莫尔认为，罗兰·巴特不仅注意到“文本”的流动性，还

---

① Jonathan Dollimore. Radical Tragedy. Duke University Press，1984，p269.
② 罗兰·巴特 . S/Z. 屠友祥，译 . 上海人民出版社，2000. 10：51.
③ 罗兰·巴特 . S/Z. 屠友祥，译 . 上海人民出版社，2000. 10：56.
④ 罗兰·巴特 . S/Z. 屠友祥，译 . 上海人民出版社，2000. 10：62.
⑤ 罗兰·巴特 . S/Z. 屠友祥，译 . 上海人民出版社，2000. 10：55—56.
⑥ Jonathan Dollimore. Radical Tragedy. Duke University Press，1984，p270.
⑦ 陈永国 . 互文性，外国文学 . 2003. 1.

推动了“互文性”概念的产生和发展。[①] 巴特的《S / Z》(1970)是他对于互文性理论的一次精彩展示。巴特在书中注重的不是文本，而是读者。不是文本结构，而是读者参与的意指实践。不是读者被动消费的“可读”经典文本，而是读者主动参与的“可写”文本生产。与德里达不同，巴特在这种重写中发现了制造文本“互联”的主体，即作者、读者和批评家。他们的写作、阅读、理解、分析和阐释的能力，取决于他们对于不同互文本的累积、将其置于特定文本中加以重组的能力。这种累积与重组的结果，必然是作者、读者、批评家本人的文本性，也是他们对于“互文性”的一种自恋式满足。最终，作者成为他自己累积与重组的另一组文本。[②]

多利莫尔认为，真正从理论上系统建构起“文本性”与“互文性”观念的当推法国著名批评家克里斯蒂娃。克里斯特娃在巴赫金复调对话语言学的基础上进一步提炼出“互文性”：

> 横向轴（作者—读者）和纵向轴（文本—背景）重合后揭示这样一个事实：一个词（或一篇文本）是另一些词（或文本）的再现，我们从中可以读到另一个词（或另一篇文本）……任何一篇文本的写成都如同一副语录彩图的拼成，任何一篇文本都吸收转换了别的文本。互文性概念在互主体性概念的位置上安置了下来……这样，作为文本最小单位的词语的地位便显示出来：词语既是把结构模式与文化（历史）环境相联系的中介因素，也是使历时性变成共时性（变成文学结构）的调节因素。词语作为一个整体，在三个维度（主体—受话者—其他文本）中运作，它是由对话中的各种符义因素构成的整体，或者是由各种二重性因素构成的整体。[③]

可见，克里斯蒂娃也注意到进入互文空间的主体，对克里斯蒂娃来说，文本是一种行为，是批评和元语言行为。在这过程中，主体审查前文本和现在的文本，肯定一些文本并否定另一些文本。这就是主体所具有的解构所有话语的“互文性”功能。也就是说，“互文性”是一个复杂的动态的否定过程。

在对流动性“文本”的历史梳理中，多利莫尔感到，以作品为中心的批评

---

① Jonathan Dollimore. Radical Tragedy. Duke University Press，1984，p269.

② R. Barthes S/Z trans. Richard Miller. New York：Hill&Wang，1974.

③ 蒂费纳·萨莫瓦约 . 互文性研究［M］. 天津：天津人民出版社，2003.p4.

理论一般都把文本看作一个自足完整的有机统一体，而随着后结构主义对语境的重视和“互文性”概念的提出，对“文本”的理解也由结构主义的视文本为封闭的、自足的结构体系转向后结构主义的“一个开放的结构过程”。这给多利莫尔很大启发，使他在文学批评研究和实践中更多地关注社会历史进程，并强调文学与历史、文学与社会、文学与政治等的互动关系，即走向一种崭新的“互文性”批评。

二、“互文性”批评

研究者认为，所谓“互文性”批评，就是放弃那种只关注作者与作品关系的传统批评方法，转向一种宽泛语境下的跨文本文化研究。这种研究强调多学科话语分析，偏重以符号系统的共时结构去取代文学史的进化模式，从而把文学文本从心理、社会或历史决定论中解放出来，投入到一种与各类文本自由对话的批评语境中。[①] 于是，文学与世界的关系就可以视为文学文本与其他文本之间的文本间性的关系，“通过文本与社会语境”，也就是“文本与其他文本的‘互文性’关系，构成新的文学研究范式或文学研究的新方法论”。[②]乔纳森·多利莫尔在论述文学与历史的互动关系中，借鉴并发展了这种“互文性”批评模式。

1. 文本与历史的“互文性”

作为英国“文化唯物论”的重要开创者和积极实践者，多利莫尔是一位具有马克思主义理论修养的英国新左派理论家。“文化唯物论”是从雷蒙·威廉斯那里借用的，[③] 多利莫尔提出，“文化唯物论”主要是将文学“文本”与历史、社会和英语的研究相联系，并运用马克思主义的阶级和意识形态等观点去历史地研究这些问题。由于对文学与历史互动关系的强调，多利莫尔在文学批评研究和实践中必然非常重视历史研究领域的发展状况。对此，多利莫尔曾说：“我有选择地借鉴了历史方法论和批评理论的最近进展，这一方法论和批评理论显著阐释了意识形态与文学关系的本质，特别与伊丽莎白和詹姆士一世时期的戏剧有关。另外，它们还建构了新的标准来挖掘文学与历史背景的关系、来理解

① 陈永国．互文性，外国文学．2003. 1.

② 王岳川．历史与文本的张力结构，人文杂志．1999：4.

③ R. Williams. Marxism and Literature. Oxford：Oxford University Press，1977.

文学结构在这方面的重要性。”[①] 因此在文学批评中，多利莫尔强调文学与历史、文学与政治、文学与权力、文学与意识形态的多重复杂关系。他试图从一个更大的历史语境、社会文本和政治价值取向，去看待文学的现实“效果”和文学对现实的反应，体现出一种宏观的文化政治视野和对现实的深切关怀。[②] 这种文化历史的视界和政治关怀与欧美的新历史主义批评不期而遇，特别是在对英国文艺复兴的研究及文学与历史关系上形成了共同的焦点。

新历史主义诞生于20世纪80年代的美国和澳大利亚，由于它研究文学、文学文本的历史内涵的方法独特而得到文学理论界的关注，并逐渐形成气候而成为新历史主义文学批评流派。其代表人物主要有格林布拉特（Stephen Greenblatt）和蒙特洛斯（Louis Montrose）等。在《文艺复兴研究与历史的主题》一文中，蒙特鲁斯比较了英国文化唯物论指出，在美国新历史主义关注的重心在于最初产生文艺复兴文本的社会文化领域的“重建”，当然这种“重建”是基于“现在”对“过去”的作用的新的历史观的关系之上的。对英国相对说来更为强调“现在”怎么样利用“现在”对“过去”的各种描述。又在《教规化的文艺复兴：文化的政治学与诗学》一文在谈到文艺复兴诗学文本的意识形态性问题时指出，在新历史主义与文化唯物主义看来，“所有文本，无论怎样的不一致与多样，都标志着意识形态。”但是这种情况一方面因为，意识形态仅只是在包括文学范畴在内的特定的文化形态与实践中存在；另一方面，任何既定的“文学作品”的意识形态状况又必然是“多元决定”并是“不稳定”的。[③] 尽管两个学派存在一定的差异，但是在文本与历史的关系问题上，二者都强调文本与历史的“互文性”，即“文本的历史性”与“历史的文本性”，并在此基础上强调文学与历史的互动。[④]

“文本的历史性与历史的文本性”（the historicity of texts and the textuality of the histories）这一命题最早是由蒙特洛斯（Montrose）提出，按照他的解释，“文本的历史性”是指所有的文本，既包括作为批评家研究对象的文本，也包括批评家研究之后撰写的文本（文本又可能成为其他批评家再进行研究的对象），都含有历史的具体性、社会性、物质性的内容，由此，他将文本的内涵

---

① Jonathan Dollimore. Radical Tragedy. Duke University Press，1984，p4.

② 王岳川 . 新历史主义：话语与权力之维，益阳师专学报 . 1999. 1.

③ 转引自毛崇杰 . 关于“新历史主义批评”之再探，黄河科技大学学报 . 2001. 12.

④ 王岳川 . 后殖民主义与新历史主义文论 . 山东教育出版社，1999：185.

扩展为一切包含历史具体性、社会性内容的形式；“历史的文本性”表现为两个方面，首先，要接近一个完整的、真正的过去（历史）——一个物质性的存在，我们就必须以所要研究的社会文本为媒介，这个文本并非是偶然形成的，而是应该被看成是一定程度上经过有意选择和修饰过的；其次，文本兼有了二重性，一方面它是在一定历史时期物质与意识形态斗争中被人文学家经过描述、解释性加工而转化为文本；另一方面，这种文本又具有了“档案”功能，因为它自身同时又充当了被后人再阐释的媒介。[①]

多利莫尔非常推崇蒙特洛斯“文本的历史性与历史的文本性”的理论，他认为蒙特洛斯（Montrose）“从一开始就参与了新历史唯物主义运动并在其发展中发挥了重大作用”。[②] 多利莫尔强调文本与历史的“互文性”，认为只有通过“文本“这一中介才能真正认识历史。对此，当代马克思主义批评家弗雷德里克·詹姆逊（Fredric Jameson）也深有同感并进行了辩证分析：“历史并不是一个文本，因为从本质上说它是非叙事的、非再现性的；然而，还必须附加一个条件，历史只有以文本的形式才能接近我们，换言之，我们只有通过预先的文本化才能接近历史。”[③] 这为我们正确认识文本与历史以及文学与历史的互动关系具有重要启发意义。

作为文学史家，多利莫尔认为文本与历史密切相关，“文学性”与“历史性”形成一个动态的关系结构，这主要体现在他对文艺复兴时期历史状况与文学研究的思考中。20 世纪 70 年代之后，众多学者开始重视文艺复兴研究领域中的历史问题，体现出对忽视社会和历史语境的形式主义批评的反驳和批判。他们将文艺复兴时期文学看作某一特定历史时期的产物，并展开历史考察，主要有四种历史考察的方式：一是对作家生平或作品产生过程的传记式研究；二是在编年史叙述中确定和分析历史和文学时期，即文学史研究；三是文学社会学研究，即从宫廷文化向市民文化的转移、资产阶级的兴起等社会方面考察文学；四是文化史研究，它把文学作为整体文化的一部分来研究。[④] 多利莫尔认为，以往对文艺复兴文学的历史研究将文本与历史割离开来，没有认识到文本与历史的互动性。他提出历史研究是双向动态的，需要历史和今天之间的辩证

---

① S Greenblatt & G.Gunn. Redrawing the Boundaries. New York，1992. p.410.

② Jonathan Dollimore. Radical Tragedy. Duke University Press，1984，xiii.

③ 詹姆逊 . 政治无意识 . 中国社会科学出版社，1999：70.

④ 徐贲 . 走向后现代与后殖民 . 中国社会科学出版社，1996：53.

双向“对话”。①

多利莫尔将文艺复兴时期的文学研究作为自己的主导领域，在研究中，他想弄清楚：20世纪所关注的生存问题与17世纪文艺复兴时期的文学研究之间到底有什么关系。他注意到，中世纪的基督教与启蒙运动的人本主义之间，形成一个特殊的文艺复兴时期，前者将人视为从上帝处获得本质而形成的完整统一体，后者则坚持确立作为个体的人的观念，一个具有内在自我属性的统一存在。文艺复兴后期是一个怀疑的时代，人们可从这一时期的戏剧中发现，历史文献和艺术文本记载了人的自我属性与社会建构之间并不连贯也并不对称的本质。②多利莫尔指出：“正是由于这种不对称性造成的不稳定，构成示威、反抗和女性主义产生的基础和原因。”③

多利莫尔的文本与历史“互文性”的批评显然不同于传统的文学历史分析，其“互文性”批评视角更能把握文学发展和文学存在状况的真正问题。这从他对蒂利亚德（E.M.W.Tillyard）的评析中可以看出来。蒂利亚德在《伊丽莎白女王时代的世界图景》一书中提出了颇具影响的历史论断：伊丽莎白女王时期的人们是按一种基本上是中世纪的，但也为英国清教徒所接受的宇宙观来看世界。因此，宇宙间万物和人们之间的任何关系，全都受制于宇宙间不变的基本法则——自然。④多利莫尔指出，蒂利亚德打算详细论述这种宇宙秩序的观念，但是“把人们集体心理中那样大的一部分那样地视作当然，所以除了一些明确说教的段落以外，几乎没有提到什么。”⑤多利莫尔指出，蒂利亚德的这种观念之所以遭到反对，“并不是由于蒂利亚德在确认那个时期的形而上学秩序时出了差错，甚至也不是因为他在20世纪末21世纪初就不存在了；错误在于，从物质主义的透析看来，以人们的‘集体心理’的名义虚情假意地把历史与社会进程统一在一起。”⑥多利莫尔还指出：自启蒙运动以来，本质人本主义代替

① Jonathan Dollimore. Radical Tragedy. Duke University Press，1984，p112.

② 王岳川．后殖民主义与新历史主义文论．山东教育出版社，1999：190–191.

③ Jonathan Dollimore. Radical Tragedy. Duke University Press，1984，xli.

④ E.M.W.Tillyard. The Elizabethan World Picture. London，1943.

⑤ E.M.W.Tillyard. The Elizabethan World Picture. London，1943.p18. 转自：J Dollimore. Introduction：Shakespeare，Cultural Materialism and the New Historicism. Political Shakespeare：New Essays in Cultural Materialism，eds. Jonathan Dollimore and Alan Sinfield，New York：Cornell University Press，1985：7

⑥ J Dollimore. Introduction：Shakespeare，Cultural Materialism and the New Historicism. Political Shakespeare：New Essays in Cultural Materialism，eds. Jonathan Dollimore and Alan Sinfield. New York：Cornell University Press，1985：7.

了基督教人本主义，人的规定性不再是天意秩序中的位置，而是人个人内在的本质素质。用本质主义来谈《李尔王》，它的主题就不再是“自然”，而是“正义”。他说：“……此剧以极大的力量和丰富细节显示了人性从堕落中自然恢复的过程……李尔退缩到他灵魂的黑暗孤独之中，在那里有着萌发新生的苗床，因为个体乃是人的最重要的素质和关系全部潜力的源泉。”①由此，多利莫尔指出：“蒂利亚德描绘的世界图景，如果确实存在的话，也不是大家都具有同感的；它是把现存的社会秩序在意识形态方面合法化。”②

显而易见，多利莫尔将历史研究的意识形态性与文本的文学性联系起来，他既强调通过文本认识历史的必要性，又突出了文本作为特定历史的产物必然参与历史建构的重要意义，全面分析了文本与历史“互文性”的动态结构关系，对我们正确认识文学与历史的互动关系具有重要的理论基础和现实启发意义。

2. 文学与历史的“互文性”

文学与历史的关系历来是文学研究关注的焦点问题，多利莫尔以崭新的“互文性”视角来探讨文学与历史的动态关系。他将文学文本与非文学文本联系起来，认为文学与历史是相互建构的过程。这种观点既克服了孤立地进行文本研究的形式主义批评的局限，又避免了将文学置于历史“背景”下研究的传统的社会历史批评。

传统的社会历史批评将历史看作文学的“背景”研究，认为历史具有文学无法企及的具体性和明确性，他们强调历史具有内在统一性和普遍规律性，文学不过是历史的“附带现象”。针对这种将文学与历史割离的观念，多利莫尔以“互文性”观念审视，首先对历史的“普遍性”提出了质疑，并转向对“个体性”的边缘群体的研究。多利莫尔将文本的文学性与历史的意识形态性联系起来，认为历史不仅仅以普遍性概貌为主，也包括那些在一般性史实叙述中无法获得表现的小事件。多利莫尔认为，这并不是因为它们缺乏普遍性，而是由于它们不符合当时的主导意识形态，因而被强制和压抑。他主张在批评研究中，应该让那些个别的、被压制的历史事件发出自己的声音，诉说自己的

① Jonathan Dollimore. Radical Tragedy. Duke University Press，1984，pp190..

② J Dollimore. Introduction：Shakespeare，Cultural Materialism and the New Historicism. Political Shakespeare：New Essays in Cultural Materialism，eds. Jonathan Dollimore and Alan Sinfield. New York：Cornell University Press，1985：7.

历史。他斩钉截铁地提出："个体乃是人的最重要的素质和关系全部潜力的源泉。"①

多利莫尔对"普遍性"历史的质疑主要体现在他的"反本质人"的批判中，这也是其政治文化的文学批评观的核心概念之一。多利莫尔认为，"反本质人"的观念主要是在挑战一种理想，即："人"拥有某些特定的，不能改变的本质，那就是让"他"使之为人，这也是"他的"文化及其超越其生存条件的优先权的根源和基本决定因素。②新马克思主义者阿尔都塞的意识形态理论对多利莫尔的"反本质人"的批判具有重要影响，他认为，"在反本质主义批判中，阿尔都塞的理论值得重新关注。"③在阿尔都塞看来，意识形态从根本上讲并不是对世界的描述，而是表明"我"与世界的生活关系的暗示和表象系统，是将人建构为社会主体的一种特殊表意实践。他说：

> 我想表明的是意识形态是这样"行动"或"执行功能"的，它从个体中"招募"主体（招募所有个体），或者说将个体"转换"成主体（转换所有个体），我把这个过程称为询唤或招呼。④

阿尔图塞还吸收雅克·拉康的精神分析理论，提出意识形态是个体"想象的"与真实世界的关系。多利莫尔指出：对于阿尔都塞来说，人本主义呈现出两种相辅相成、不可分割的观点：（一）有一种普遍的人的本质；（二）这是本质属性——"每个单独的个人"是真正的主题，这是阿尔都塞所说的必须废除的：要知道人的所有一切是不可能的，除非在绝对先决条件下——人的哲学（理论）神话化为灰烬。针对阿尔都塞，有人反驳说，人的主体是非中心的，它由没有"中心"的结构所构成。要么，就是在一种假想的错误的自我认定中，也就是说在意识形态中发现自己。⑤在借鉴阿尔都塞意识形态理论的基础上，多利莫尔的反本质的人的观点体现出一定的激进色彩。他认为，"人根本没有什么本质的'天性'，人的一切特征都是在特定历史时刻社会因素的产物。"⑥

① Jonathan Dollimore. Radical Tragedy. Duke University Press，1984，p190.

② Jonathan Dollimore. Radical Tragedy. Duke University Press，1984，p249.

③ Jonathan Dollimore. Radical Tragedy. Duke University Press，1984，p249.

④ 拉曼·塞尔登 . 文学批评理论——从柏拉图到现在 . 刘象愚等，译 . 北京大学出版社，2000：500.

⑤ Jonathan Dollimore. Radical Tragedy. Duke University Press，1984，p250.

⑥ Jonathan Dollimore. Radical Tragedy. Duke University Press，1984，p252.

随后多利莫尔开始将目光投向被剥削压迫和排斥的附属的边缘群体，他大声呼吁：“让我们来想一想那些处于劣势地位的阶级、妇女、受帝国主义统治的第三世界国家”。[①] 自 20 世纪 60 年代起，不少学者开始转向对“小事件”的研究。他们由以往的关注重大事件、皇亲国舅、达官贵人、英雄人物而转向关注普通大众的日常生活，诸如宗教信仰、礼仪风俗、婚丧嫁娶等社会“小事件”，力求探寻、发掘那些被湮没者和被边缘化者的历史，甚至进一步去探究使其变成如此的原因及过程，即他们“如何变得如此默默无闻以及在当今社会是什么力量在主宰他们的沉浮”，[②] 这种观点在揭示和展示历史的“丰富性”方面值得肯定。多利莫尔引用伊格尔顿对《麦克白》中巫婆们的评论来强调边缘群体理论的重要性：

> 这些巫婆是一些人心中的女英雄，通过在《麦克白》中表达雄心壮志的想法，揭示了那个阶级社会的秩序是一种虔诚的自我欺骗，它建立在日常的压迫和不停的战争之中。他们的谜语式的、含混不清的言辞，承诺要推翻这个社会结构：他们嘲弄式的文字游戏从内部渗透和破坏着《麦克白》，揭示了他内心的空虚缺乏使他的存在仅仅变成了一种欲望需求。那些巫婆意味着一种毫无意义的领域，以及在这部作品边缘里时常出现的诗歌化的表达。他们促成了《麦克白》内部这一异常化和欲望需求性的领域，所以在戏剧的最后，正是由于他的这一内部原因，粉碎和吞没了他以前的身份。戏剧中这些无意识的巫婆的角色，被认为是必须排除和压制的危险因素，但他们经常会复仇般的卷土回来。这些巫婆包含了一种无政府主义的，非常广泛而又模糊存在的区域，这些区域在正式社会的内部外部都有存在。但是正式的社会只会把那些激进革命性的异常群体看作是叛乱，而不是带来新的创造。一种卑鄙的政治秩序——建立和繁荣在血腥之上的、却相信自己是公平的，然而那些巫婆们也并没有把这些反对的问题彻底颠覆和摧毁。[③]

多利莫尔高度评价了伊格尔顿的边缘研究，认为这部作品是“评论领域里

---

① Jonathan Dollimore. Radical Tragedy. Duke University Press，1984，liv.

② John Brannigan. New Historicism and Cultural Materialism，Macmillan Press Ltd.，1998，p35.

③ Terry Eagleton，“William Shakespeare（Rereading Literature Series），Oxford：Blackwell，1986，pp2–3.

值得尊敬的和具有代表性的作品，更广泛意义上来讲，也代表了他所在的那一个时代"。[①] 多利莫尔认为，以边缘视角审视文学研究，会发现文学与历史之间并不存在一个绝对的界限，这有利于我们在文学研究中动态地把握文学与历史关系问题，将文学与历史、文学文本与非文学文本置于"互文性"关系中加深理解。例如，他对莎士比亚作品《第十二夜》等的阐释就是通过文学文本与社会非文学文本之间的"互文性"批评模式进行的，通过符码解读，揭示出过去一度被人忽视的历史事实。《第十二夜》中薇奥拉穿上男装当上了公爵的侍从，《威尼斯商人》中鲍西娅扮成男律师惩治了高利贷商人夏洛克，《安东尼与克莱奥佩特拉》中埃及艳后喜欢穿扮成男性君主，在当时的戏剧演出中，女角也都有男性童伶扮演。多利莫尔认为，在正统思想中，男女两性的区别是上帝确定的世界秩序的基本原则，男女服装上的区别就反映了这一原则，而戏剧却打破了这一原则的神圣性，这就"意味着宗教上的一种极端破坏性的混乱"，它"惩罚性地置换了对社会变革的极端恐惧以及性别和阶级的等级制度所发生的动摇"，同时"对妇女低于男子的传统价值观发起了挑战""向社会秩序的形而上的合法性提出了质疑"。[②]

就这样，多利莫尔的文学批评就"穿梭"于莎剧的演出形式、性别、宗教与社会等级制度以及《第十二夜》等文本之间，从而重建了那个特定时期的历史文化。在多利莫尔这里，文学与社会历史的关系不再是单一的主从关系，而是两个并行系统之间的关系，对文学史的考察不再成为对政治、社会历史的实证主义的解说，而是以历史的主体或社会的意识形态角度对文学话语实践的复杂性和过程性的把握。这样一来，文学生成的"历史语境"以及二者之间的关系，代替了封闭自足的文学，文学作为研究的对象呈开放状态，因其与文学以外的政治逻辑、文化法则相联系，使得文学研究与社会历史文化研究密不可分。可见，多利莫尔有关文学与历史的这种"互文性"的动态结构关系的阐释，对我们认识和把握文学与历史、文学与政治、文学与意识形态之间的复杂关系，提供了独特的研究视角和思维方法，为其独特的政治文化批评奠定了坚实的理论基础。

---

① Jonathan Dollimore. Radical Tragedy. Duke University Press，1984，lv.

② Jonathan Dollimore. Shakespeare，Cultural Materialism，Feminism and Marxist Humanism. Literary History，Spring 1990，P483.

第三节　“互文”的政治释析

多利莫尔强调文学与历史、文学文本与非文学文本之间相互融合、相互渗透的动态结构关系，并指出，在这个动态的复杂的关系结构中，我们既要认识到文学文本与非文学文本密不可分的关系，同时又要清醒地认识到，文学文本具有相对的独立性，文学与历史、文学文本与非文学文本之间不存在“直接”的“互文性”，从而展开了对“互文”的政治释析，为其全面阐释文学批评的政治（意识形态）功能奠定了前提。

一、文本的相对独立性

作为马克思主义批评家，多利莫尔非常重视社会历史语境对文学研究的重要作用，并借鉴后结构的“互文性”视野详尽阐释了文学与历史、文学文本与非文学文本之间密不可分的动态关系。同时，多利莫尔积极探索文本的相对独立性，反对那种认为文学与历史“直接”联系的观点，因为“认为文本与历史之间存在着直接而自发的关系，这是一种幼稚的经验主义观念，必须予以抛弃。”①

多利莫尔认为，马克思主义批评家应该重视文本的相对独立性，并论证了历史上一些马克思主义批评家对此问题的研究。例如西方马克主义创始人卢卡契（Georg Luacs，1885—1971）就试图通过现实主义创作手法对历史深层规律或“历史真实”的特殊把握能力，让文学作品在“根本上”反映历史真实的前提下，从细琐的对应关系中解放出来，获得相对的独立性。但是卢卡契将作品“本身”放在从属的“工具”地位，过于夸大了社会历史地位而忽视了文本研究，因而很难获得文本的相对独立性。另外，对多利莫尔批评思想具有重大影响的结构马克思主义者阿尔都塞，根据多重结构和多元决定原理以及意识形态理论，也在努力确立文学文本的独立性。阿尔都塞认为意识形态是先于个体存在的“社会的历史生活的一种基本结构”，②人生活在既定的社会关系中，意识形态以无意识的形式通过教育宗教和其他文化结构等国家机器发生作用，形成对个体的召唤，使个体屈从于社会并进行相互识别，同时个体也对自己进行识别。这样个体逐步形成主体，以为他对社会的想象关系就是现实，也以此确定

---

① Terry Eagleton. Criticism and Ideology：A Study in Marxist Literary Theory. London：New Left Books，1976.p70.

② 路易·阿尔都塞．保卫马克思〔M〕．顾良译，北京：人民文学出版社，1980：202.

自己的行为。[1]阿尔都塞成功地说明了意识形态发生社会实践功能的运作方式，有效地克服了理论与现实的脱节，增强了理论阐释现实的有效性。但是这种观点很难避免资产阶级传统审美话语的色彩，因而，“很难坚持”。[2]

值得一提的是，多利莫尔对伊格尔顿的“文本的相对独立性”研究非常关注，并认为伊格尔顿的研究“代表着近期研究中的重要问题”。[3]伊格尔顿认为：“文学是一种特殊的语言组织方式，它‘扰乱’惯常的表意方式，从而凸现某些表意方式，使我们感觉到它们所依托的意识形态。”多利莫尔通过对伊格尔顿和肯尼思·摩尔（Kenneth Muir）在《麦克白》中有关超自然因素的讨论的对比研究，来探讨伊格尔顿的“表意方式”（象征）对确立文本相对独立性的重要意义。伊格尔顿有关《麦克白》巫婆的评述已在前文列出，这里，我们来看一下摩尔的论述：

> 我们不再相信鬼怪的存在，莎士比亚戏剧的大多数观众正是如此，但这并不能消除它对我们的巨大影响。因为尽管随着鬼怪存在的观念的消逝，他们仍然能够在人们的心里留下邪恶的印象，传统习俗和观念的改变并不能够真正改变悲剧的普遍性。[4]

多利莫尔认为，摩尔“重新把鬼怪揭示成邪恶的代表，这挽救了莎士比亚”，但同时也“暗示我们：即使莎士比亚相信，我们也应该在迷信的表面下看到更深层次的真实情况”。多利莫尔之所以这么说，是因为，“公平地讲，对于摩尔来说，他在这篇文章里相当谨慎，事实上并没有把这种标志性观点强加在莎士比亚身上。它还可以包括一些没有明确说明的东西。然而，整体的影响就是通过利用象征主义符号，把一段历史的困境解构成为超历史的事实。”[5]多利莫尔认为，“摩尔想去除的部分，正是伊格尔顿准备抓住和强调的内容”，因此，伊格尔顿认为，“那些巫婆是反叛的，他们同时揭示和颠覆那个使他们妖魔化的社会秩序。”对此，多利莫尔认为他们：“尽管在方式上非常不同，但不管

---

① Jonathan Dollimore. Radical Tragedy. Duke University Press，1984，p16–18.

② Jonathan Dollimore. Radical Tragedy. Duke University Press，1984，p6.

③ Jonathan Dollimore. Radical Tragedy. Duke University Press，1984，lvii.

④ Kenneth Muir，Macbeth（The Arden Shakespeare）. London：1964，p.lxx. 转自：Jonathan Dollimore. Radical Tragedy. Duke University Press，1984，lv.

⑤ Jonathan Dollimore. Radical Tragedy. Duke University Press，1984，lvi.

是对于使之妖魔化的早期现代英国社会，还是利用和把他们推向前台的当代批判中，这个观点都同样适用。但是这种象征主义与摩尔的从巫婆到人的内心的象征性解构是非常不同的——尽管我们可以看到有一种观点，认为对于巫术魔法的崇拜来源于人的内心。”可见，伊格尔顿所运用的“表意方式”或象征系统实际上是特定意识形态的表现，通过表意方式，可以“感觉到它们所依托的意识形态”，而意识形态是对历史真实的一种想象性关系，因此文学文本通过表意方式或象征系统和意识形态而“隔了两重”地与历史联系着。①

伊格尔顿的“文本相对独立性”研究给多利莫尔极大启发，多利莫尔认为，需要在“互文性”视野中来考察文学与历史之间的关系的“间接性”，即要以重视文学与历史、文学文本与非文学文本相互联系、相互影响的动态的结构关系为前提。另外，对文学与历史“间接性”的研究，主要是启发我们关注文学与历史的具体联系方式问题，即文学文本与社会历史到底是何种特殊方式联系起来的。伊格尔顿通过描述文本的整个意识形态生产过程，展示了文本与历史的密切关联。这对多利莫尔把握文学与历史和文学与意识形态之间的关系并强调和展开文学的意识形态批判具有重大借鉴意义。

二、文本对抗“秩序”

多利莫尔在探索文本的相对独立性过程中，主要借鉴了阿尔都塞、伊格尔顿等马克思主义批评家的意识形态批评理论，在对文艺复兴时期文学的研究中，强调文本与秩序的“对抗”机制，不但揭示“秩序”在作品中的体现，还竭力搜寻“颠覆”因素对抗秩序的功能，力图证明当代政治和意识形态制造出符合自身利益的相关文学文本。

正是在这点上，以多利莫尔为代表的英国“文化唯物论”体现出与美国“新历史主义”批评学派的差异。前文我们讲到，“新历史主义”与“文化唯物论”是产生于20世纪80年代的两大批评流派，二者都致力于恢复历史原貌、关注历史和文化的差异性，都极力强调文学与社会历史之间的互动关系，并将文艺复兴时期的文学研究作为主导领域，在基本理念、具体的批评方法和政治立场等方面有许多契合之处，因而，二者之间常被认为互为翻版，只存在地理和名称的差异。一些批评文章和著作也闪烁其词，默认二者统一，或把它们等

① 马海良．文化政治美学——伊格尔顿批评理论研究．中国社会科学出版社，2004. 11：162.

量齐观。[①]20 世纪 90 年末，约翰·布兰尼根的《新历史主义与文化唯物论》第一次对这两个流派进行了比较研究，该书认为，所谓二者的趋同，只是最初的情况，随着时间的推移以及理论和实践的深化，它们的区别日益彰显，逐渐凸现出它们侧重点的不同。

> 具体说来，新历史主义着重考察文本对权力的体现以及权力如何发挥其功能。它关注权力是怎样遏制一切不利于主导意识形态的颠覆力量。与此不同，文化唯物论又往前走了一步：它不但揭示主导意识形态在作品中的悄然渗透，还竭力搜寻颠覆因素反拨主导意识形态的蛛丝马迹。比较而言，文化唯物论政治批判的意味更加浓烈，它的基调也显得更为高昂。[②]

可见，多利莫尔有关文本与秩序的“对抗机制”研究鲜明体现出与新历史主义批评的差异，从而验证了约翰·布兰尼根对两大学派进行比较研究的重要性。多利莫尔首先直面当今的英美文学批评研究，他指出：“英美文学批评的主要传统就是在美学和意识形态上关注威廉斯所说的‘秩序问题’和福克特（Fekete）所说的‘和谐溶合的终极目标’。多利莫尔认为，“这种关注特别误读了詹姆士一世时期的悲剧”，因为：“悲剧产生于一种如威廉斯所描述的与现代阶段相关的危机意识，但是，不同于最近文学批评有影响的运动，戏剧对危机的反应并不是回归到秩序、融合、和谐等这些美学和意识形态的概念。相反，它面对并阐释那种危机，实际上它确实帮助解除了危机。”多利指出，“我所探索的剧本中的关键主题都违反和挑战了现今着迷于和谐融合目标的伊丽莎白一世时代的同等力量。”由此，多利莫尔试图建构起文本对抗秩序的“对抗机制”。

多利莫尔强调在文艺复兴时期文学研究中，要分析文本中那些可以读出的思想、主题和意义的存在条件，揭示它们背后被压制的他异因素，并且探究他异因素与主导意识形态和权威之间的那些游移不定、但却决定特定社会形态性质的种种关系。这主要体现在他对《李尔王》的解读中。针对蒂利亚德在《伊丽莎白女王时代的世界图景》中的历史论断，多利莫尔指出，在那似乎是由剧本文本全面支持和说明的宇宙自然秩序观背后，其实还有被压制着的，对这种

---

① 赵国新．文化唯物论，外国文学．2003. 7.

② John Brannigan. New Historicism and Cultural Materialism, St. Martin’s Press Inc., 1998.

秩序观有破坏作用的他异因素。大臣戈罗萨斯特的私生子埃迪门就是一个例子。在剧中，我们看到埃迪门进谗言加害于正出的异母兄弟艾德加，骗得继承权。他忤逆父亲，与李尔的两长女通奸，并迫害老国王。就连这样一个十恶不赦、丧尽天良的人最后也不得不在自然秩序面前悔过认罪。多利莫尔指出，所谓自然秩序这一主导意识形态其实并不是铁板一块，它的存在本身不能不产生破坏性的异已因素，而它的维持全靠压制和化解这些因素。私生子埃迪门本身就是封建家庭财产结构中的异已因素。他对嫡出兄弟的嫉恨自有其社会、经济原因，不只是天性邪恶所致。他的非法定身份使得他更容易看清楚他那个社会的意识形态基础：但他没有就此成为真正的叛逆者。就在他愤怒得说道：“合法的艾德加，我必须要得到你的土地”（一场二幕）的时候，他一方面在某种程度上看清了财产才是家庭自然关系的真正基础，另一方面却更深地落入这种主导意识形态的控制中。就在他争取继承权，以便把自己从卑微的社会地位中解放出来的时候，他却在更大程度上成为那曾伤害过他的权力和财产的奴隶。这时候的埃迪门体现了受害者内化主导意识形态，破坏因素被转化为支持因素的社会、文化过程。由此揭示的社会异己因素和权威之间的关系要远远比单纯的对抗或支持来得复杂和辩证。多利莫尔指出，这种分析也使对具体历史时期社会、政治和文化现象的分析对现今的相似现象（受害者因看清政治权力的本质而更急切地要投靠于它）产生批判作用。①

可见，多利莫尔认为任何文本都不可能超越意识形态，并主张在对文本研究中，建构一种意识形态批判和自我审视的过程。由此，多利莫尔在对文学与历史动态结构关系探究的基础上，转入对文学文本的意识形态批判，并开始在文学与社会历史文化动态的关系结构中阐释和探索文学与意识形态之间复杂的关系，体现出其文学批评独特的“政治文化”视野。

第四节　“政治文化”的现代启示

21 世纪，人类社会正经历着一场广泛而深刻的变革，世界的发展、中国的发展都处于一个关键时期。众所周知，改革开放以后，我国的社会生活开始全面步入转型期，这必然带来整个社会经济和思想文化观念的巨大转折和震荡，

---

① Jonathan Dollimore. Radical Tragedy，Duke University Press，1984，p195-202. 摘自：徐贲 . 走向后现代与后殖民 . 中国社会科学出版社，1996：51-52.

也必然要求包括文学在内的整个人文社会科学体系对此做出学术的回答。学术界对于当前文艺学转型所面临的一些基本理论问题，观点各异，争论不休，使当前文学研究日益呈现出一种多元化、多样化，也日显芜杂和失序的局面。[①]

乔纳森·多利莫尔以自己所呈现的独特的政治文化批评研究的新成果，触动了我们对当前文学转型所面临的一些基本问题的思考，对我国当代的文学批评和研究具有重要的借鉴意义，并在一定程度上预示了文学批评的未来发展趋势。

乔纳森·多利莫尔将文学批评对象置于宏大的社会历史文化语境中，以独特的“政治文化”视角关注人类社会的存在方式及其意识形态范式，从一个宏观的社会历史语境中阐述文学文本与社会现实的互动关系。并且，多利莫尔把社会变革要求和实践当作文化的一个重要部分，它关心文化和政治之间的互动关系，但其目的不在于建立某种政治理论，而在于用“政治文化”的独特视角对文学文本提供一个宽广的解释角度和分析语境。无疑，多利莫尔对理论的现实关怀和批判实践的批判精神使他的政治文化批评具有明显的政治化倾向，一定程度上预示着一种新的意识形态批评趋势；而多利莫尔这种动态性与整合性相统一的辩证研究方法，又表明了一种思想理论的发展趋势，即“在当代知识爆炸的情势中，人们再也不可能偏执于某个单一的视角、某种狭隘的立场展开学术实践”，[②] 从而预示着文学批评和研究必然走向综合与互补。

自20世纪后半期以来，西方资本主义国家纷纷宣布进入所谓的后工业、后现代社会，以经济的高速发展、财富的急剧积累和科学技术的日新月异为物质表征，以主张多元共生和差异性为其文化特征。对此，西方理论界尤其是马克思主义学者们各抒己见，从而使“后现代”成为一个充满争议的概念，不同的理论家对其有不同的阐释。但此时出现的诸多哲学与社会思潮在反叛权威、颠覆传统、批判资本主义科技文明与理性等方面无疑具有一致性。乔纳森·多利莫尔的成长和生活都始终离不开后现代环境，因而多利莫尔的理论阐释和批评实践必然与后现代问题密切相关，不可分割。一方面，后现代的各种理论资源对多利莫尔产生了重要影响，他的很多思想都不同程度地体现出对后结构主义和后现代主义的借鉴。多利莫尔的政治文化批评作为当代西方与

① 马龙潜．方法论意识与问题化意识．山东大学出版社，2006年10月第一版，第19页．

② 陈晓明．文化研究：后—后结构主义时代的来临，文化研究．第一辑，天津社会科学出版社，2000年，第42页．

后现代思潮几乎同步崛起的一种重要的文学理论与批评模式，自然或多或少地汲取了其中的滋养，尤其借鉴了其颠覆与反叛的时代精神。主要体现在多利莫尔对后结构主义和当代新马克思主义的辩证吸收上。其中包括米歇尔·福柯（Michel Foucault）的权力话语学说、雅克·拉康（Jacques Lacan）的新精神分析理论、雅克·德里达（Jacques Derrida）的解构主义哲学，还有威廉斯的文化唯物论、弗洛伊德的意识形态理论、葛兰西的文化霸权理论等新马克思主义理论。这些理论分别从不同的角度，表现出解构现存的思维习惯、道德习俗以及价值定势的趋向。这一趋向，和强调文学批评的实践性和斗争性并具有鲜明颠覆特征的政治文化批评的精神价值具有一定的吻合性。并且，在方法论上，多利莫尔的政治文化批评对后结构主义那些局部的、个别的理论观念和方法进行辩证吸收和综合，并在此基础上展开了具体的批评实践。

另一方面，多利莫尔尝试在后现代语境中思考马克思主义的理论价值，坚持马克思主义对当下资本主义理解的有效性，运用马克思主义的立场和方法展开对后现代主义的深刻反思和批判。正是在对后现代主义的那些知识体系的辩证吸收和发展中，多利莫尔的政治文化批评体现出鲜明的政治化倾向，而他以独特的“政治文化”视角对文学与意识形态关系的详尽探讨和阐释，既体现了多利莫尔对意识形态终结论的反思和批判，又在一定程度上预示着一种新的意识形态批评的产生。

“意识形态”是多利莫尔批评话语里的一个重要范畴，是他的政治文化批评的标志性符号。多利莫尔始终围绕着“意识形态”这个概念，以政治批判意识深入具体的文学理论问题和文学现象个案之中，主张在文学的历史的阅读和分析中，揭示意识形态遏制过程的复杂性。多利莫尔多次强调：“从意识形态上开拓研究课题总是确定无疑的事，这一点值得考虑。”[①]由此，多利莫尔将“意识形态”作为对抗种种后现代主义思潮的坚固基石，并坚持运用马克思主义的立场和方法对后现代主义展开深刻分析，主要体现在多利莫尔对意识形态终结论的反思和批判中。

二战后，掀起第一股“意识形态终结论”的潮流。在 1945 年，法国哲学家加缪最早提出意识形态终结的观点，他认为意识形态是一种骗人的把戏，已经

---

① J Dollimore. Introduction：Shakespeare，Cultural Materialism and the New Historicism. Political Shakespeare：New Essays in Cultural Materialism，eds. Jonathan Dollimore and Alan Sinfield. New York：Cornell University Press，1985：7.

走向了自我毁灭。在 1955 年的冷战时代，雷蒙德·阿隆也开始研究意识形态终结的问题，并指出民族主义、自由主义等政治意识形态已经走向失败。之后，丹尼·贝尔公开宣称："50 年代是政治幻灭的年代……有不少社会学家，如雷蒙德·阿隆、爱德华·希尔斯和我自己，开始把 50 年代看作是'意识形态的终结'。借此，我们是要说明，激进运动的陈旧政治观念已经失掉了活力，它再也无法在知识分子中唤起忠诚和热情了。"①不过与曼海姆不同的是，丹尼·贝尔认为："意识形态的终结并不同时是、也不应该是——乌托邦的终结"，恰恰相反，"人们只有在清楚认识到意识形态的陷阱时才能对乌托邦展开新的讨论。"②这个时期西方右翼知识分子的旨在为资本主义辩护的意识形态终结论很快遭到反驳，但同时也提出了很尖锐的问题，促进了马克思主义传统内部意识形态概念的变化。③

意识形态与科学的对立为阿尔都塞所继承，他据此诊断出马克思"认识论的断裂"。阿尔都塞试图对马克思的意识形态论进行了修正，把人类主体的概念引入意识形态。他对意识形态做了这样的表述："意识形态是个体与其生存状态的想象性的关系的表征。"④也就是把意识形态理解为人们赖以想象和认识自己与自身存在状况之间关系的某种社会惯例。这样，意识形态无处不在，它总是穿越文学，渗透文学。多利莫尔认为，马克思的意识形态界定是"最直接的意义"，并指出，文艺复兴时期的剧作家和诗人马洛·克里斯托弗（1564–1593）也具有相似的观点，即认为"意识形态是对统治者进行颠覆以及对被统治地位进行否认的进程"。而阿尔都塞则认为"意识形态不仅成为可以通过正确感知而改变的一套虚假信念，并且在这种信念中我们可以感知整个世界甚至意识本身的境况和背景"。多利莫尔总结道，这种观点就是指，"我们的意识是由意识形态组成的，并且尽管我们自我感觉自己是社会秩序中独立的个体，实际上我们却被社会秩序所左右。"⑤为了论述方便，多利莫尔将这两种意识形态的界定分别归纳为意识形态的"认识论"概念和意识形态的"物质论"概念。多利莫尔指出，"实际上，无论是意识形态的认识论概念还是物质论概念本身都是

---

① Waxman, Chaim (ed). The End of Ideology Debate [M]. New York: Funk & Wagnalls, 1968, p99.

② Waxman, Chaim (ed). The End of Ideology Debate [M]. New York: Funk & Wagnalls, 1968, p102.

③ 许娇娜."意识形态终结"之后的意识形态，文艺理论研究.2007 年第 4 期.

④ LouisAlthusser. LeninandPhilosophyandOtherEssays. MonthlyReviewPress, NewYorkandLondon, 1971, P.162.

⑤ Jonathan Dollimore. Radical Tragedy. Duke University Press, 1984, p.10.

不充分的，特别是当超越历史运用时。但是它们对于理解伊丽莎白/詹姆士一世时期又都是必要的，不仅因为那时候它们突出显现出来，并且因为它们在那时无法避免地相互关联。”[①]同时，多利莫尔指出，这两种意识形态概念的界定都存在一定程度的局限性。并且，多利莫尔着重对阿尔都塞的意识形态概念提出一定程度上的质疑，他认为，“物质论意识形态概念忽略了早期它的历史重要性，也忽略了接受更加复杂和辩证表述的必要方法。”[②]由此，多利莫尔认为，“阿尔都塞的独创性被高估了，至少被一些阿尔都塞者们以不充分的哲学和历史观点高估了。”[③]可见，多利莫尔虽然高度评价了阿尔都塞意识形态理论的价值，同时也反思了他观点的一些局限。在阿尔都塞的理论框架中，意识形态是与政治实践、理论实践以至经济活动相并列的一种社会实践形式。尽管他把物质生产实践看作所有社会实践中的基本活动，但是他的多元决定论的问题框架决定了物质生产实践与意识形态实践之间的决定关系是模糊不清的，这也就造成了人们常说的淡化社会存在决定社会意识、尤其是忽略经济基础与上层建筑的区分和联系的结果，最终将阶级斗争排除在“问题框架”之外。[④]而多利莫尔则始终坚持物质生产关系对于社会存在性质的规定性和对于社会意识的决定作用，因此他不仅看到了意识形态的阶级属性和政治意义，也强调意识形态与经济基础各层次和上层建筑各区域之间的多重结构的复杂关系以及意识形态本身的复杂组合。

到了后现代主义横行天下时，后现代主义、后结构主义发起了对意识形态气势汹汹地第二波冲击。这股“后”学思潮否定真理与意识形态，宣称包括意识形态终结在内的历史的终结。那么在这样一个讲求断裂性、偶然性、无序性的后现代时代，意识形态真的终结了吗？

对此，多利莫尔将其政治文化批评与马克思主义理论结合起来，通过对马克思主义传统与非马克思主义传统的意识形态概念的辩证扬弃，对后现代主义的意识形态终结论进行了批判和反击。多利莫尔在其著作《激进的悲剧》中，表达了希望将马克思意识形态学说与阿尔都塞的意识形态物质论进行辩证扬弃的想法。他举例说，当培根阐释他著名的幻象学说时曾详细表述了意识形态的

---

① Jonathan Dollimore. Radical Tragedy. Duke University Press，1984，p.11.

② Jonathan Dollimore. Radical Tragedy. Duke University Press，1984，p.11.

③ Jonathan Dollimore. Radical Tragedy. Duke University Press，1984，p.19-20.

④ 马海良 . 文化政治美学——伊格尔顿批评理论研究 . 中国社会科学出版社，2004. 11：128.

认识论概念，他说：

> “人的思想如果不被解放和破坏，它充满了假象……迷信和欺骗”。最显著的假象是“人类的理解何以本性倾向于设想世界上比它所能发现的还要多的秩序和规律性的存在……这样就虚构出所有的神圣的人类都在完美的领域活动。”培根说，其他的假象与语言的混乱用法和错误的哲学体系相关，“依据传统，轻信和疏忽都是可以接受的。”①

多利莫尔认为，在这里，培根将“传统”与“轻信和疏忽”联系起来，“至少表明可以同时思考意识形态的认识论和唯物主义者两个层面的概念”。他进一步指出，“传统，通常被称为习俗，是后者的基础，它实际上体现了维持社会秩序的社会实践权力这一意义深奥的观点。”由此，多利莫尔强调：“当认识论上和伦理学的真理被承认与习俗和社会实践相关时，意识形态的思考不可避免地重要起来。”②随后，他将目光主要聚焦于文艺复兴时期研究状况，并认为“这一时期发展了对意识形态在认识论和物质（唯物）两个层面的认识，值得我们关注”。③多利莫尔在对福柯权力话语理论的充分吸收下，认为意识形态是一种非常复杂和充满挑战的话语体系。在多利莫尔看来，意识形态不能脱离语言符号而单独存在，因为语言是思想的直接现实，正如马克思和恩格斯所说：“精神”从一开始就很倒霉，注定要受物质的“纠缠”，物质在这里表现为震动着的空气层、声音，简言之，即语言。语言和意识具有同样长久的历史；语言是一种实践的、既为别人存在并仅仅因此也为我自己存在的、现实的意识。④同时，多利莫尔指出，意识形态必然表现为符号现象，但意识形态不完全是一个“语言”问题，因为意识形态并非本身固有的属性或纯形式特征。如同伊格尔顿所说：“意识形态是‘话语’问题而不是语言问题……是谁对谁说什么的问题。”⑤这里就强调了语境与意识形态的关系问题。多利莫尔认为，只有那些与物质生产关系决定的利益和政治权力相关联的话语才具有意识形态性。他反对

① Bacon. Works，pp118，265. 转自 Jonathan Dollimore. Radical Tragedy. Duke University Press，1984，p.11.

② Jonathan Dollimore. Radical Tragedy. Duke University Press，1984，p.11-12.

③ Jonathan Dollimore. Radical Tragedy. Duke University Press，1984，p.12.

④ 马克思，恩格斯 . 马克思恩格斯选集 . 第一卷，第 36 页 .

⑤ Terry Eagleton. Ideology：An Introduction. Verso，1991，p9.

将宽泛的“权力”和“话语”与意识形态等同起来，主张从社会生活的物质基础出发，强调“话语”和“权力”与意识形态“政治性”的联系。

对于多利莫尔来说，当代仍然甚至更是一个意识形态时代，权力关系必须借助意识形态的结构力量才能被建构进社会现实之中而行之有效。并且我们从多利莫尔对后现代意识形态批判中感觉到：那些声称我们已经进入一个后意识形态时代或者企图终结意识形态问题的某些后现代主义言论无疑也是意识形态的。因而，正如一些学者所说，宣布意识形态的终结简直就是荒谬绝伦！

作为马克思主义文学批评家，多利莫尔绝不会放下意识形态批判的武器，它努力把文学拉回它意识形态的家园，尤其关注文学的政治功能及其运作方式，他把文学看作是一种“揭露、批判和反抗的行为”，[①]把文学文本看作是“斗争的场所”，[②]突出强调文学文本的意识形态批判力量。在充满意识形态争执的、推崇多元化的后现代主义形势中，多利莫尔以独特的政治文化视野，在文学与社会历史文化的、动态的、整体的结构关系中对文学与意识形态、文学与政治、文学与权力之间的多重复杂关系进行了详尽阐释，这对我们正确理解文学的本质问题和深刻反思后现代主义相关问题有重要的警示意义！

同时我们也要力求对多利莫尔的政治文化批评思想进行客观审视，清醒地意识到多利莫尔政治文化批评思想中存在一定的局限性。例如，在多利莫尔对政治文化与意识形态批评的阐释中，其“颠覆”理论就难以令人完全信服。如按照多利莫尔的观点认为莎剧的主要政治功能是对权力的颠覆，那也未免过甚其辞，莎士比亚的几乎每一格剧本，包括他早期的《一报还一报》，都含有社会批判的内容，但是他基本上是从道德而非政治的角度进行批判的，他希望对伊丽莎白时代的政治权力结构作某些变革和改造，但说不上进行“颠覆”或制造一场革命，道德和政治毕竟是两个不同的范畴。难怪，有学者一针见血地指出，“多利莫尔的颠覆理论只是依据了莎剧文本中的个别段落，并不符合其总体精神。”[③]虽然，多利莫尔的相关论述使人感到缺乏对莎士比亚及其创作的一种总体把握，但他独特的“政治文化”视野，使其文学批评与研究具有一种宏大丰富的阐释空间。

---

① H. Aram Veeser. The New Historicism，Routledge. 1988，Introduction，p9.

② Jonathan Dollimore. Radical Tragedy. Duke University Press，1984，p.li

③ 杨正润. 文学的“颠覆”和“抑制”—新历史主义的文学功能论和意识形态论述评，外国文学评论. 1994年第3期.

因而，尽管在多利莫尔的政治文化批评思想中可能存在一定的问题和片面性，尽管多利莫尔在文艺与意识形态关系、主客体关系的论述方面还存在值得商榷的地方。但是他这种跨学科和多样统一的研究观念、“政治文化”的动态的建构式研究视角和思维、以及他那强烈的现实关怀和问题意识，无疑为我们的文学研究向更深层次发展提供了有益的借鉴，并对我们建设具有中国特色的当代美学文艺学体系具有重要启发意义。

参考文献

乔纳森·多利莫尔（Jonathan Dollimore）的著述

WORKS（著作）：

[1]“Political Shakespeare”，Jonathan Dollimore and Alan Sinfield，New York：Cornell University Press，1985

[2]“Radical Tragedy”，Jonathan Dollimore，Duke University Press，1984

[3]“Sexual Dissidence：Augustine to Wilde，Freud to Foucault”，Jonathan Dollimore，New York：Oxford University Press，1991

[5]“Death，Desire and Loss in Western Culture”，Jonathan Dollimore，London：Penguin Books，1998

[6]“Sex，Literature and Censorship”，Jonathan Dollimore，Polity Press，Cambridge，2001

[7]“Nuevo Histoticismo” by Jonathan Dollimore、Antonio Penedo、Gonzalo Ponton，January 1998.

ARTICLES（论文）：

[1]“Culture and Textuality”，J.Dollimore and A.Sinfield，Debating Cultural Materialism，Textual Practice 4，1990

[2]“Different Desires：Subjectivity and Transgression in Wilde and Gide”，1993，J Dollimore – Textual Practice，1987

[3]“History and Ideology：The Instance of Henry V.” J Dollimore，A Sinfield – Alternative Shakespeares，1985

[4]“Subjectivity，Sexuality，and Transgression：The Jacobean Connection” J Dollimore – Renaissance Drama，1986

[5]“Alan Sinfield，eds”. 1985 J Dollimore – Political Shakespeare：New Essays in Cultural Materialism

[6]“Introduction：Shakespeare，Cultural Materialism and the New Historicism” J Dollimore – Political Shakespeare：New Essays in Cultural Materialism

[7]“The Dominant and the Deviant：A Violent Dialectic” J Dollimore – Critical Quarterly，1986

[8] "Sexual Dissidence: Augustine to Wilde" J Dollimore – Freud to Foucault, 1991
[9] "Transgression and Surveillance in Measure for Measure" J Dollimore – Political Shakespeare: New Essays in Cultural Materialism
[10] "Bisexuality, heterosexuality, and wishful theory" J Dollimore – Textual Practice, 1996
[11] "Homophobia and Sexual Difference" J Dollimore – A Cultural Studies Reader: History, Theory, Practice, ed. By …, 1995
[12] "Shakespeare, Cultural Materialism and the New Historicism" J Dollimore – Dollimore and Sinfield (eds.), Political Shakespeare: New Historicism
[13] "Bisexuality" J Dollimore – Lesbian and Gay Studies: A Critical Introduction, 1997
[14] "The Challenge of Sexuality'" J Dollimore – Society and Literature
[15] "Political Shakespeare: New Essays in Cultural Materialism" J Dollimore, A Sinfield – 1985 – Manchester, Manchester University Press
[16] "Shakespeare、Cultural Materialism、Feminism and Marxist Humanism" J Dollimore – New Literary History, 1990
17, "History and Ideology, Masculinity and Miscegenation: The Instance of Henry V" A Sinfield, J Dollimore – Faultlines: Cultural Materialism and the Politics of Shakespeare
[18] "Post/Modern: On the Gay Sensibility, or the Pervert' s Revenge on Authenticity" J Dollimore – Camp: Queer Aesthetics and the Performing Subject: A Reader
[19] "The Cultural Politics of Perversion: Augustine, Shakespeare, Freud, Foucault" J Dollimore – Textual Practice, 1990
[20] "Death and the Self" J Dollimore – Rewriting the Self: Histories from Renaissance
[21] "Early Modern: Cross-Dressing in Early Modern England" J Dollimore – Dollimore, Sexual Dissidence Augustine to Wilde, Freud to Foucault
[22] "Sex and death" J Dollimore – TEXTUAL PRACTICE, 1995 – ROUTLEDGE JOURNALS
[23] "u. Alan Sinfield." Culture and Textuality: Debating Cultural Materialism" J Dollimore – Textual Practice, 1990
[24] "Sexual disgust" J Dollimore – 1998 – The Oxford Literary Review
[25] "Radical Tragedy: Religion, Ideology and Power in the Drama of Shakespeare and his Contemporaries" J Dollimore – 1985 – Routledge
[26] "Diary" J Dollimore – London Review of Books, 2001
[27] "Wilde' s Transgressive Aesthetic and Contemporary Cultural Politics" J Dollimore – Sexual Dissidence: Augustine to Wilde, Freud to Foucault
[28] "SHAKESPEARE, KULTURNI MATERIJALIZAM I NOVI HISTORICIZAM", J Dollimore – NOVI IZRAZ, časopis za književnu i umjetničku kritiku, 2000 – CEEOL

外文参考资料：

[1] Jonathan Dollimore, “Death, Desire and Loss in Western Culture” , London: Penguin Books, 1998

[2] J Dollimore, “Introduction: Shakespeare, Cultural Materialism and the New Historicism” , Political Shakespeare: New Essays in Cultural Materialism, eds. Jonathan Dollimore and Alan Sinfield, New York: Cornell University Press, 1985

[3] Jonathan Dollimore, “Radical Tragedy” , Duke University Press, 1984

[5] Peter Erickson, “Review of ‘Political Shakespeare’” , Shakespeare Quarterly, Vol.37, No.2. (Summer, 1986)

[6] Perry Anderson “Considerations on Western Marxism” , London: New Left Books, 1976

[7] Williams “Problems in Materialism and Culture” , London: Verso, 1983

[8] Jean Howard, “The New Historicism in Renaissance Studies” , English Literary Renaissance 16, 1986

[9] John Brannigan, New Historicism and Cultural Materialism .St. Martin’ s Press Inc.1998

[10] Kiernan Ryan, ed. New Historicism and Cultural Materialism, A Reader.London: Hodder Headline Group, 1996

[11] John Drakakis, ed., “Alternative Shakespeare” , London: Methuen, 1985.

[12] Scott Wilson, “Cultural Materialism: Theory and Practice” , Oxford U K: Blackwell, 1995

[13] Richard Wilson and Richard Dutton, “New Historicism and Renaissance Drama” , Harlow: Longman, 1992

[14] Clifford Geertz, “The Interpretation of Culture” , London: Fontana, 1993

[15] Alan Sinfield, “Fault line: Cultural Materialism and the Politics of Dissident Reading” , Oxford: Oxford University Press, 1992

[16] Andrew Milner, “Cultural Materialism” , Victoria: Melbourne University Press, 1993

[17] Hans Bertens, “Literary Theory: The Basics” , London: Routledge, 2001

[18] Gabriel Almond and Sidney Verba, “The Civic Culture: Political Attitudes and Democracy in Five Nations” , 1963

[19] Dittmer, Lowell., 1977a, "Poiltical Culture and Political Symbolism: Toward A Theoretical Synthesis." World Politics

[20] Pateman, Carole., 1971, "Political Culture, Political Structure, and Political Change." British Journal of Political Science 1–3 (July)

[21] Chilton, Stephen.1988, "Defining Political Culture." Western Political Quarterly

[22] Wildavsky, Aaron., 1987, "Choosing Preferences by Constructing Institutions: A Cultural Theory of Preference Formation." American Political Science Review

[23] Gibbins, John R., 1989, "Contemporary Political Culture: An Introduction." In Contemporary Political Culture: Politics in a Postmodern Age, Edited by John R. Gibbins. London: Sage.

[24] Jonathan Dollimore, "Sexual Dissidence" , Clarendon Press, Oxford, 1991

[25] Raymond Williams: Marxism and Literature, Oxford University Press, 1977

[26] Peter Erickson (English), "Review of 'Political Shakespeare'" , Shakespeare Quarterly, Vol.37, No.2. (Summer, 1986)

[27] Blevins, Jacob."Radical Tragedy: Religion, Ideology and Power in the Drama of Shakespeare and His Contemporaries. (Book Review)."Intertexts8.2 (Fall 2004): 201 (3).Expanded Academic ASAP.Thomson Gale.ENMU Roswell.11 Dec. 2006

[28] Andrew Milner, Re-imagining Cultural studies: The Promise of Cultural Materialism, London: Sage Publication Ltd, 2002

[29] Raymond Williams, Media and Cultural Studies: Keywords, Oxford: Oxford University Press, 1977

[30] John Brannigan, New Historicism and Cultural Materialism, Macmillan Press Ltd., 1998

[31] Claire Colebrook, New Literary Histories, Manchester University Press, 1997

[32] George Steiner "The Death of Tragedy" , Lodon: Faber (1961), 1963

[33] Reinhold Niebuhr "Beyond Tragedy: Essays on the Christian Interpretation of History" , London: Nisbet, 1938, pp.156–158. Historically speaking the part played by religion in the Renaissance was quite different from anything Bradley, Niebuhr or Sterner imagine; see Alan Sinfield "Literature in Protestant England" , 1360–1660, London: Croom Helm, 1983

[34] Augustine "On the Soul and its Origin" , IV.16; 转自 Baker "The Image of Man" Aquinas "Selected Wrings" ,

[35] Machiavelli "The Discourses" , pp.117–118. 参考 Jonathan Dollimore, "Radical Tragedy" , Duke University Press, 1984,

[36] Hobbes "The Political Theory of Possessive Individualism" , pp26–29. 参考 Jonathan Dollimore, "Radical Tragedy" , Duke University Press, 1984

[37] Southwell "Times Go By Turns" , 参考 Jonathan Dollimore, "Radical Tragedy" , Duke University Press, 1984

[38] Spenser "Faerie Queene" , III.6.47. 参考 Jonathan Dollimore, "Radical Tragedy" , Duke University Press, 1984

[39] Montaigne "Essays" , III.23. 参考 Jonathan Dollimore, "Radical Tragedy" , Duke University Press, 1984

[40] Terry Egaleton "Criticism and Ideology" , A Study in Marxist Literary Theory, Verso, 1976

[41] Michel Foucault, Language, Counter-Memory, Practice, ed. Donale F. Bouchard, Oxford: Basil Blackwell.1977

[42] Michel Foucault: Order of Discours: The Archaeology of knowledge . New York: Random Honse /Pantheon, 1992

[43] J.Dollimore and A.Sinfield" Culture and Textuality: Debating Cultural Materialism ", Textual Practice 4, 1990

[44] John Crowe Ransom.The New Criticism [M].Westport: Breedwood Press (Reprinted), 1979.
[45] Terry Egaleton, " Criticism and Ideology " London: New left Books, 1976
[46] R. Barthes S/Z trans. Richard Miller, New York: Hill&Wang, 1974.
[47] S Greenblatt & G.Gunn. Redrawing the Boundaries. New York, 1992.
[48] E.M.W.Tillyard, "The Elizabethan World Picture", London, 1943.
[49] Terry Eagleton, "William Shakespeare (Rereading Literature Series), Oxford: Blackwell, 1986
[50] Jonathan Dollimore, "Shakespeare, Cultural Materialism, Feminism and Marxist Humanism", Literary History, Spring 1990,
[51] Terry Eagleton: Criticism and Ideology: A Study in Marxist Literary Theory, London: New Left Books, 1976
[52] Kenneth Muir, Macbeth (The Arden Shakespeare), London: 1964
[53] John Brannigan, New Historicism and Cultural Materialism, St. Martin' s Press Inc., 1998.
[54] LouisAlthusser, "Leninand Philosophy and OtherEssays", MonthlyReviewPress, NewYorkandLondon, 1971
[55] Bacon, Works, pp118, 265. 转自 Jonathan Dollimore, "Radical Tragedy", Duke University Press, 1984
[56] Blevins, Jacob."Radical Tragedy: Religion, Ideology and Power in the Drama of Shakespeare and His Contemporaries. (Book Review)."Intertexts8.2 (Fall 2004): 201 (3).Expanded Academic ASAP.Thomson Gale.ENMU Roswell.11 Dec. 2006
[57] Calcin, Insititutes, I.3.2. 转自 Jonathan Dollimore, "Radical Tragedy", Duke University Press, 1984
[58] Richard Hooker, "of the Laws of Ecclesiastical Polity, II.19. 转自 Jonathan Dollimore, "Radical Tragedy", Duke University Press, 1984
[59] Richard Hooker, "of the Laws of Ecclesiastical Polity, II.21. 转自 Jonathan Dollimore, "Radical Tragedy", Duke University Press, 1984
[60] MichelFoucault: The Willto Knowledge, The History of Sexuality, volumel, vpenguin Books, 1990
[61] Terry Eagleton, Ideology: An Introduction, Verso, 1991
[62] Peter Erickson, "Political Shakespeare: New Essays in Cultural Materialism" (Book Review), Shakespeare Quarterly, Vol.37, No.2. (Summer, 1986)
[63] Lin Chun, "The British New Left", Edinburgh UP, 1993
[64] D.H. Lawrence, "Novelist", p12. 转自: Jonathan Dollimore, "Radical Tragedy", Duke University Press, 1984
[65] F. R. Leavis and Denys Thompson, "Culture and Environment", Greenwood Press, Westport, 1937

[66] Raymond Williams, Keywords: A Vocabulary of Culture and society, London: Fontana, 1976
[67] Raymond Williams, Problems in Materialism and Culture, London: Verso, 1980.
[68] Raymond Williams, Marxism and Literature, Oxford: Oxford University Press, 1977
[69] Andrew Milner, Re–imagining Cultural studies: The Promise of Cultural Materialism, London: Sage Publication Ltd, 2002
[70] Raymond Williams, Media and Cultural Studies: Keywords, Oxford: Oxford University Press, 1977
[71] Raymond Williams, Ibid.
[72] J. Dollimore, Sexual Dissidence, Clarendon Press, Oxford, 1991
[73] Terry Eagleton, The Illusions of Postmodernism, Oxford: Blackwell, 1996
[74] Blevins, Jacob."Radical Tragedy: Religion, Ideology and Power in the Drama of Shakespeare and His Contemporaries. (Book Review)."Intertexts8.2 (Fall 2004): 201 (3).Expanded Academic ASAP.Thomson Gale.ENMU Roswell.11 Dec. 2006
[75] Raymond Williams, Modern Tragedy, P45. 转 自 Jonathan Dollimore, "Radical Tragedy" , Duke University Press, 1984
[76] H. Aram Veeser, The New Historicism, Routledge, 1988, Introduction,
[77] J. Dollimore & A. Sinfield, " Culture and Textuality: Debating Cultural Materialism" , Textual Practice 4, 1990,
[78] J. Dollimore, Sexual Dissidence, Clarendon Press, Oxford, 1991
[79] Foucault, Language, Counter–Memoery, Practice, p34. 转自 Jonathan Dollimore, "Radical Tragedy" , Duke University Press, 1984
[80] Augustine, On the Soul and its Origin, Iv. 16; quoted from Baker, The Image of Man,
[81] Seneca, Letters, pp88–89. 转 自 Jonathan Dollimore, "Radical Tragedy" , Duke University Press, 1984
[82] Hobbes, Leviathan, Chapter 46. 转自 Jonathan Dollimore, "Radical Tragedy" , Duke University Press, 1984
[83] Montaigne, Essays, II.151. 转自 Jonathan Dollimore, "Radical Tragedy" , Duke University Press, 1984
[84] Foucault, The order of Things, p342. 转自 Jonathan Dollimore, "Radical Tragedy" , Duke University Press, 1984
[85] Michel Foucault, Power Knowledge
[86] Michel Foucault, Language, Counter–Memory, Practice, ed. Donale F. Bouchard, Oxford: Basil Blackwell.1977
[87] Michel Foucault: Order of Discours: The Archaeology of knowledge . New York: Random Honse /Pantheon, 1992
[88] Greeblantt Stephen, Renaissance Self–Fashioning: From More to Shakespear, Chicago, University of Chicago Press, 1980

[89] Stuart Hall 'Cultural Studies: Two Paradigms', John Storey (ed.) What Is Cultural Studies?: A Reader, London: Arnold, 1996

[90] Hall, S. 'Signification, Representation, Ideology: Althusser and the Post-structuralist Debates' in Robert K. Avery and David Eason (eds) Critical Perspectives on Media and Society, New York: Guilford Press, 1991

[91] Waxman, Chaim (ed), The End of Ideology Debate [M], New York: Funk & Wagnalls, 1968

[92] LouisAlthusser, "LeninandPhilosophyandOtherEssays", MonthlyReviewPress, NewYorkandLondon, 1971

[93] H. Aram Veeser, The New Historicism, Routledge, 1988, Introduction

中文参考资料：

[1] 塞·贝克特等.普鲁斯特论[M].沈睿、黄伟等译.社会科学文献出版社.1999.

[2] 王逢振.2000年度新译西方文论选[C].漓江出版社.2001年版.

[3] 王岳川.后殖民主义与新历史主义文论[C].山东教育出版社.1999.

[4] 赵国新.文化唯物论[J].外国文学.2003年第四期.

[5] 李英.新历史主义和文化唯物论在文化批判上的分歧与契合[J].国外文学.2006年01期.

[6] 马克思.政治经济学批判序言.马克思恩格斯选集 第二卷[M].北京：人民出版社.1972年版.

[7] 列宁.列宁全集.第39卷[M].人民出版社.1986年版.

[8] 赖黎明.马克思主义政治文化的社会化探析[J].华中农业大学学报(社会科学版.200702.

[9] 马克思.政治经济学批判序言.马克思恩格斯选集 第二卷[M].北京：人民出版社.1995年版.

[10] 马克思，恩格斯.德意志意识形态.马克思恩格斯选集 第1卷[M].北京：人民出版社.1995年版.

[11] 恩格斯，路德维希.费尔巴哈和德国古典哲学的终结[M].马克思恩格斯选集 第4卷.北京：人民出版社.1995年.

[12] 恩格斯.德国农民战争序言.马克思恩格斯选集 第2卷[M]，北京：人民出版社，1995年.

[13] 列宁.列宁选集 第1卷[M].北京：人民出版社.1995年.

[14] 徐贲.重提政治文化.来源：世纪中国-学人书库 http://www.comment-cn.net/data/2006/0604/article_7605.php.

[15] 徐大同.政治文化民族性的几点思考[J].天津师范大学学报.1998年第4期.转自王炜.试论政治文化的概念及其要素[J].科教文汇.200701.

[16] 朱晓进等.非文学的世纪：20世纪中国文学与政治文化关系史论[C].南京师范大学出

版社.2004 年 4 月第一版.
[17] 吴健. 视域融合中的判断与选择 [J]. 马克思主义与现实.2006 年第 3 期.
[18] 杨霞. 独特视角下的中国现当代文学史研究 [J]. 中国现代文学研究丛刊.2005 年第 3 期.
[19] 董学文. 文学与意识形态关系辨析 [J]. 曲靖师范学院学报.2006 年 1 月.
[20] 陶东风，徐艳蕊. 当代中国的文化批评，北京大学出版社 [M].2006 年 1 月第一版.
[21] 马龙潜. 方法论意识和问题化意识 [J]. 甘肃社会科学.2002 年第 4 期.
[22] 王岳川. 新历史主义：话语与权力之维 [J]. 益阳师专学报.1999 年 1 月.
[23] 赵斌. 文化分析与政治经济 : 与默多克关于英国文化研究的对话 [J]. 视界.2002(5).
[24] 柏拉图. 理想国 [M]. 商务印书馆.1986 年版.
[25] 丛日云. 西方政治文化传统 [M]. 黑龙江人民出版社 2002 年版.
[26] 亚里士多德. 政治学 [M]. 商务印书馆.1981 年版.
[27] 于宏源. 政治文化研究的缘起及其新发展 [J]. 详见：中国高校教师教学博客——知之网 http://yespring.cctrblog.net/archives/2007/7432.html.
[28] 王乐理. 政治文化导论 [M]. 中国人民大学出版社 2000 年版.
[29] 王卓君. 政治文化研究的缘起、概念和意义评价 [M]. 南京大学学报（哲社版）.1997 年第 4 期.
[30] 黄秀端. 政治文化：过去、现在与未来 [J]. 东吴政治学报.1997 年第八期. 转自王炜. 试论政治文化的概念及其要素 [J]. 科教文汇.2007.1
[31] 吴健. 视域融合中的判断与选择 [J]. 马克思主义与现实.2006 年第 3 期.
[32] 马龙潜. 历史唯物主义与当代文艺学建设 [J]. 吉林大学社会科学学报.2002.
[33] 马克思，恩格斯. 马克思恩格斯选集 [M]. 第 2 卷. 北京. 人民出版社.1995.
[34] 马克思，恩格斯. 马克思恩格斯选集 [M]. 第 1 卷. 第 72 页. 北京人民出版社.
[35] 李志宏. 文学本性：“审美意识形态”还是“审美意识形式”？ [J]. 文艺理论与批评.2006 年第 2 期.
[36] 马克思，恩格斯. 马克思恩格斯选集 [M]. 第 2 卷. 北京人民出版社. 1972 年版第 82 页.
[37] 马龙潜. 对文艺、审美与意识形态关系的思考 [J]. 高校理论战线.2006 年 6 月.
[38] 李志宏. 文学本性：“审美意识形态”还是“审美意识形式”？ [J]. 文艺理论与批评.2006 年第 2 期.
[39] 马克思，恩格斯. 马克思恩格斯选集 [M]. 北京人民出版社. 第 3 卷.1960.
[40] 马驰. 新马克思主义文论 [M]. 山东教育出版社.1998 年 10 月.
[41] 葛兰西. 狱中札记 [M]. 人民出版社.1983 年版.
[42] 马驰. 论文学的本质与审美意识形态 [J]. 学术月刊.2006 年 7 月.
[43] 阿尔都塞. 读《资本论》[M]. 中央编译出版社.2001 年版.
[44] 阿尔都塞. 列宁和哲学 [M]. 杜章智等译. 台北远流出版社.1990.
[45] 陈越. 哲学与政治：阿尔都塞读本 [M]. 吉林人民出版社.2004 年.
[46] 阿尔都塞. 列宁和哲学 [M]. 杜章智等译. 台北远流出版社.1990.
[47] 特里·伊格尔顿. 马克思主义与文学批评 [M]. 文宝译. 人民文学出版社.1986 年.

[48] 钱乘旦，陈晓律 . 在传统与变革之间—英国文化模式溯源 [M]. 杭州 : 浙江人民出版社 . 1991.

[49] 徐克，游丽 . 浅议英国政治文化的形成发展与本质特点 [M]. 湖北师范学院学 (哲社版).200703.

[50] 托马斯・潘恩 (Thomas Paine). 人权论 [A]. 潘恩选集 (马清槐等译) [C]. 北京 : 商务印书馆 .1981.

[51] 陆梅林 . 西方马克思主义美学论文选 [M]. 桂林：漓江出版社 .1988 年 . 第 674 页 . 转自王天保 . 伊格尔顿的审美意识形态论 [J]. 忻州师范学院学报 .2007 年 6 月 .

[52] 多利莫尔 . 莎士比亚：文化唯物主义与新历史主义 . 转自王逢振 .2000 年度新译西方文论选 [C] 桂林：漓江出版社 .2001.

[53] 杨正润 . 文学的"颠覆"和"抑制"[J]. 外国文学评论 .1994 年第 3 期 .

[54] 托马斯・海伍德 . 为演员辩解 [M]. 莎士比亚学会复制 . 伦敦 .1841 年 . 第 153 页 . 转自王逢振 .2000 年度新译西方文论选 [C]. 桂林：漓江出版社 .2001.

[55] 马海良 . 文化政治美学——伊格尔顿批评理论研究 [M]. 中国社会科学出版社 .2004 年 11 月 .

[56] 杨杰 . 海登・怀特的历史书写理论与文学观念 [D]. 山东大学 2006 年

[57] 伊格斯 . 历史主义 . 新历史主义与文学批评 [C]. 北京大学出版社 .1993 年版 .

[58] 伽达默尔 . 伽达默尔集 [M]. 上海远东出版社 .1997 年版 .

[59] 詹姆逊 . 马克思主义与历史主义 . 新历史主义与文学批评 [C]. 北京大学出版社 .1993 年版 .

[60] 沃尔什 . 历史哲学——导论 [M]. 广西师范大学出版社 .2001 年版 .

[61] 王宁 . 当代英国文论与文化研究概观 [J]. 当代外国文学 .2001 年 04 期 .

[62] 马海良 . 文化政治美学——伊格尔顿批评理论研究 [M]. 中国社会科学出版社 .2004 年 11 月 .

[63] 韦勒克，沃伦 . 文学理论 [M]. 刘象愚等译 . 三联书店 .1984 年 .

[64] 雅各布森 . 现代俄国诗歌 . 俄苏形式主义文论选 [C]. 北京：中国社会科学出版社 .1989 年 .

[65]「法」德里达 . 人文科学话语中的结构、符号与游戏 [J]. 上海文论 .199505.

[66] 詹姆逊 . 语言的牢笼 [M]. 钱佼汝译 . 百花洲文艺出版社 1995 年版 .

[67] 特雷・伊格尔顿 . 二十世纪西方文学理论 [C]. 伍晓明译 . 陕西师范大学出版社 .1986 年版 .

[68] 支宇 . 文本语义结构的朦胧之美 [J]. 文艺理论研究 .2004 年 05 期 .

[69] 韦勒克 . 近代文学批评史 [M]. 第 5 卷 . 章安祺、杨恒达译 . 北京 : 中国人民大学出版社 .1988.

[70] 艾略特 . 传统与个人才能 [A]. 李赋宁译 . 艾略特文学论文集 [C]. 天津 : 百花文艺出版社 .1994.

[71] 兰色姆 . 批评公司 [A]. 戴维・洛奇 . 二十世纪文学评论 [C]. 葛林等译 . 上海 : 上海译文出版社 .1987.

[72] 拉曼・塞尔登 . 文学批评理论——从柏拉图到现在 [M]. 刘象愚等译 . 北京 : 北京大学出版 .2000.

[73] 霍克斯 . 结构主义和符号学 [M]. 上海译文出版社 .1987 年版 .
[74] [法] 蒂费纳·萨莫瓦约 . 互文性研究 [M]. 天津：天津人民出版社 .2003.
[75] 罗兰·巴特 .S/Z [M]. 屠友祥译 . 上海人民出版社 .2000 年 10 月版 .
[76] 陈永国 . 互文性 [J]. 外国文学 .2003 年 1 月 .
[77] 王岳川 . 历史与文本的张力结构 [J]. 人文杂志 .1999 年第 4 期 .
[78] 毛崇杰 . 关于"新历史主义批评"之再探 [J]. 黄河科技大学学报 .2001 年 12 月 .
[79] 詹姆逊 . 政治无意识 [M]. 中国社会科学出版社 .1999 年版 .
[80] 徐贲 . 走向后现代与后殖民 [M]. 中国社会科学出版社 .1996 年版 .
[81] 拉曼·塞尔登 . 文学批评理论——从柏拉图到现在 [M]. 刘象愚等译 . 北京大学出版社 .2000 年 .
[82] 路易·阿尔都塞 . 保卫马克思〔 M 〕. 顾良译 . 北京：人民文学出版社 .1980 年 .
[83] 马驰 . 论文学的本质与审美意识形态 [J]. 学术月刊 .2006 年 7 期 .
[84] 伊格尔顿 . 马克思主义与文学批评 [M]. 文宝译 . 人民文学出版社 .1980 年 .
[85] 多利莫尔 . 莎士比亚：文化唯物主义与新历史主义 . 转自王逢振 .2000 年度新译西方文论选 [C]. 桂林：漓江出版社 .2001.
[86] 杨正润 . 文学的"颠覆"和"抑制"[J]. 外国文学评论 .1994 年第 3 期 .
[87] 托马斯·海伍德 . 为演员辩解 [M]. 莎士比亚学会复制 . 伦敦 .1841. 第 153 页 . 转自王逢振 .2000 年度新译西方文论选 . 桂林：漓江出版社 .2001.
[88] P. 尤里 . 理查第二 [C]. 伦敦 1966. 梅吞版 . 第 59 页 . 转自王逢振 .2000 年度新译西方文论选 [C]. 桂林：漓江出版社 .2001.
[89]〔意〕安东尼奥·葛兰西 . 狱中札记〔 M 〕. 北京：人民出版社 .1983.
[90]〔德〕哈贝马斯 . 交往与社会进化〔 M 〕. 张博树译 . 重庆出版社 .1989.
[91] 亚里士多德 . 政治学〔 M 〕. 吴寿彭译 . 北京：商务印书馆 .1983.
[92]〔德〕哈贝马斯 . 交往与社会进化〔 M 〕. 张博树译 . 重庆出版社 .1989.
[93] 陈福胜，秦军 . 合法性的理论辨析〔 J 〕. 学术交流 .2007 年 9 月 .
[94] 贺晓武 . 试论文学生产方式理论〔 J 〕. 北京航空航天大学学报（社科版）.2007 年 6 月 .
[95] 本雅明 . 作为生产者的作家；赛·贝克特 . 普鲁斯特论〔 M 〕. 北京：社会科学文学出版社 .1999.
[96] 李永新 . 文本是如何建构的〔 J 〕. 福建论坛 . 人文社科版 .2007 年第 9 期 .
[97] 斯蒂芬·格林布莱特 . 看不见的子弹 . 政治的莎士比亚〔 M 〕. 康奈尔大学出版社 .1985 年 .
[98] 张进 . 新历史主义与历史诗学〔 M 〕. 中国社会科学出版社 .2004 年 .
[99] 拉曼·塞尔登 . 文学批评理论——从柏拉图到现在〔 M 〕.刘象愚等译 . 北京大学出版社 2000 年 .
[100] 马克思，恩格斯 . 马克思恩格斯全集〔 M 〕. 第 46 卷上 . 北京：人民出版社 .1979 年版 .
[101] 马克思，恩格斯 . 马克思恩格斯选集〔 M 〕. 第 1 卷 . 北京：人民出版社 .1995 年 .
[102] 俞吾金 . 马克思的社会主体论探要〔 M 〕. 复旦学报 .2005.5.

[103] 陶东风等主编．文化研究．丛刊〔C〕．天津：天津社会科学院出版社.2000 年．
[104] 罗钢．文化研究读本．前言．载罗钢、刘象愚．文化研究读本〔C〕．第 15 页．参考和磊．葛兰西的领导权与文化研究.200505.
[105] 后现代主义与接合理论：斯图亚特·霍尔访谈录．陈光兴译．思想文综〔C〕．第 4 辑．
[106] 马龙潜．方法论意识与问题化意识〔M〕．山东大学出版社.2006 年 10 月第一版．
[107] 陶东风，徐艳蕊．当代中国的文化批评〔M〕．北京大学出版社.2006 年 1 月第一版．
[108] 刘康．西方当代马克思主义与美学研究的一点思考〔J〕．湖北大学学报（哲学社会科学版）.2008 年．
[109] 马龙潜．新世纪马克思主义美学研究的基本格局与特点〔J〕．美学.2006 年 10 月．
[110] 陈晓明．文化研究：后—后结构主义时代的来临〔J〕．文化研究．第一辑．天津社会科学出版社.2000 年．
[111] 许娇娜．“意识形态终结”之后的意识形态〔J〕．文艺理论研究.2007 年第 4 期．

图书在版编目（CIP）数据

乔纳森·多利莫尔文化批评理论研究 / 王丽著. --
北京：经济日报出版社，2018.4
ISBN 978-7-5196-0347-2

Ⅰ. ①乔… Ⅱ. ①王… Ⅲ. ①乔纳森·多利莫尔－文
学评论 Ⅳ. ①I06

中国版本图书馆 CIP 数据核字（2018）第 082299 号

乔纳森·多利莫尔文化批评理论研究

作　　者	王　丽
责任编辑	张　丹
出版发行	经济日报出版社
社　　址	北京市西城区白纸坊东街 2 号 A 座综合楼 710
邮政编码	100054
电　　话	010－63584556（编辑部）　63588446（发行部）
网　　址	www.edpbook.com.cn
E － mail	edpbook@sina.com
经　　销	全国新华书店
印　　刷	北京九州迅驰传媒文化有限公司
开　　本	710×1000 mm　1/16
印　　张	11.25
字　　数	190 千字
版　　次	2018 年 5 月第一版
印　　次	2018 年 5 月第一次印刷
书　　号	ISBN 978－7－5196－0347－2
定　　价	38.00 元

版权所有　盗版必究　印装有误　负责调换